如果天空知道

We Own the Sky

路克・艾諾特 Luke Allnutt 著
鄭淑芬 譯

獻給 Markéta、Tommy 和 Danny

推薦文

走進兔子洞——我如此閱讀《如果天空知道》

呂政達（作家）

記得是幾年前的事了，我應罕見疾病基金會的邀請，為十位罕病老爸撰寫他們的人生故事，以及他們在照顧孩子的疾病，一路上的辛酸、眼淚和感動。

也記得，每每在訪問時，目睹一個大男人談起孩子疾病時的悲傷場景，我只得停下書寫的筆，等待這個爸爸停下悲抑。傷感的氣氛會傳染，現場罕病基金會的同伴也陪著掉眼淚。我呢，則在回來後寫下這樣的札記：

「第七天，眾神宣稱可以休息的時候，為什麼還留下了各種名稱的罕見疾病，為什麼還要流下眼淚？」

「在罕爸悉心照料的花園裡，每種疾病，每個長短不一的相處，一種進土壤，就長出了琉璃珠，每朵花，都是眼淚的昇華。」

在現實中，寫下那本書，寫下罕病爸爸的脆弱和堅強，卻不是事件的終曲。經過幾年，幾位罕病孩子還是熬不過病魔，在孩子走了後，這幾位曾是我筆下的罕病家庭，各自度過他們的思念和調適期，雖然我沒有再繼續書寫，但讀到路克・艾諾特依照自身生病經驗而寫的小說《如果天空知道》，關於書中主人翁羅伯・寇茨和妻子安娜，以及兒子傑克的罕見癌症，我放下書本，掩面沉思，天底下就是有這麼多的疾病和陪伴的過程，有如出一轍的希望和難掩的絕望，當最愛的人離開了以後，招招手，活下的人仍舊能夠找到救贖。我想起自己寫過的札記，《如果天空知道》，其實就是作者為疾病所開設的花園。

在我書寫的臺灣罕病家庭及尋求醫療的歷程間，醫療體系的誤診和漠視，夫妻間的意見相左，屢見不鮮的一再上演著，現實中，還有媽媽無法忍受兒子的疾病，也承受不住親友對她為什麼生下罕病兒的責怪眼光，最後選擇離開。在《如果天空知道》這本小說中，重點來到失去孩子後，夫妻間的療傷和重新修補關係，他們又重新回到當初深愛彼此而結婚的起點，只要活著，一切都不會太遲，畢竟，「我們擁有天空」。

所以在這本書的介紹中寫了這麼一句簡單的話：「曾經深深愛過，或曾失去至愛的人，都會對《如果天空知道》深感共鳴。」讀來多麼簡單，但是，你真的曾經深深愛過一個人，甚至為了對方拋盡一切，加上自家的性命也不足惜嗎？即使是徹底破碎的心，也能夠學會再次跳動？

深愛究竟是什麼滋味呢？是《如果天空知道》裡美麗而饒富詩意的餘韻：俯望著伸展進海的峽灣，小孩坐在橡皮船上經過岩石的拱門，你開始又跑又跳穿越草地，躲開兔子洞，用盡力氣呼喊，所愛的人追著你，開懷大笑，你們跑著跑著，踢起樹葉上如彩虹般的水珠。

兒子的疾病改變了這幅美麗的景象，曾經深愛過的，要盡一切去追求的，卻再也不那麼重要了，當兒子去世後，爸爸翻翻曾和兒子造訪過的摩天樓照片，還有海邊的歡樂日子，這正是爸爸重新復原的旅程，旅程的終點有原諒和寬恕。

我們必然都曾經失去，看著親人在我們眼前一點一滴的消逝，就連我們自己，也走在同樣的道路上。

《如果天空知道》的作者路克，讓讀者見證到真愛的永恆力量，透過這個爸爸的觀點，或許我們可以體會到，就算傷心、想要一個人獨處，悲傷喝悶酒，都沒有關係，讀者也知道，親人生了重病，其他家人的關係都會遭逢變化，但最後，他們要一起做決策，共同承擔責任，讓改變成為可能。這個故事多麼簡單，就是一個男人和他的小孩，但也因為簡單，這麼貼近我們所知道的現實，所以更加觸動人心。其中最動人的是，作者路克提到的寫作動機：「我寫下這本書，是因為我覺得我快死了。」這本書回映的治療和康復的過程，也就是作者自身的治療和康復。

其實，我相信這類小說的書寫方式，更能讓書中角色回歸到最原本的情感，角色的缺點被放大了，卻也更容易讓讀者接受。

在小說中出現的「兔子洞」，讓我聯想起妮可．基嫚演過的一部同名電影，同樣也是講失去兒子的悲傷。當失去發生後，傷痛占領了房子的所有回憶的角落，跟《如果天空知道》的小說情節若合符節。電影中，四歲的小兒子遭遇車禍而喪命，媽媽妮可．基嫚跟蹤開車的青少年，少年告訴這個傷心的媽媽，自己在畫一本漫畫，書名「兔子洞」，因為從兔子洞走進去，就走進了另一世界；而另一個世界中可能也有一個和自己一模一樣的人，過著截然不同的生活。

讀者應該可以看出來，這個「兔子洞」的概念借自於著名的童話故事《愛麗絲夢遊仙境》，走進了兔子洞，我們便可開始一個不同的人生故事，悲傷可以終結，愛永遠瀰漫在我們的周圍，我們的失去，也將在另一個平行宇宙中得到彌補。

其實，當我們隨著爸爸的心情來到故事的終點，《如果天空知道》的角色也像走進兔子洞，我們終究還是要再來過一遍。

最後，請容我用一則佛經故事做為本文的結束，在釋迦牟尼佛還在世的時候，他的本家有位婦人喬達摩的獨生兒子死了，她當然哀痛，忿忿不平，為什麼死神要奪去她愛子的生命？她來到佛陀面前，希望佛陀能讓兒子復活。

佛陀了然生死因果，但為了度化喬達摩，也不說破，對這位婦人說：「救活你的兒子，有一個辦法，如果能有吉祥草，給他服用，就能復活。」

喬達摩深信不疑，趕快問佛陀：「吉祥草在哪裡？」

佛陀說：「這需要到人家花園裡去尋找，而這戶人家必須在百年之內，都沒有死過人，這樣吉祥草才有用。」

喬達摩抱著一線希望，到處去尋找吉祥草。她挨家挨戶詢問：「你們家裡百年之內，有死過人嗎？」這樣問了幾百戶人家，卻沒有一戶人家在百年內不曾失去過親人的。

終於，喬達摩悟道了，生生死死，有生就會有死，死了還會再生，生與死如此循環，她當下也就釋懷了。

從路克寫下他生平第一本小說《如果天空知道》到小說裡的爸爸羅伯，從我寫的罕病家庭的故事到現實中所有曾經與疾病奮鬥過、悲傷過的爸爸媽媽，閱讀這樣的小說就是給自己最好的禮物。我們都能走進兔子洞，讓時間像魔法一樣，讓失落得到安慰，讓悲傷淡化為生命的必然。

縱然天空灰黯，我們也擁有天空。

I

第一部

1

她離開之前，看了好多書。坐在她最喜歡的硬背椅上，或者坐在床上，背靠一堆枕頭。書從床頭桌上滿出來，堆在地板上。她比較喜歡看外國偵探小說，埋首其中，兩片嘴唇無邪念地噘起，動也不動。

有時我夜裡醒來，看到檯燈還亮著：安娜，嚴峻的輪廓，坐得直挺挺的，正是父母從小教她的那樣。即便我面向她，她也不知道我醒了，還是直盯著她的書，翻過一頁又一頁，彷彿在用功準備考試。

剛開始只是斯堪地那維亞作家寫的一般犯罪小說——賀寧・曼凱爾、史迪格・拉森——不過接著她擴大範圍：一九四〇年代的德國黑色小說，以一九六〇年代普吉島為背景的泰國小說。起初封面都很眼熟——大出版公司常用的字型和設計——但是沒多久就變得更深奧難懂，使用異國的排版和不同的裝訂方式。

然後，有一天，她走了。我不知道現在那些書到哪裡去了。從那之後我就一直在找，看會不會有幾本塞在我的書架上，但是從頭到尾連一本都沒找到。我想像她把那些書裝進她那些以顏色分類的垃圾袋裡，統統帶走了。

她離開以後的日子是一片迷濛。充滿麻醉物的記憶。拉下的窗簾和純伏特加。令人不安的安靜，像鳥兒在日蝕之前的靜默。我記得坐在客廳，看著一個水晶酒杯，納悶用手指寬來量伏特加，到底是用平行來量，還是用垂直來量。

屋子裡吹過一股冷空氣，從門下、從牆上的裂縫穿過。我想我知道那是從哪裡來的。但是我不能去那裡。我不能上樓。因為那已經不是我們的房子了。那些房間不存在，彷彿藏著祕密的大人命令不准進去。所以在那老舊、死寂的屋子裡，我只是坐在樓下，讓寒風吹得脖子發冷。他們走了，寂靜吞沒一切。

啊，我相信她一定很高興看到我現在這樣，窩在一間骯髒小酒吧陰暗的小角落裡，只有我，一臺閃爍的電視，還有某個假裝是聾子的傢伙正在推銷會在黑暗發光的迪士尼鑰匙圈。酒吧的前門上有個洞，彷彿曾經有人試圖踢開門，而隔著拍動的透明塑膠，我可以看到幾個孩子在停車場上玩，抽菸、騎著一輛舊的極限單車耍特技。

「我早就跟你說過了。」她不會說出這句話——她太有格調了——但是這句話會擺在她的臉上，若有似無揚起的眉毛，藏著先見之明的微笑。

安娜一直覺得我有一點粗俗，永遠無法擺脫住國宅的出身。我記得我跟她說我爸以前週六下午都會去投注站時的樣子。不失禮貌的困惑，自以為是的淺笑。因為他們家的人，連酒吧都不去。有一次我問，連耶誕節也一樣？她說，對。他們可能會在午飯後喝一杯雪利酒，但頂多就那樣了。他們不喝酒，而是去搖鈴。

現在天色是暗的，我不記得太陽什麼時候下山了。外面，一輛車加速開過去，大燈像監獄探照燈一樣掃過酒吧。我回到吧檯，又點了一杯。好幾顆頭轉向我，但我刻意不對上他們的視線，逃避目光與意圖不明的點頭。

一名結實的漁人坐在凳子上，面向門口。他正在講一個種族歧視的笑話，關於一個有外遇的女人拔一根陰毛的事。我記得念書時，有一次下課後，在東倫敦的一條小巷子裡聽過那個笑話，巷子裡到處是亂丟的色情雜誌和空可樂罐。笑點一出，常客大笑，不過酒吧女侍轉過身去，沒作聲。她後面那道牆上貼了幾張半裸女郎的照片，還有九一一之後的剪報。

「帥哥，四鎊十便士。」女侍說著，放下啤酒。我顫抖著雙手，在皮夾裡翻了一下，把零錢都倒在吧檯上。

我說：「抱歉，手太冰了。」

她說：「我知道，外面太凍了。我來吧。」她拿起幾個硬幣，然後，從我張開的手裡數完剩下的錢，彷彿我是個孱弱的退休老人。

她說：「好了，四鎊十便士。」

我有點不好意思地說：「謝謝。」她笑了笑。她有張親切的臉，這種地方不常看到。

她彎下腰拿出洗碗機裡的東西時，我從隨身酒壺裡喝了好大一口伏特加。這麼做比每點一杯啤酒都加一份烈酒輕鬆多了。那樣做他們會當你是酒鬼，隨時留意你的動靜。

我回到座位上，同時注意到坐在吧檯另一頭的年輕女子。她本來跟一個男的坐一起，應該是漁人的朋友，不過那個人已經走了，開著一輛改裝過的掀背車呼嘯而去。她穿了短裙、輕薄閃亮的上衣，睫毛又尖又黑，顯然為了出門而盛裝打扮。

我看一眼女侍，確定她不會看到我，又喝了一口伏特加。我可以感覺到那熟悉的刺激感，那悲哀的小幸福。我看著坐在吧檯的女人，她喝烈酒，對著女侍大喊，我猜她們兩個應該是朋友。她大笑時，差點從椅子上跌下去，幸好即時喘過氣來，找到平衡。

我很快就會去找她。再多喝兩杯吧。

我滑起臉書，瞇眼，好看清螢幕。我的頭像是空的，沒放照片，只有一個男人的輪廓，我也從來不按讚、留言或祝某人生日快樂，但我天天登入，一邊滑，一邊批評，透過潮濕陰暗的小窗戶窺看我不再認識的那些人的生活，看他們的日出與日落，看他們騎自行車穿越高地，還有沒完沒了的泰式炒河粉、酪梨吐司、得意到不行的壽司晚餐。

我深吸一口氣，各喝一口啤酒和伏特加。我同情她們，那些換了三色旗和彩虹的悲哀賤貨，隨著新聞報導該關心的對象——難民、某個被神遺棄的地方最新的恐怖攻擊受難者——而改變頭像照片。他們的主題標籤和感人貼文講的都是「付出」，因為他們曾經休長假到非洲去幫忙蓋學校，曾經用潔白無暇的嘴親吻過乞丐烏黑的手。

我在座位上挪了一下位置，好看到吧檯那個女孩子。她又點了一杯酒，看著手機上的一段影片，笑到近乎失控，指著影片要酒吧女侍注意她。

我回頭繼續看手機。有時我會逼自己去看別人的孩子的照片。我想，這就像人會衝動去剝剛結痂的傷口，不見到腥紅的鮮血不肯停手一樣。新生兒，缺了牙、開始上學的孩子，背著書包、穿著過大的休閒西裝外套；還有他們的海灘假期，堆沙堡、挖護城河，冰淇淋滴到沙子上。大大小小的鞋子，在門墊上一字排開。每一張照片都是打在我肚子上的拳頭。

還有媽媽們。啊，那些臉書上的媽媽們。她們講話的樣子，彷彿母親這身分是她們發明的，彷彿子宮是她們發明的，跟自己說她們跟她們的媽媽不一樣，因為她們吃藜麥、頭髮綁成貼頭辮，還經營一個Pinterest版，專門提供適合五歲以下叛逆小孩的美勞創意。

我走回吧檯，站在那名酒醉女人旁邊。體內灌了夠多酒，我感覺舒服多了，手也不再發抖。我露出笑容，她回看我，在凳子上搖來晃去，上下打量我。

我愉快地說：「要喝一杯嗎？」彷彿我們已經認識了。

她渙散的眼神裡閃過一絲意外。她勉強自己坐直，讓身體不再癱在吧檯上。

「蘭姆可樂。」說著，她的身體又繼續搖晃，她轉身不再看我，手指在吧檯上敲啊敲。

我點酒時，她假裝在手機上忙。我可以看到她的螢幕，她只是在應用程式和訊息之間隨便滑來滑去。

我說：「對了，我是羅伯。」

她說：「查莉。不過大家都叫我查兒。」

我問：「你是這裡人？」

「坎伯恩，土生土長。」說著，她轉過身來面對我。「不過我現在住這裡，我姊姊家。」她的眼睛像蜥蜴的舌頭，以為我沒在看她時就往我這裡射過來。

「你大概從沒聽過坎伯恩吧？」

「是礦區吧？」

她說：「對，不過現在不是了。我爸在南克羅福特礦區工作，一直做到礦區關閉。」我注意到她有很濃的康瓦爾口音。漸弱的轉音，輕柔的捲舌。

「你呢？」

「倫敦。」

「倫敦啊，很好。」

「你熟悉倫敦嗎？」

「去過一、兩次。」說著，她又看著吧檯另一頭，吸了一大口菸。

她比我想的還要年輕，二十五、六歲吧，紅棕色的頭髮，孩子氣的五官。她隱約給人一種錯亂的感覺，在那一杯杯酒之外，在她眼睛周圍的煙燻妝之外，我說不上來。她在這間酒吧裡給人感覺格格不入，彷彿是從一場婚宴偷溜出來，最後來到這裡。

「所以你來度假？」

「差不多。」

她問：「那你喜歡廷塔哲[1]嗎？」

「我今天才剛到，明天會去參觀城堡。我住在隔壁的旅館。」

1 英格蘭西南方小鎮，傳說廷塔哲城堡為亞瑟王誕生地。

「你是第一次來？」

「對。」

這是謊話，但我不能跟她說我們上次來這裡的事。我們三個，在濕漉漉的英國夏天尾巴，短衣短褲外面套著雨衣，頂著強風。我記得傑克在停車場旁邊的草地上衝來衝去，而安娜有多害怕——「牽手，傑克，要牽手」——怕他太靠近崖邊。我記得我們走上強風吹襲的步道，來到懸崖置高處，然後，幾乎像聖經中提到的喘息，天氣突然放晴，雨停了，雲散開，出現一道彩虹。

傑克大喊：「彩虹，彩虹。」他雙腳交互跳躍，葉子像火精靈一樣在他周圍舞動。然後，彷彿什麼東西碰了他一下，或者有人在他耳邊說悄悄話，他一動也不動地站著，抬頭看向穿透雲間的光柱，光柱後面的彩虹正漸漸沒入藍天。

「你還好嗎？」

我說：「什麼？喔，我很好。」然後喝了一口啤酒。

「你的心好像飄得很遠。」

「喔，抱歉。」

她沒說什麼，喝掉一半的蘭姆可樂，搖晃杯裡的冰塊。

她說：「廷塔哲還不錯啦。我上班的地方在村子裡，一間禮品店。我的朋友在這裡工作。」

她指著那名酒吧女侍，長得很親切的那個。

「這間酒吧很不錯。」

她說：「還可以。週末比較好，每週二有卡拉ＯＫ。」

「你會唱嗎？」

她哼了一聲。「只唱過一次，不會再有下次了。」

我對上她的視線，笑著說：「真可惜，我還滿想看你唱歌。」

她哈哈一笑，也回我微笑，然後又靦腆地看向別處。

「再來一杯？」我問：「我要再來一杯。」

「所以你不喝這個了？」她伸手過來，拍了我的外套口袋，觸摸我的酒壺形狀。

我不太高興她看到我的動作，正當我在想要說什麼時，她輕輕地碰了一下我的手臂。

「朋友，你的動作一點也不含蓄。」她看了一下手錶，這才發現自己並沒帶錶，於是改看手機上的時間。

她說：「那就喝最後一杯吧。」她自顧自地輕笑，因為穿短裙費力地從凳子上下來。我看著她走向廁所——她不帶暗示地表示她要去一下廁所——可以看到她的裙子底下內褲的線條，還有酒吧凳子在她的大腿上留下的印痕。

她回來時，身上有香水味，也補了妝，重新綁好頭髮。我們又點了幾杯烈酒，邊聊邊喝，還一起喝我酒壺裡的酒，然後她給我看YouTube上一些狗的影片，因為他們家專門培育背脊犬，還有幾段打架的影片，監視器畫面顯示幾個人在街上挨了一頓痛揍，因為她有個住坎伯恩的朋友是踢拳手，不過他現在坐牢，傷害罪。

然後我抬頭一看，一切都很模糊，一張會跳針的唱盤，燈亮著，可以聽到吸塵器的刺耳呼嘯聲。我懷疑自己是不是睡著了，還是昏過去了，可是查莉還在我旁邊，而我發現我們正在喝伏特加和紅牛。我看著她，她微笑，濕潤的雙眼帶著醉意，然後她又笑了起來，指著她的朋友，那名酒吧女侍，她正皺著眉頭，推著吸塵器吸地毯。

後來我們離開時，演了一場小鬧劇，她說她應該回家去，然後我們手挽手沿著人潮散去的大街走，又笑又噓，跌跌撞撞爬上通往她的小公寓的樓梯。她就住在她工作的禮品店樓上。到了樓梯頂，她看著我，嘴巴噘成一顆心的形狀，我感覺到一股帶著醉意的欲望，於是把她拉過來，我們開始親吻，我的手往她的裙子底下摸過去。

完事後，我們躺在地板的小床墊上，頭埋在彼此的頸項裡，眼神沒接觸。等相擁的時間似乎足夠、不至於失禮之後，我沿著走廊尋找浴室。我摸到電燈開關，但那不是浴室，而是小孩子的房間。儘管查莉的房間乏善可陳，沒什麼裝飾，這個房間看起來卻像百貨公司的展示間。一盞飛機造型的燈，和牆上一幅巨大的飛機裝飾貼紙相呼應，裝滿玩具的箱子疊得整整齊齊。一張放了彩色鉛筆和好幾疊紙的桌子。然後，我看到一塊板子上，釘著各種證書和獎狀，足球、柔道，還有學校的風雲人物。

床邊有盞夜燈，我忍不住打開燈。燈在天花板上投射出淡藍色的月亮和星星。我吸著衣物柔軟精和兒童洗髮精的淡淡香氣，走近窗戶，看到角落有一支黃色的小手電筒，跟傑克以前那支一樣。我把手電筒拿在手裡，觸摸那堅硬的塑膠、耐用的橡膠，還有給生嫩的小手指用的大按鍵。

查莉說：「哈囉。」她的聲音嚇了我一跳。那語氣近似疑問，但又不是確切的疑問。

「對不起。」我有點結巴，感覺太清醒了，我的手開始發抖。「我在找浴室。」

她低頭看著我的手，我這才發現我還拿著手電筒。

她說：「我兒子。」夜燈射出的一顆月亮在她的臉上舞動。「他今天晚上住我姊姊家，所以我才出去喝酒。」她整理了一些紙和蠟筆，讓它們跟桌邊對齊。她把某樣東西收進床頭桌的抽屜裡，同時說：「我才剛布置完這個房間。我賣了好多東西才能負擔這筆錢，不過看起來很不錯吧？」

我說：「很漂亮。」因為真的很漂亮。她露出笑容，我們就這樣站了一會，看著飛機和星辰在房間裡跳舞。

我知道查莉想問我什麼：我有沒有孩子，喜不喜歡小孩，但我不想回答，所以我親吻她，而我嘴裡還有伏特加和香菸的味道。我想，在她兒子的房間裡親吻我，讓她很不自在，所以她抽身，拿走我手裡的手電筒，小心放回架子上。她關掉夜燈，帶我出去。

回到單人床墊上，她溫柔地輕啄我的脖子，像親吻孩子道晚安一樣，然後翻身離開，沒說一句話就睡了。她沒穿衣服的側身露在外面，而房間很冷，於是我伸手過去，幫她塞好被子。這動作讓我想起傑克。**舒服得不得了**。我把酒壺裡剩下的酒喝完，清醒地躺在淡琥珀色的月光下，聽著她的呼吸聲。

2

到了早上，天氣雖冷，但有陽光，我從停車場往下走，經過魔法師梅林禮品店和幾個廣告亞瑟王行程和英式下午茶買一送一的三角立板。我揹著裝備，低頭穿過一個土洞，接著走上一條連接大陸和小島的岩石小步道。右側是草叢斜坡，往下通往懸崖，其間點綴著一些兔子洞和零星的沙地。

我沒有睡在查莉家。我要離開時，她動了一下，我可以想見她假裝睡著，睜開一隻眼睛，等著門栓的喀噠聲。往前經過幾戶人家，就是旅社。住在附近，卻入住旅館，感覺很奇怪，但我想放心喝酒、不必擔心開車回家的問題。

我手腳並用地攀上石頭步道，頭痛欲裂，嘴裡還有些許紅牛的味道。隨著斜坡變陡，我放慢速度，爬上通往城堡遺址的陡峭木梯，相機袋沉重地壓在肩上。接近崖邊時，我感覺到潑濺上來的海水。我停下來休息，看著潮水迅速湧進，毫不留情地沖走沙堡和前一波浪潮留下的海草。

我繼續往上爬到舊展望臺。上面沒有遊客，只有風和海鷗的嘎嘎聲。我找到一塊平地，放下木板，固定腳架，讓腳架增加一點重量才不容易傾倒。接著裝好鏡頭，架上相機，測試一下，看轉動順不順暢。

條件很完美。大海、沙灘和草都鮮明得不像真的；在上午的陽光中，看起來就像孩童畫的彩虹顏色。我背對大海，可以看到山丘自然的弧線，緩降進入山谷，再延伸到小巧的村落。這真是個原始樸質到令人不可思議的地方。幾乎可以伸出手去，撫摸大地，像讀點字一樣感覺山川的凹凸起伏。

風變強了，我知道必須趕快開始。我先拍了幾張全景照片，然後把鏡頭移向東北的陸岬，接著慢慢旋轉三腳架轉盤，在固定的間隔處停下來連續拍幾張，直到轉完三百六十度，整個拍了一遍。

等相機輕微的呼呼聲停止後，我檢查螢幕，確認剛剛拍的照片都在，接著收拾器材，走回停車場。

那棟房子位在海岸線上大約一小時路程的地方。經過村莊時，杳無人跡。路口那間店還關著，因為淡季而暫停營業。我經過教堂，沿著道路蜿蜒穿過沙丘，經過國家名勝古蹟資訊中心，再開上沒有鋪設的道路，朝懸崖邊和那棟房子而去。

那棟小屋吸引我的地方，不只是因為它遺世獨立，還加上它就暴露在那裡，任憑風吹雨打摧殘。它佇立在一塊岩石露頭上，放眼望去，整個聖艾夫斯就只有這麼一棟建築。沒有掩護，沒有山谷阻斷狂暴的大西洋風。大雨鞭打窗戶、海風不停吹襲時，房子隨之顫抖，感覺就要崩塌墜入大海。

我一進門，就倒了一大杯伏特加。然後到樓上辦公室去，坐在書桌前，從眺望海灣的天窗往外看。然後，我登入線上交友網站的個人頁面，看有沒有新訊息。有一則，「珊曼莎」寄來的，是我前幾個星期聊天的女人。

「嗨嗨，你消失了。還想見面嗎？」

我看著她的照片，乏味的亮面鞋、棄置的雨傘、機翼，還有卡布奇諾上的心，有一張她去某個地方度假的照片，我這才想起來，她長得算漂亮，深褐色的頭髮帶點灰白。

「我以為消失的是你！我當然想見……」

我接上相機線，上傳廷塔哲的照片。上傳完畢，我很快看一遍，很高興角度調得很好，不太需要後製。我把照片傳到我寫的轉檔算繪程式，程式自動把一張張照片連接在一起，像素像復原的皮膚一樣融合。

光線是永遠無法預料的。有些日子，我帶著相機出門，以為條件正好，結果拍出來的照片看起來粒子都太粗，或者曝光過度。不過今天，一切都很完美。海面閃閃發光，崖上的草像撞球臺的軟墊一樣又綠又濃。遠方，我可以看到月亮隱約的線條。

等程式處理好全景圖、所有照片像迷你貝葉掛毯一樣連在一起，我再將完成的圖片放在一個頁框裡，讓人可以隨意放大、縮小、旋轉。全部完成後，我將影像上傳到我的網站。**我們的天空**。

網站很有人氣，這點讓我很意外。剛開始只是個興趣，讓我下午有事做。不過網站連結很快在業餘攝影論壇傳開來，有人寫信問我技術問題，問我用什麼器材。《衛報》有一篇談全景攝影的報導提到我的網站，作者寫到「簡單而美麗」，我湧起一股難得的自豪。

有時會有人在留言欄或寄來的電郵裡問我：「**我們的天空**是什麼意思？有什麼特別的意思

嗎？」事實是，我不知道該跟他們說什麼。因為自從我離開倫敦之後，那幾個字就一直在我的腦海裡迴盪，我自己也不知道為什麼。

去沙丘上散步時，或者坐在書桌前看海時，我就會對自己低聲說那幾個字——我們的天空，我們的天空。我在這五個字的聲音裡醒來，入睡前也聽得到，彷彿那幾個字是從小就深植在我腦海裡的咒語或禱告詞。

影像上傳完畢，我看向窗外，喝著伏特加，等待那聲訊號。這次比平常還久一點。通常是五分鐘，這次過了十分鐘。然後出現了。一則留言，同一名用戶，每次都是第一個留言。

Swan09

好美。繼續加油

每次留言都差不多——「好美」、「真漂亮」、「保重」——而且每次都是影像更新沒多久就出現，我猜那名用戶應該是設定提醒功能。

夜漸漸深了，睡覺之前，我又倒了一杯伏特加。我感覺到睡意，還有酒精的麻醉效果，我想要助它一臂之力，讓它更快一點到來。

有時，我喜歡想成是傑克在評論那些照片。我知道他會認得，因為那些都是他去過的地方，是他親眼見過的風景。黃楊丘、倫敦眼、南唐斯國家公園的展望臺。還有現在的廷塔哲。

為了讓他記得，讓他不忘記我們去過的地方，我會留訊息和文字給他，藏在設定裡，瀏覽網頁的人看不到，只有程式設計者看得到，還有——我希望，他也看得到。我想，如果可以的話，那些就是我想跟他說的話。如果她沒有把他帶走的話。

廷塔哲

傑克，你記得嗎？
我們回到停車場時，你跌到荊棘裡，把自己弄傷了。
兩隻手，爹地，兩隻手。
你的兩隻手掌上都有紅色的小刮痕。
所以我親吻你的手指，讓痛痛走開，
你雙手環抱住我，小臉在我的脖子上磨蹭。
我記得，我永遠也忘不了。
你的吻，就像祕密的話語。
你臉上的薑餅屑。
你的眼睛，像淺水池一樣溫暖。

II

第二部

1

她說：「你看起來不像電腦專家。」

我帶著一點醉意，在劍橋一間學生酒吧的吧檯跟她聊起來。那是考試後、成績公布前的煉獄，一段慵懶曬太陽的時光，擠出最後一點當學生的日子。

「因為我沒帶公事包、沒穿魔戒T恤？」

她笑了，不是取笑，是會意的笑，彷彿這是她會聽到的那種笑話。她把注意力放回吧檯、試著點酒時，我偷看了她一眼。她個子很嬌小，一頭黑髮整整齊齊綁在後面，蒼白的膚色讓銳利的五官柔和許多。

「對了，我叫羅伯。」

她說：「安娜。幸會。」

我幾乎笑出聲來。她說得太正經了，我不確定她是不是在開玩笑。「你是學什麼的？」我努力找話說，顯得有點笨拙。

安娜隔著眼鏡瞇著眼看我，說：「經濟。」

「喔，好酷。」

「其實你應該說我看起來不像經濟專家。」

我看著她整齊的頭髮，黑得像照鏡子，她的包包背帶固定在凳子的椅腳上，裡面都是書。我露出笑容。

「你笑什麼？」

我說：「可是你確實有點像。我是指好的那方面。」

她的雙眼發亮，張口，好像想到什麼好笑的事想說，不過又立刻改變主意。

我知道她是蘿拉的朋友。蘿拉是今天這場慶生會的主人翁。她們兩個不太像是會當朋友的人。渾身嬉皮味的蘿拉，喜歡跟每個人說她的名字來自奇想樂團的同名歌，有人要求她唱她就唱。蘿拉，全鎮的人都知道她就是在夏日舞會上脫光光的女孩。

而這個安娜，得體的衣著、耐穿的鞋子。我在校園裡看過她幾次，背上常背著一樣樂器。不是隨意掛在肩頭，而是小心翼翼穩穩背在雙肩上。她走路時總是目標明確，彷彿急著赴約。

她問：「你打算用電腦做什麼？」

我看向在猜謎機那邊的朋友，有點慌，不知道該怎麼回答。通常只有念古代史之類的人才會遇到這種問題。安娜感覺幾乎就像愛德華時代的人——嘛起的母音，清清楚楚的子音。她講話精確，舉手投足就像兒童文學作家伊妮德·布萊頓小說中的人物。有點太完美、太正經了。

我說：「地圖。」

「地圖？」

「線上地圖。」

安娜沒說話，臉上一片空白，看不出情緒。

「你聽過有個新的谷歌地圖嗎？」

她搖頭。

「最近新聞很熱門。我正在寫的軟體跟谷歌地圖有關。」

「所以你會進入某間公司？」

「不會，我要自己開公司。」

「喔。」說著，她輕輕碰了一下空杯子的杯緣。「聽起來很有抱負，不過，坦白說，我不太瞭解這種事。」

「手機可以借我一下嗎？」

「什麼？」

「我可以解釋一下我的意思……」

安娜一頭霧水，在包包裡摸索一陣，拿出一支舊型的諾基亞。

我微笑。

她說：「笑什麼？」她的笑容讓臉頰出現兩個幾乎完全對襯的酒窩。「我需要的功能它都有。」

我說：「我相信。」我把手機從她手上拿過來，我的手刷過她的手指。

「你看……想像未來，這裡有個比較大的螢幕，也許還是觸控螢幕，然後裡面某個地方有張地圖。每個人，不管是誰，都可以在地圖上加東西，餐廳、跑步的路徑，想要什麼加什麼。我就是在做可以讓大家加東西的軟體，依個人的需求量身訂製地圖。」

安娜看起來很困惑，摸著諾基亞的藍色螢幕。「聽起來很有意思，」她說：「只是我有點排斥新科技。那樣我還能傳送簡訊嗎？」

我笑了一聲，說：「可以。」她好正經，完全面無表情，我看不出來她是不是在開玩笑。

「很好，那我就安心了。所以你也是蘿拉的朋友？」

我說：「算是吧。我一年級時認識她，我們住同一層樓。」

安娜說：「啊，所以你就是**那個**羅伯。」

那個羅伯。我努力回想。我曾經喝醉酒做了什麼事嗎？我記得幾個學期之前，有天晚上在費茲俱樂部跟蘿拉講過話。她一直講她在肯辛頓的成長經驗，說得好像那是個詛咒，彷彿她的脖子上戴了一個瘋瘋病人的鈴鐺。我覺得她很煩，也有點無趣，但我不認為我做了什麼失禮的事。

我問：「那個羅伯？」我笑得有點緊張。

「喔，沒什麼，只是蘿拉提過你。」安娜說得很隨意，同時繼續吸引酒保的注意。「她說你是電腦天才，神童，而且還是國宅出身。」她說「國宅」時，倒抽一口氣，還把表情扭成氣憤譏諷的樣子。「她說你有機會跟我們其他人一樣來這裡，真是太了不起了。」安娜邊說邊咯咯笑。

我笑著說：「她真好。表現不錯的小子。」

「什麼？」

「表現不錯的小子。」

「這是什麼意思？」

「啊，這是足球界常說的話。」

她說：「喔，抱歉，我不看運動比賽。」她那口氣，彷彿那是冷知識桌遊「Trivial Pursuit」裡的其中一類。

酒吧裡的人越來越多，我們也在推擠中靠得越來越近，赤裸的手臂偶爾會相碰。她的頸項側邊有個心形的胎記。看著她細緻的肌膚紋理，我有片刻失神，這時她與我對上眼。

我匆忙轉開視線，同時說：「你怎麼認識蘿拉的？」

安娜好像正在想別的事，含糊地說：「我們是同學。」

「羅婷女中的同學？」

「對。」

我早猜到安娜很貴氣，但沒想到是羅婷女中等級的貴氣。我說：「那你呢？」

她說：「我怎樣？」她突然變得有點防備，好像一句話也不想多說。

「我是指從這裡畢業以後。」

安娜毫不遲疑地說：「喔，我懂了。會計。城裡有五間公司要給我工作，我會在這週末決定要去哪一間。」

「哇，了不起。」

「沒什麼了不起，那就是我的工作。應該說是我要做的工作。」她虛弱地笑了一下。「我們一直沒酒喝，是吧？」

「對，尤其是現在。」我朝著一群穿橄欖球衣的男人點了個頭。其中一人只穿了內褲和護目鏡。

「沒錯。」安娜說著，把視線轉開。她好像突然失去興趣，我可以想見她一路穿梭回到朋友身邊，而我永遠不會再見到她。

她幾乎立刻說：「好。」她回答得太快了，快得讓我覺得她沒聽懂。

我說：「你會想找個時間出來嗎？」

「我是指……」

她說：「抱歉，也許是我搞錯了，我以為你是在約我出去。」

我說：「我是，我是。」我傾身靠過去一點，好在音樂聲中聽到她的聲音。

她說：「很好。」她又露出笑容。她身上有肥皂和頭髮剛洗過的味道。

我說：「抱歉，這裡太吵了。我可以留下你的電話或電郵之類的嗎？」

安娜後退一小步，我才發現我幾乎要靠在她身上了。「好，不過有個條件。」

我說：「好。」我還在想她剛剛說的「那個羅伯」。「什麼條件？」

「你要先把我的手機還給我。」

我低頭一看，才發現我還拿著她的諾基亞。「啊，要命，抱歉。」

她微笑，把手機收進包裡。她說：「好，我的電郵是Anna Mitchell-Rose at yahoo.co.uk。全部是一個字。Mitchell有兩個l，沒有句點也沒有連字號。」

一個星期後，看電影。看預告時，我可以感覺到她身體的溫度，我想伸手過去碰她，把我的手放在她裸露的腿上。我瞄了她幾次，希望她也許會轉頭看我，我們的視線就會相接，但她只是看著螢幕，厚框眼鏡架在鼻梁上，背脊挺直，活像是坐在教堂裡。她唯一的動作，是靜悄悄地從手中的綜合糖果袋裡拿糖果吃。她買糖果時，我看到她計數：上面一排五顆，下面一排五顆。

戲院裡，我坐立不安。電影講的是一名討人厭的嬉皮，在北美搭便車旅行，最後死在阿拉斯加的故事。我迫不及待希望電影快結束。不過，安娜似乎看得很入迷——她一直坐得很直，眼睛從頭到尾沒離開螢幕。

電影結束時，我以為她是那種帶著敬意、安安靜靜坐到演職員名單跑完的人，沒想到螢幕一轉黑，她就拿外套，站起來。

我們匆匆下樓，往電影院酒吧走時，我問：「你覺得電影好看嗎？」

「難看死了。」安娜說：「沒有一分鐘喜歡。」

「真的假的？」

「真的，實在太難看了。」

到了小小的大廳酒吧，我們在一架古董鋼琴旁邊的位子坐下。我說：「挺妙的。我以為你很喜歡。」

「才沒有，我不喜歡。我覺得他很討厭，到處旅行，卻不讓家人知道。根本就是狗眼看人低。」

狗眼看人低。我想像將她介紹給家鄉那些朋友的情景。

我說：「他拋下所有身外之物、把錢燒掉時，你不覺得很酷嗎？」我喜歡逗她。安娜摘下眼鏡，用一小塊布擦了擦，然後把眼鏡放回一個看起來很舊的盒子裡。

她說：「那有什麼『酷』的？」她雙頰發紅。接著她稍微瞇起眼，好像必須戴回眼鏡。她露出笑容，說：「啊，你在開玩笑，我懂了。不過說真的，他的父母辛苦供應他擁有的一切，他竟然全部放棄，為了……為了什麼無聊幼稚的哲學。他真的完全活在自己的世界裡。」女服務生送來我們點的飲料時，她突然顯得有點不自在，沒再接著說。

等又只有我們兩人時，她說：「所以你喜歡這部電影？」

我說：「不，討厭死了。」

安娜眉開眼笑。「太好了，我好高興。」

「他常說的那句話是什麼？『讓每天都成為新的地平線』。」

安娜說：「老天，沒錯，新世紀那種說教的垃圾。」

我說：「還有，你知道哪一點很好笑嗎？」

「哪一點？」

「他想做的事，應該說他唯一想做的事情，就是在荒野裡生活，可是連那件事他也不太行，對吧？他失敗了。」

安娜笑出聲來，說：「沒錯。」她的藍眼睛在酒吧幽暗的橙色燈光下閃爍。「天啊，你說得對，他連那件事都做得很差勁。重點是，如果他願意聽專家的建議，聽有荒野生活經驗的人的建議，例如荒野專家好了，也許他到現在還活著。」

「荒野專家？」

她嚴肅地看著我，說：「對，荒野專家。我相信那是正式的名稱。」

安娜喝一口酒時，我看著她。她真的很漂亮，嘴角永遠帶著淺淺的笑，眼睛閃亮得像希望。她好得我配不上。她會去倫敦，最後跟受邀參加她的高中舞會的那種男人在一起。

安娜說：「你呢？你爸媽住哪裡？」我這才發現我一直盯著她看。

「我爸還住在羅姆福德。」

安娜啜一口酒，遲疑地說：「你爸媽離婚了？」

「我媽過世了。我十五歲時。」

安娜說：「啊，真是抱歉。」

我說：「沒關係，不是你的錯。」她過了一會兒才聽懂我的小笑話，我笑得咧開嘴，她也笑了，更放鬆了點。

我不喜歡談那天早上的事。當時爸在校門外等我，不知道為什麼，他穿了他最好的西裝。他沒說太多，也沒必要。他說，媽在工作時倒地，嚴重中風。他們兩個常開玩笑，說他會是先走的那個。

我問安娜：「你家在哪裡？」

「喔，主要的房子是在薩弗克，不過我們住在那裡的時間不多，所以感覺上不太像是家。」

「啊，辛苦的人生，那麼多房子……」我不知道自己為什麼那麼說。我想說得輕佻、打趣，聽起來卻小心眼、很殘忍。

安娜皺眉，匆匆喝一口酒，好像得走了。「其實，羅伯，如果你想知道的話，我是拿獎學金進羅婷女中的，我的父母根本沒半點錢。」

我結結巴巴地說：「對不起，我不是有意……」她還是皺著眉頭，看得出來，她不擅於掩飾自己的不悅。

「在你試圖把我說得沒那麼窮之前，羅伯，我先說吧，我父母都是傳教士，我小時候多半時候都住在肯亞的貧民窟，那裡會讓你家的國宅看起來像倫敦郊區的奇姆區。」

她轉開身子，我們兩個就這麼靜靜地喝自己的飲料。

我說：「真的很對不起，我不是故意的，真的。」

安娜嘆氣，緊張地撥弄菜單。然後她笑了笑，再度看著我。「抱歉，我可能反應過度了。顯然不是只有你，我也有自己的地雷。」

那天晚上，一關上房門，我們就吻了起來。一陣喘息後，安娜停下來，我以為她改變主意。可是接著她開始脫衣服，宛如她自己一個人待在房間裡。我看著她：細瘦的臀骨、小巧的乳房、蒼白細緻的手臂。全身赤裸之後，她把衣服折好，整整齊齊放在我的書桌上。

打從十幾歲開始，我對性一直很小心翼翼。慢慢測水溫，總是預期我刺探的手很快被推開。但安娜沒有那樣做。她飢渴又毫無保留，實在很不像她原本正經又得體的樣子。她的欲望非常純粹——對我這個不是真的很懂女人的人來說，那種特質男性化得讓我好奇。我們在匆匆拉上的窗簾掩蓋下，一直沒睡，直到凌晨，才帶著擁抱後濕漉漉的身體睡著。

我穿著西漢姆聯隊的上衣和茵寶牌短褲，在球場上等她出來，感覺有點不自在。球場上有一股塑膠和清新汗水的味道。我想在她面前製造擅長運動的形象，不讓她認為我只會一天到晚坐在電腦前，所以我跟她約好打一場壁球，安娜說她在學校時打過一、兩次。

過了好像有一輩子那麼久之後，她終於來到球場。她穿著寬鬆的男性短褲和白色上衣，看起來就像一九二〇年代的網球明星。

她說：「怎樣？」

我忍住一聲笑，說：「什麼怎樣？」

「你自己那身衣服也沒有多標準啊。那是足球衣。」

我竊笑，把視線轉開，同時抗議：「我什麼都沒說啊。」

她彆扭地用雙手握住球拍，說：「是沒錯。可以開始了嗎？」

我們開始熱身，慢慢地來回擊球。只不過安娜實在不像在擊球，只是揮舞球拍，連輪到她發球時都打不太起來。

安娜把球撈向天花板時，說：「我沒戴眼鏡就不太會打了。」

我們又這樣持續了一會，打得跟球局一點關係也沒有。

又一次沒打到球後，安娜說：「好，我承認，我說謊了。」

「你說謊？」

「我從來沒打過壁球。」

我又一次忍住笑，說：「哦。」

「我問蘿拉，蘿拉說很簡單。她說隨便什麼人都會打。顯然並不是。」

那時我好希望自己曾經拍下她在壁球場上的樣子。她看起好美，深色的法蘭絨短褲凸顯了她蒼白的雙腿，帶著酒窩的雙頰因為運動而發紅。

安娜問：「你真的只打過幾次嗎？」

「不知道，大概四、五次吧。在學校的時候。」

安娜咬著唇，一時沒說話。「好吧，說實話，我討厭運動。」

我伸手攬住她的肩膀，說：「我以為你想打？」

她說：「其實，我以為你想打。」她用球拍輕輕敲打腿。「我不想讓你以為我不愛動。」

她說那個字時，我微笑了。不愛動（Sedentary）。十足安娜會用的字。接著假裝打了五分鐘之後，我們放棄了，離開。

大太陽下很悶熱。我們坐在一面小牆上，俯瞰一個封閉的曲棍球場。小朋友，多半是小小孩，還有幾名青少年，在裡面跑來跑去，像是在參加某種運動營。

我們兩人都決定在劍橋過完暑假，靠剩下的學生貸款生活。安娜說，她想做所有遊客在劍橋會做的事，因為她一直忙著拿第一名，從來沒機會玩。於是我們去撐篙、逛各大校園，在菲茨威廉博物館耗了一個下午，還有一個上午逛植物園。更多時候，我們只是待在床上。

隨著夏天過去，我們的朋友陸續離開。他們去旅行：在澳洲當背包客、開露營車遊南美。儘管他們離開時，我感覺有一點遺憾，好像我錯過了什麼，不過安娜和我都同意，旅行不適合我們。我們來劍橋，不是為了到安地斯山脈去「尋找自我」而浪費這幾年的時間。況且，我有我的地圖要想，我有我要寫的程式、要創立的公司。

不過，真正的理由是我們不想分開。我們已經分不開了，像為了愛情不顧一切的青少年，而且家長朋友都看得出來他們終將自食惡果。每次我們試著在自己的房間裡單獨過一夜，結果都是痛苦又煩躁，通常不到一個鐘頭就撐不下去了。「模糊樂團」有一首老歌，裡面有一句話我們兩個都很喜歡：崩潰在愛情裡。那就是我們的狀況。我們崩潰在愛情裡了。

別人都覺得安娜很封閉，像冰冷的魚，但是她對我並不是那樣。有天晚上，我沒問，安娜就對我說起她在肯亞的生活，還有她那對傳教士父母。她字斟句酌地談起她的父親，他的外遇、他如何背棄教會。她談起母親，說她不接受她父親犯的錯，於是把她的愛完全轉移去做善事。

領悟就像洪水一樣到來，我發現我以為防護周延的這個人，其實是完全敞開、暴露的，而她打開心門的人，不是她的父親，不是蘿拉，也不是她的任何一個樓友，而是我。

陽光越來越熱，我們坐在牆上，喝著安娜裝在保溫瓶裡帶來的水。

「你想繼續打壁球嗎？」

安娜說：「不要。我想我今天丟的臉已經夠多了。」

「我還滿開心的。」

她說：「是啊，我相信你很開心。」

「你穿短褲真的很好看。」

她微笑，輕戳我的肋骨，然後擦了一下眉毛，說：「老天，好熱啊。」

帶來短暫歇息的微風已經停了，感覺好像有三十八度。我指著球場另一頭棚子說：「我們去那邊躲太陽吧？」

安娜抬頭看。「是可以，只是我們必須穿過球場。」她說：「你看。」

我們先前沒注意，不過現在有一群動物——穿著毛茸茸動物裝的大人——加入了球場那群小朋友。一頭獅子，一頭老虎，一隻熊貓，看起來就像迪士尼遊行後剩下的髒兮兮玩偶。好像正在頒獎，小朋友們排隊等著領獎。

安娜問：「他們在做什麼？」

「應該是在領獎牌吧。」

「對，那個我懂，可是為什麼有動物？」

我聳聳肩，安娜瞇起眼，想看得更清楚。

安娜說：「我不喜歡他們的樣子。」

「你是說動物還是小朋友？」

「動物。」

我看向他們。從某個角度看，他們確實顯得很邪惡，毛茸茸的嘴巴固定成僵硬的笑容。

我說：「他們勢力滿龐大的。」

安娜謹慎地說：「真的。」

我從矮牆上站起來，說：「我們該冒險嗎？」

安娜煩躁地說：「羅伯，我們不能直接從球場上跑過去。那應該是學校在辦活動。」

「我們又不會被抓去關。」

她說：「有可能。」

「反正我要過去。」說著，我往後看，預期她會跟過來。「總比坐在這裡被太陽曬死好。」我開始跑過球場，但安娜還留在邊線，看起來很膽怯，彷彿正在醞釀跳進泳池的勇氣。

我安穩地躲在另一邊的陰涼處後，朝對面的她揮手，她戒慎恐懼地開始移動。因為不想引人注意，她決定用走的，可是她的緊張反而讓她更顯眼。拿著麥克風的頒獎典禮主持人話說到一半停了下來，小朋友、家長和所有動物都轉頭看安娜。

她發現所有人的視線都在她身上時，禮貌地微笑，然後快步走。旁人可能會誤會穿運動短褲和罩衫的她，是名少女，很可能正是因為這樣，一頭橘色大老虎在中線圓圈處攔住她，鉤住她的手臂，把她拉進小朋友的隊伍裡。我大笑，以為她應該會掙脫，可是安娜——禮貌又細心的安娜——留在隊伍裡，等著她的獎品。

領了獎牌後，安娜必須走過一列祝賀的動物。即使遠在這裡，我還是看得到她臉上的害怕。她脖子上掛著獎牌，規矩前進，依序接受每一隻動物的擁抱。儘管動物一一靠過去，安娜並沒有回抱，一隻熊想把頭靠在她的脖子上時，她甚至往後退。

等到典禮結束，小朋友都跑去跟得意的父母打招呼，安娜怯生生地走到我所在的陰涼處，臉頰紅得發亮，衣服上黏著些許動物毛。

我還在笑，邊笑邊說：「老天，你在做什麼？」

安娜開始傻笑，並擦掉眉頭上的汗。「我一時慌了。老虎攔住我的去路，我不知道該怎麼辦。」

我把水壺遞給她，說：「你怎麼不直接離開？」

她說：「我不知道。我到隊伍裡，然後……就來不及了……不要再笑了。」她對我皺眉。

「不好笑。」

「很好笑。」

「好吧，也許有點好笑。反正都是你的錯。」

「怎麼會是我的錯？」

她喝一口水，說：「因為你要我穿過球場啊。你真是大白癡。這真是我這輩子最恐怖的惡夢。在眾人面前被抱住。」

「而且還是被動物抱。」

「哎，沒錯。」

我們在陰涼處消暑，坐了一會兒。那時我就知道，我不可能比現在更愛她了。安娜永遠不怕自嘲。我也知道，只要我活著的一天，我就不會忘記她斥責那隻過度活潑的熊的眼神。

我們帶了一瓶酒和三明治，坐在康河畔。又是悶熱的一天。熱氣像久久不散的晨霧一樣籠罩河岸，對岸一間咖啡館飄來清脆的爵士鋼琴聲。

安娜說：「你都拍不膩嗎？」

我把剩下的學生貸款拿去買了一臺數位相機，還添購了幾個鏡頭。我摸索設定，想更改快門速度，同時說：「不膩不膩。」

「說真的，不要再對著我拍了。我覺得自己好像模特兒似的。」

「你看起來就像模特兒。」說著，我又拍了一張她的照片。她伸出舌頭，轉向河面，雙腿在河岸上伸直。

安娜不經意地說：「所以，有進度嗎？」

「什麼事有進度？」

「我是說找工作。」

我說：「喔，那個。我寄出了幾封履歷表，還沒有回音。你還要酒嗎？」

安娜用手蓋住她的塑膠杯，搖了搖頭，於是我給自己再倒了一點酒。

「你好像一點也不緊張。」

我聳聳肩。「我才不擔心。」

安娜嘟起嘴，是她不認同時的習慣。「你才寄出幾份履歷表而已，我大概寄了十五份，才拿到五個工作機會而已。」

我說：「那其他十家公司是怎麼回事？」

她說：「不知道。」她沒發現我是在開玩笑，看起來有點落寞。「那幾家公司都沒回覆，真的很討厭。我也不懂為什麼。」

最近幾週，她變得有點煩躁，突然很關心我的前途。安娜已經確定工作，是倫敦市區一家會計師事務所，然後她就開始問我問題。我接下來要做什麼？我會跟她一起去倫敦找工作嗎？

我的心思並沒有放在找工作上，我滿腦子都在想地圖的事——充滿各種資料的活地圖，有MySpace帳號和一臺筆電的青少年就能建立的地圖。

我又倒了一點酒，伸展兩條腿，說：「老實說，我還在希望我的地圖能開花結果。」

安娜繃起一張臉。她拿掉太陽眼鏡，問：「再說一次地圖的事吧？你從來沒有真正解釋過。」

「我以為我說過了。」

她說：「唔，你可能說過了，但我還是不懂。」她好像在生氣，但我實在不知道為了什麼。

我坐直起來，轉身面對她「好吧，這麼說吧。現在才剛有雛型，基本上這個軟體可以讓使用者依自己的需求做自己的地圖。舉例來說，你可以把你的自行車路線或者跑步路線畫成地圖，也可以把你拍的照片上傳到旅遊地圖給別人看。」

「你會把照片放在地圖上？」

「會。」

安娜噘起嘴。「這樣不是很奇怪嗎？為什麼有人想做這種事？」

我開始有點煩了。我說：「我不知道。因為可以這麼做吧。」

我們靜靜坐了好一會，安娜開始把野餐的東西收進她的背包。

安娜說：「反正，你不懂地圖最重要的一點吧？我是說，要學好多年才能當製圖師。我爸爸有個表兄弟以前就是製圖師。那是很需要技術的職業。」

「你對這件事為什麼反應這麼奇怪？」

「羅伯，我沒有，我只是問問。」

「安娜，什麼都沒有改變。」

「什麼意思？」

「我還是會去倫敦，如果你在意的是這件事的話。」

她哼了一聲。「才不是那樣。跟那個一點關係也沒有。」

「那你幹嘛那麼煩惱？」

她沒回答，繼續收拾野餐的東西。我知道她在煩什麼。因為我打算自己創業。她覺得那樣很危險，偏離了正確的路線。她認為我應該去應徵一個有各種福利和退休金的工作。畢竟，那才是我們去劍橋、念書念得那麼辛苦的原因。

她看著對岸，說：「有時候真的很氣人。你總是那麼確定自己會得到你想要的結果。」

「那樣有什麼不對？」

「因為並不是每次都能盡如人意。」

「到目前為止都是啊。」

「什麼意思？」

「喔，我所努力的一切，目前都如願以償了。」

我知道這樣說很自大，但我感覺傷到人了。安娜生氣地轉頭，撫順她的裙子。「只要你知道自己在做什麼就好了。」

我問：「你為什麼這麼介意這件事？」

「並沒有。」

「有，你現在就很生氣。」

她伸手越過我，給自己倒酒。「你做的事感覺都是一時衝動，好像你並沒有想清楚。羅伯，你才剛以第一名畢業，各家公司都會搶著要你，可是你卻想做什麼地圖的東西。」

「對，因為我覺得我可以讓它變得很好用。而且，我並不想去公司上班。」

安娜深深吐了一口氣。她說：「對，你說得很清楚了。」

我們兩個都說不下去了，雙雙坐下來，看著康河上的撐篙人。除了先前幾次小口角之外，這是我們兩個第一次吵架。

過了一會，安娜說：「是因為那個。」她的聲音幾乎細不可聞。

「哪個？」

「我之前說的那個。我說跟倫敦沒關係，其實有關係。我只是想知道你真的會來。」

我看著她。她好美，她的膝蓋含蓄地塞在胸前，頭髮上散落了小小的蒲公英種子。

「我當然會去倫敦。」說著，我挪近她。「但是有一件事。」

「什麼？」

「我想要我們住在一起。我知道我們交往不算太久，但我想要跟你一起住。」

2

「安娜，你方便講話嗎？你一定不會相信的。」我正站在倫敦老街一間公司會議室外面。她說：「你沒事吧？」

走廊牆壁很薄，我盡量壓低了聲音。「那個軟體，他們想要。他們想買那天殺的軟體。」

片刻停頓，電話那頭傳來微弱的笑聲。

安娜說：「羅伯，你不是又在開玩笑吧？」

「我沒有，絕對不是。我不能講太久，不過他們正在會議室裡看資料。我甚至不必大力鼓吹，他們就是想要。他們很識貨。」

那家公司，芯科技，是一個程式設計師朋友介紹的，是間新創公司，負責人叫史考特，是大我幾屆的劍橋學長。

「羅伯，那真是太棒了。這真是好消息。」她嘴裡這麼說，但感覺好像在等我繼續說別的。

「你猜他們想出多少錢？」

「我不知道，呃……」

「一百五十萬。」

連安娜都無法掩飾她的興奮。「你是說英鎊？」

「對，英鎊。我自己都還不敢相信。」

安娜深吸一口氣，我可以聽到一陣窸窣的聲音，很像是她正在用鼻子吹氣。

「安娜，你還好嗎？」

「我沒事。」說著，她又窸窣幾聲。「我只是……我只是不知道要說什麼……」

「我懂，我也是。我們今晚來慶祝。」

她說：「當然要慶祝。」她的聲音裡有一絲謹慎。「只是我不懂。到底是怎麼回事？他們是……」

我可以聽到會議室裡傳來椅子的刮擦聲，有人站起來的聲音。

「安娜，我得掛了，我等一下打給你好嗎？」

她說：「好，但是你不要倉促決定，羅伯，什麼都不要簽，好嗎？說你需要跟律師詳細討論一下。」

「好好好……我得……」

「羅伯，我是說真的。」

「好，好，你放心。我晚點打給你……」

一走出大樓，污濁的暑氣便襲來。有那麼一刻，我只是站在那裡，對著陽光眨眼，看著川流的車輛繞著圓環呼嘯而過，歡樂、骯髒的倫敦喧囂。

過去九個月並不好過。我們住在克拉珀姆[2]一間公寓的一樓，租金是安娜付的。我總是通宵工作——靠咖啡因沒日沒夜地寫程式——安娜必須早起去上班，所以我們難得見到面，多半是穿著浴袍在走廊揮揮手——她剛起床，我正要睡覺。我們講好，這是暫時的。等她受訓結束，等我寫完軟體，情況就會比較好。

安娜工作的部門負責稽核銀行是否遵守財政法規，她很喜歡這份工作，也很適合她：嚴守規矩的她，知道銀行可能在哪裡犯錯，因為知道規則，她也知道如何迴避規則、如何利用法律捷徑和漏洞，更清楚躲在小字裡的免責條款。她的才華受到認可，才到職半年，就迅速升任管理職。

我還處在興奮中，有點不知道該怎麼辦，所以朝利物浦街走，同時避開陽光，躲在城市的陰影下。我打電話給安娜，她關機，於是我躲進一間酒館喝啤酒。

我一直都知道我是對的。連續二十、三十個鐘頭寫程式，只蓋一張舊毯子睡在地上。我跟別人說，智慧型手機會改變一切，他們總是不以為然。可是那是真的。以前地圖是靜態的，我們把它折起來收在背包裡，或是放在車子的前置物箱裡。現在地圖是動態的，量身訂製，存在手機，收在口袋裡，永遠與我們同在。

啤酒開始發揮安撫效果，感覺像沉重的負擔被抬起來了。那並不是我們的計畫——由安娜付房租，還借我錢買新西裝。她沒說出來，但我知道她怎麼想。她認為我現在應該把天真的地圖想法擱在一旁，去上點商業課程，去遊戲開發公司實習。

這一點很折磨人。一直以來，大家都以為我會是日進斗金的天才神童。因為我有過去的成績證明。我跟大家說我會以第一名畢業——我真的辦到了。我跟不信我的導師說我會贏得一年一度的劍橋駭客大賽——我辦到了，而且是每年達陣。可是倫敦不是那樣。安娜每隔兩週飛去日內瓦出差時，我穿著四角褲坐在沙發上看旅遊節目，吃雞王速食店的剩飯。

我的電話響了。是安娜。

「哈囉。」

「你在酒吧裡吧？」

「你怎麼知道？」

「我訓練有素，還有我提早結束了。你要來利物浦街找我嗎？」

那是個繁忙的星期四。街上熙來攘往都是穿西裝的上班族，聽得出來一週忙碌的工作即將進入尾聲。我比安娜早到酒吧，站在人群中等著喝一杯。

我看到她走進來。即使我們在倫敦已經住了九個月，我還沒看過她在自己的領域裡揮灑的樣子。我喜歡看她：小心翼翼靠近酒吧的樣子；我知道她正仔細盤算站在哪裡最好；她摸著新配的工作眼鏡的樣子，她說那眼鏡讓她看起來像色情電影裡的祕書。

我說：「哈囉。」她轉身，露出笑容。有片刻，我以為她會抱我，不過她只是緊盯著我，一直眨眼，彷彿燈光刺痛了她的眼睛。

她說：「我欠你一句道歉。」

---

2 Clapham，英國倫敦南部蘭貝斯區。

「為什麼？」

「因為有時候我並沒有那麼支持你，你的想法，你的軟體，我覺得很抱歉。」

「才不是，安娜，你一直在實質上資助我，付房租……」

「對，可是我不是指那個。這樣說很糟，但我想我之前是懷疑你。我很抱歉，我覺得很慚愧。」

她吞了吞口水，突然看起來很羞怯。我環抱她的腰，說：「安娜，沒關係，我瞭解有時候天才沒那麼容易被認出來。」

她戳了戳我的肋骨，把我的手拉開她的腰。「不要太自大。等等，我在說什麼？你一直都是我認識的人裡最自大的一個了。」

「好凶喔。要點酒了嗎？」

安娜一臉渴望地看向吧檯。「我在努力，只是我的攻擊計畫沒成功。」

突然，她轉向我，彆扭地親了一下我的臉頰。那是毫無遐念的吻，就像親年老姑媽那樣，但對安娜來說，卻是罕見地在公開場合表現感情。她說：「我答應自己我不會哭，我做到了，但我想說我非常以你為榮。真的，羅伯，你一直那麼努力，成功是你應得的。」

我正要說點什麼時，安娜拉緊了手提電腦的束帶，朝吧檯點個頭。她說：「走吧，有空位了。」

找到空桌後，我把會議上的情況一五一十說了一遍，然後安娜問：「你跟你爸說了嗎？」

我模仿我爸的東倫敦口音說：「『我真是太高興了，兒子。那是足球員的薪水啊。』他真的很高興。你也知道他激動時是什麼樣子。」

跟爸說時，我聽得出來他竭力不哭。他還在計程車站，等人叫車。「我的媽呀，兒子，」他一直說：「我的媽呀。」

等他緩過氣來，他告訴我他有多以我為榮。他說：「我還是不敢相信。先是劍橋大學第一名畢業，然後又是這件事。計程車司機和清潔工——真不知道你是繼承了誰，兒子。」

安娜從包包裡拿出一本筆記本。「我當然非常高興，不過我確實有幾個疑問。」

「喔哦。你不會列了一份清單吧？」

「當然。」安娜翻開一頁，她在上面以工整到不可思議的筆跡寫了一份清單，還加上編號。

「天啊，你真的列了清單。」

她微微臉紅。「羅伯，這是你的大好機會。我不會讓你浪費它。」

「這是我們的大好機會。」

安娜把玩鹽罐，又喝了一口酒。「說真的，可以來看我的清單了嗎？我現在有點緊張了。」

「我們應該先點香檳來喝。」

安娜緩慢而刻意地搖頭。

「不會吧？別這樣，我們來慶祝。」

「羅伯，不是我想掃興，只是在這裡喝香檳實在是太貴了。」

「老天，安娜，我才剛賺了一百五十萬英鎊耶。」

她說：「我知道，那樣很好。」她壓低聲音，怕被別人聽到。「這也讓我想問第一個問題。」

我揚起一邊眉毛，說：「你戴新眼鏡好性感。」

「謝謝，你的嘴巴真甜。但是羅伯，拜託你。」她將筆記本上的灰塵拍掉。「他們會給你薪水嗎？」

「什麼？」

「除了那筆錢之外，他們會給你薪水嗎？」

我回想會議內容。現在全都一片模糊，但他們確實提到薪水的事。「還真的會。他們要我負責經營公司。」

安娜面露喜色。「啊，太好了。」

「等等，他們出那麼高價買軟體，你反而沒現在這麼高興？」

「對，可以這麼說。你會覺得我很奇怪，但固定收入對我比較重要。」

「等一下，你在說什麼？」

安娜突然顯得很嚴肅，是她面對客戶的臉。「是真的。你看，天上掉下來的財富很棒，但只會坐吃山空，固定收入卻會隨著時間越變越多。」

「這麼說也有道理。」

安娜笑著說：「這就是有個會計師女友的眾多好處之一。」她翻了一頁筆記本。「現在我可以繼續問其他問題了嗎？」

安娜的爸媽家裡，有一股奇怪的霉味：讓我想到奶油糖，或是老人家放在抽屜裡的茉莉香味手帕。

我們坐下來，在近乎完全的靜默中吃飯，只有時鐘像預告災難似的滴答聲，以及刀具碰撞骨瓷的刮擦聲。食物是華而不實的冷凍火雞、煮過頭的軟爛蔬菜，以及一杯雪利酒，安娜說是為了我特地拿出來的。

安娜的父親放下叉子，說：「羅伯，你父親好嗎？」他穿了三件式灰色西裝，邊緣有點磨損破舊。

「謝謝，他很好。還在開他的計程車。不過他現在身體不太好，因為糖尿病的關係。」

安娜的父親沒說話，低頭看著他的盤子。

過去三年的耶誕節，我們都去我爸那裡過節。因為比較近，我們這麼跟安娜的爸媽說。羅姆福德近多了，而且爸爸自己一個人。今年，主要是出於安娜的責任感，我們決定到他們住的薩弗克海岸小村子來，跟他們一起過節。

「他會自己一個人過耶誕節嗎？」

「不會啦，他會去麻吉家……去他最好的朋友史蒂芬家吃晚餐。」

安娜有點得意地笑著說：「是那個小史蒂嗎？」她說我在她父母面前講話都會字斟句酌，她覺得這一點很好笑。

「對，小史蒂。他會過得很愉快。他給自己買了一臺大螢幕的平板電視，我們幫他訂閱了運動臺的節目，所以，他會像快樂的豬……」我差點被嘴裡的球芽甘藍噎到。「所以，他會很開心的……」

桌子另一頭，安娜憨笑，喝一小口雪利酒。

安娜的母親用一張餐巾紙擦了擦嘴，說：「那種新電視機，很貴吧？」她一如既往，穿著格紋呢兩件式套裝，像個嚴厲而不起眼的家庭教師。不知道為了什麼，她戴著橡膠手套上菜，手套底下是一雙慘白的手，彷彿用鋼刷仔細刷過。

我說：「啊，他是分期付款買的，耶誕節有推出分期免利息的活動。」

靜默。我們聽著滴答的鐘聲、風聲和打在窗玻璃上的雨聲。

「珍娜，我們從來沒借過錢吧？沒有貸款過，也沒有用信用卡買過東西。在這方面，非洲人可以教我們很多。」

我禮貌地笑了笑。我很想說，那是因為教會給了你們房子，還有因為你們三十年來連新衣服都沒買。

安娜說，他本來很風光。很精明。他們用斯瓦希里語叫他達科塔里，醫師。在非洲村子裡，他主要是牧師，其次是醫師，但也是工程師、法官、調停者。他們在肯亞住過那麼多村莊，大家都把他當貴族對待。

不過安娜說，後來有了麻煩。那是她的用字，麻煩。跟當地人的緋聞，那些信徒的女兒們。到最後，教會不能再視而不見，很快就召回他們一家人。

我說：「喔，他很喜歡用那臺電視看足球比賽，還有電影。」安娜的母親含糊地說：「那很好。」後面還說了什麼我就聽不到了。

我一直在想這個時候爸在做什麼。正跟小史蒂和他的太太吃晚餐，或是聽女王演講，玩派對賓果遊戲。

終於，安娜的父親打破靜默，說：「羅伯特，那你呢？你目前很忙嗎？」

其實我不忙，但我不能這樣跟他說。我賣掉軟體，加入那家公司時，我想像的情況跟現在很不一樣。我以為我可以靠利息生活，偶爾去開個董事會，騎著一輛小滑板車到處跑，在程式設計師休息時跟他們玩場撞球。但情況完全不是那樣。

芯科技沒有辦公室了。出資的史考特說，沒那個必要。我們可以把大部分程式設計工作外包給比利時一家公司。於是，每個星期兩、三次，我跟在布魯塞爾的馬克開電話會議。其他時候我們就用電子郵件和即時通訊軟體聯絡。我沒有太多事情要做，大半時間都在程式設計師論壇上留言，還有玩夢幻足球遊戲。

「就是一堆公司的雜事。」

我以為安娜的父親會說什麼，但他只是點頭，視線越過我，停在牆上的某個東西上。他不認同我的工作，認為我只是運氣好，彷彿賺錢都只是魔術師的把戲而已。

我很不喜歡他認為我們很浪費。我們把大半的錢花在房子上，一棟高大、稍微需要整修的喬治王時期排屋，就在議會之丘山頂。我們買了新衣服、一輛車，但我們並沒有每個星期都飛去巴拿馬群島度假。

「現在工作不好找，那是一定的。」他這樣說，好像我失業了，好像我沒辦法賺錢養家。

「安娜，那你呢？我是指你的工作。」他說得很僵硬，我實在無法理解他們真的是父女。

安娜說：「還可以。」我以為她會繼續說下去，多說點什麼，可是她沒有。她沉默，盯著餐具櫃上的一尊非洲木雕。

跟安娜的父母見面之前，安娜警告過我。她說他們很冷淡、很怪，而且她跟他們一直都不親近。她說，問題在於他們愛非洲和傳道工作更勝於愛她。情況好的時候，他們兩人就像熱戀中的情人，安娜感覺自己就像多餘的手腳或輪子。情況不好時、她的父親出門「旅行」時，她的母親就討厭她，彷彿他對村子裡的女孩貪得無厭的欲求是安娜的錯。

她講過一件發生在奈若比[3]的事，而那件事，不論她怎麼解釋，我都無法理解。她的父母有時會帶教區裡的女孩子回家，窮人家的孩子，或是問題少女。安娜必須招待她們，不只是讓她們感覺受到歡迎（她非常樂意這麼做），還要為她們上茶、鋪床、在她們洗完澡後拿毛巾給她們。她說，她瞭解人必須幫助沒自己幸運的人。這是父母從小就灌輸她的觀念。可是她說，有時她感覺她們才是爸媽的女兒，不是她。

那天晚上在安娜的父母家，我在房間裡，窩在毯子下讀一本吉米・哈利的舊小說。即使我們已經結婚了——在峇里島某個海邊一時興起辦的婚禮——他們還是安排不同的房間給我們。房間空蕩蕩的：一張床，一張床頭桌，還有一本聖經。沒有無線網路也沒有手機訊號，只有一個架子上擺滿陳舊的米色精裝書，書名都磨損不清。安娜認為他們這樣安排我們的房間，是處罰我們既無計畫也無通知的婚禮，是沒有被教會祝福的結合。這就是他們的不同。這個驚喜讓我的父親高興得不得了，他說那是我們的婚禮，我們想怎麼辦就怎麼辦。安娜的父母卻一直懷恨在心。

我聽到門口一聲輕響，安娜進房來，穿著外套。她說：「我受不了了。我們得去找間酒吧。」

我們說只是去散個步，很快回來，實際上卻走了兩哩路，到最近的鎮上。吹在臉上的微風，從來沒有感覺這麼舒服過。一心一意想尋找人群，我們沿著黑暗的鄉村路快步走，幾乎沒說話。

索思沃爾德這個濱海小鎮一片死寂。只有燈塔似乎還活著，鶴立雞群，高聳在全鎮之上，光芒毫不遜於月光。我們唯一聽到的，只有自己的腳步聲，還有輕柔的浪濤聲。

我說：「店家應該都打烊了吧？」

安娜說：「我們必須找下去，一定要。」這時我們轉進另一條黑暗的鵝卵石路。

就在我們打算放棄，或者搭計程車到下一個小鎮時，我們轉過路口，燈光灑到街上來。是間旅館，兼做酒吧生意。

開門時，感覺就好像整個人舒服地躺進熱水池裡。我們站在門口，環顧店內：溫暖的燈光，吧檯的鏗鏘聲，吃角子老虎機的顫動和乒乓聲。角落有一群吵鬧的當地人，都穿著應景的毛衣、戴著耶誕老人的帽子。

靠近吧檯，我問安娜：「你要喝什麼？」我得大吼壓過吵鬧聲。

「來杯大杯的拉格啤酒，我想我還需要雙份的什麼。」

「什麼？」

「雙份。我要雙份。雙份的烈酒。」

我開始大笑。安娜通常喝不多，我也從沒見過她喝烈酒。

---

3 肯亞首都。

「好吧，我喝啤酒就好。」

安娜說：「很好。」她的口氣有點像她父親。她正在看吧檯上的烈酒量具。「琴酒。我喝琴酒好了。」

「好。」說著，我試著吸引酒保的注意。「一杯啤酒、一杯琴酒。」

她輕推我一下。「羅伯，你忘了，我要雙份。兩份琴酒裝同一個杯子裡。」

我微笑著說：「對喔，我記住了，親愛的。」

我們坐在吧檯的兩張凳子上，面對彼此。安娜一口喝光琴酒，瑟縮了一下，臉頰泛紅。她放鬆地嘆了一口氣。

她讓啤酒追隨琴酒而去，然後說：「對不起。我是指他們。我知道你很不好過。」

我說：「沒什麼。」

安娜搖頭。「不會沒什麼。他們太奇怪了，而且越老越怪。問題是，他們今天這樣算表示善意了。」

我差點把啤酒吐出來。我說：「真的假的？」

她說：「真的。他們只是不喜歡這裡。我是說英格蘭。他們不快樂，全表現出來。」她喝了一大口啤酒。「我寧願跟你爸一起過節。這樣說很糟糕，但真希望每年都能去他那裡過節。」

我現在知道安娜為什麼那麼想在羅姆福德過耶誕節了，我們在那裡有間小排屋，爸用麋鹿燈裝飾，前院還有個大型的吹氣耶誕老人。

第一次帶安娜回家過耶誕時，我一直很緊張。自從媽死後，爸就不太想過節。有一年我們叫了中國菜；還有一年我們在酒吧裡吃耶誕節午餐。

因為安娜要來，爸說他會準備全套的東西，跟媽以前做的一樣。他請小史蒂的太太教他怎麼料理火雞和烤馬鈴薯。他把假耶誕樹從閣樓搬下樓，去大賣場買餅乾，而且有生以來第一次，他買了一條全麥切片麵包，而不是平常買的白麵包。

打從見到她的那一刻起，爸就說安娜是家人。我總是以為他會開玩笑——兒子啊，你給自己找了個上流社會的女人——不過他從來沒這麼說。第一次共度耶誕節，他們多半時間都待在客廳聊天。他喜歡聽安娜說她在非洲的時光，還有她在寄宿學校的生活。她喜歡聽他說在計程車站的趣事、追著西漢姆的比賽跑。

等到下午稍晚，酒杯在手，爸拿出相簿來，我們全擠在鬆弛、破舊的沙發上。

安娜指著一張相片問：「羅伯，這是你媽嗎？」那是在布萊頓的海邊，她戴著遮陽帽。

我說：「對。爸，那是什麼時候拍的？」

爸說：「啊，我不知道。那時你大概七、八歲吧，兒子。我記得……」他的聲音有點破碎了。

安娜突然說：「她好漂亮。」我們一起看著她那張照片。

爸說：「對，她很漂亮……」他還故意用了現在式，他從來就沒接受她已經不在了。「看。」說著，他翻了幾頁。「這裡還有張很棒的照片。我們在耶誕節拍的。你媽剛做頭髮。」

安娜說：「她真的美極了。」然後指著尷尬青春期的我，說：「老天，你看看你，瘦巴巴的。」

爸笑得很大聲，說：「他以前一直都這樣。真不知道是像誰。絕對不是像我。」

那天下午，我從來沒看過安娜那麼放鬆，那麼自在。她把腳伸到茶几上，手裡拿著一瓶嘉士伯啤酒。那次之後，我們每年耶誕節都去羅姆福德過節，我們的家庭傳統因為安娜的出現而重生。她很喜歡那些傳統，她說那是她從來沒有經歷過的事。上午的氣泡酒和超大盒巧克力的開盒儀式。趁著火雞還在烤時，去酒吧喝一杯啤酒。賓果遊戲。爸要我們從天亮戴到天黑的派對帽。

下午，爸會因為喝了香檳而情緒激動，告訴我和安娜他有多愛我們，說她就像他從來沒有的女兒一樣。然後，幾乎每年同一時間，在我們跟著PlayStation遊戲機的卡拉ＯＫ唱完〈嘿茱蒂〉後，他會在沙發上睡著。

我把手放在安娜的手臂上，說：「我們可以大家一起過節，我爸跟你爸媽。只是我無法想像你媽唱卡拉ＯＫ的樣子。」

安娜說：「哈。」突然她靠過來親我，結結實實吻在嘴唇上，我感覺到一股情慾，就像葬禮之後想要做愛那種被壓抑的慾望。

「哇，安娜，小心點。這絕對是公開曬恩愛。」

她坐回位子。「應該是琴酒的關係。不過，說真的，我不想再來這裡過節了。我知道他們是我的父母，但我真的不想回來過節。」安娜壓低了頭，幾乎就像她對自己說的話感到尷尬似的。她說：「昨晚我想念你。」

「在你少女時代睡的房間裡？」

「對。其實那裡讓我覺得很想要。」

「真的？我隨時都可以去找你。」

安娜立刻說：「不行。」接著像謀劃什麼似地環顧四周。「不過，我會去找你。」

我開始大笑。「你醉了嗎？」

她傻笑。「還真的有點醉了，是耶誕節的氣氛啦。不過說真的，羅伯，我不准你離開房間，我去找你比較簡單。因為我知道他們什麼時間睡覺，我知道走廊的哪塊地板會叫，我知道怎麼關門才不會發出聲音。」

「真是刮目相看。」

「我沒有你想的那麼死板，親愛的。」

我半開玩笑地說：「要是我們發出聲音怎麼辦？」啤酒讓我有點飄飄然了。

「我們不會。至少我不會。」

我疑惑地看著她。

「羅伯，我上的是寄宿學校。我學會不發出聲音。」她淘氣地對著我微笑，也終於得到酒保的注意。

「可以再給我一杯琴酒嗎？」

酒保點點頭。

「請給我雙份。」

我們帶著些許醉意走回家。為了安全，安娜要我們面對駛過來的車輛，一前一後走。車子開過來時，她把我拉到路邊，讓車子經過。

最後一段路有人行道，我們手挽著手走。

我說：「你還會來找我嗎？」

她幾乎是鄭重地說：「當然會，我們說好了。」接著她停下來，我以為又有車來了，可是路上空蕩蕩的。

她說：「也許我們應該試試看……」

「試什麼？」

「生孩子。」

「你醉了嗎？」

她說：「一點點。」

我說：「真的嗎？」我們從來沒有認真討論過孩子的事。我們都很滿意現在這種沒有孩子的倫敦生活：安娜的事業；週末的《星際大戰》馬拉松和路邊攤美食節。去公園划船，下雨天逛博物館，在酒吧裡度過慵懶的午後。那正是我們一直以來想像的倫敦生活。生養孩子的世界還在遙遠的未來，而那未來，就跟我們到秘魯去生活一樣，那麼不真實，那麼不像是我們的未來。

每次安娜跟孩子在一起，我都會看一下。她似乎不像其他女人一樣，會呱呱呀呀逗弄小孩。有一次我看到她抱一個朋友的寶寶，她抱嬰兒的手勢是那麼彆扭，就像耶穌誕生劇裡笨手笨腳的馬利亞。她把孩子還給媽媽之後，我看到她小心翼翼地在褲子後面擦了擦，把寶寶的口水擦掉。

安娜緊張地咬著嘴唇，說：「真的。今天中午吃飯時，我想到你爸爸，想到我有多喜歡去那裡過耶誕節。那種一家人的溫暖感覺。我也很想要，想要創造我自己的溫暖家庭。」

我把她拉過來，親吻她頭頂。愛安娜就像一個沒有別人知道的祕密。你謹守著那個祕密，永遠不會透露。因為我是唯一的一個，她唯一敞開心房的人。我們就那樣在路邊站了好一會，在月光下輕輕搖擺。

我想我們那天晚上就有了，不然就是隔天早上，安娜的父母去教堂時。兩、三個星期後，安娜把我叫進浴室。她坐在浴缸邊，對著不同角度的光線，近距離檢視驗孕試紙上那條清楚的藍線。我仔細閱讀說明，確定沒解讀錯誤。沒錯，一條無可辯駁的粗藍線，真的在那裡。

我說：「我不敢相信。」

安娜說：「是啊。我們不要太早慶祝，還不確定。」

她看到我的臉垮了下來，就把手放在我的手臂上。她說：「我跟你說，這個牌子是市面上出錯率最低的。我就是因為這樣才買的。」

我沒說話，她環抱住我，把臉埋在我的脖子。「我只是不想太興奮，好嗎？」

我說：「好。」然後我們站在那裡看著那條線，那藍色的線條比先前更明顯、更清楚了。

杜德爾門

你說，在石頭上弄出一個大洞的，
不是海水，而是蝙蝠俠用蝙蝠鏢和電磁槍轟出來的。
我們往下看著突出在海面上的懸崖，
一艘載滿小朋友的橡膠艇從拱門下方開過去，
然後你開始在草地上又跑又跳，
閃躲兔子洞，扯開喉嚨大叫，所以我開始追你，想抓住你，
我們笑得好開心，一直跑、一直跑，
把葉子上的水珠都踢了起來，
水霧中出現彩虹。

3

一條藍色的線。到頭來就只是那樣。我記得醫師停頓一下。我以為超音波顯示器當掉，因為那灰白色的陰影動也不動。我可以感覺身旁的安娜屏住呼吸，試著解讀她上方螢幕上的陰影。

醫師在安娜的肚子上來回移動掃描器，同時說：「嗯，我現在恐怕沒有偵測到心跳。」那裡本來有心跳、有電子震盪、有白色的東西在顫抖，現在什麼都沒有。

她開始測量胚胎的大小。我說，有長大嗎？醫師說，才八週大，很小，可是安娜已經懷孕十週了。我不太懂這種事，我說，所以它很小，是體重過輕嗎？

安娜懂這種事。醫師沒要求，她就用一張紙巾擦了擦肚子，然後在床邊坐起來，眼睛盯著牆上的螢幕看。

安娜第二次流產，是懷孕十三週時。

醫師說：「很遺憾，看不到這個時間點應該會有的成長。」這次，它不只是一小團羊膜細胞，而是已經有了人形，四肢、心臟、嘴巴。寶寶甚至還有眼皮。那個必須從安娜的體內拿出來的孩子，本來可能捧在我們的掌心裡。雖然我們還不知道它的性別，安娜後來告訴我，她給她取名為露西。

安娜靜靜地傷心。她沒有跟母親說，也沒跟蘿拉說。蘿拉也有過流產的經驗。因為安娜就是那樣，那就是她從小學到的方式。堅忍不拔至上。

她是鑰匙兒童，在肯亞一個塵土飛揚的貧窮社區裡長大，每天早上去學校的路上，當地人用石頭和咒罵迎接她，罵她是白魔鬼、是又臭又肥的賤人。安娜告訴爸媽時，他們說她愛抱怨，被寵壞了，說她沒有準備好為主受苦。

我們沒有跟外人說。失去的寶寶是我們的祕密，將我們綁在一起。那些祕密讓人痛苦，但那是我們的祕密，而且只屬於我們。

她什麼都告訴我，連覺得丟臉的感覺都說。她認為自己是遭到處罰，只是不知道為什麼。她說受不了去超市看到年輕媽媽，因為會覺得是她們搶走了她的寶寶。她說她不相信她的卵子和我們一起創造出來的胎兒有問題，問題出在她懷胎的能力。她認為自己有損傷，她的身體有功能上的缺陷。流產，是流失胎兒，也可能是承載胎兒的能力有問題。我從來沒有這樣想過。

不過，安娜並沒有就此卻步。她一心一意要生孩子，就像她一心一意要拿到第一名一樣。我們去哈里醫療街一家婦產科求診，做了一大堆檢查，但是沒查出她有什麼問題。就是機率問題，下次運氣會比較好。

於是我們一直試，不肯放棄，因為那就是安娜面對世界的態度：背靠著牆，武裝起來，像戰鬥一樣。那就是我們的交集。艾塞克斯郡國宅出身的小子，拿獎學金的女孩，都沒有有錢的父母或顯赫的出身，所以覺得必須向世界證明什麼。

在安娜的建議下，我去了一間診所，然後，在一間有扶手、有緊急拉繩的廁所裡，對著老舊的色情書刊自慰。我的精子沒有任何問題。醫師說，第一流的，都是精華。

安娜第三次懷孕，我們都不意外，因為受孕從來不是問題。我們帶著悲壯的心情面對孕期。第八週左右，我們等著同樣的狀況：安娜莫名痙攣，她形容的那種空洞的感覺，雖然前兩次孩子都在那裡，生在她的體內，也死在她的體內。但這次不一樣，它就在螢幕上：心跳。不是隨隨便便的心跳，而是強壯的心跳。有手、有腳，還有纖細的肋骨線條。有眼睛，有初成形的胰臟。有眼皮。

到了第二個孕期，醫師說，就算是高風險的懷孕狀況，失去這孩子的機會也微乎其微。我們不相信。我對安娜說，這樣比喻不恰當，但我總感覺我們像是在參加《超級大富翁》這個節目，題目越來越難，我們想要不被淘汰，只能賭運氣了。

安娜說：「你的比喻不成立，因為我們不能換現。要能用孩子換現金，這個比喻才成立。」

我注意到它們，是在安娜懷孕第三個孕期一開始。有一天我在後院看到兩株本來不存在的向日葵。安娜不喜歡園藝，她說那是苦差事，而她這輩子也沒種過東西。

我到廚房去，她繫著圍裙站在水槽前洗咖啡杯。

我說：「我喜歡你的向日葵，是你種的嗎？」

她說：「是我種的。」她看起來對自己很滿意。「很漂亮吧？」

「很漂亮，我只是很意外。我以為你討厭園藝。」

「不用擔心，我是討厭園藝……只是……」她吞了一口口水，放下手上的馬克杯。「你一定會覺得我很好笑，但我只是想要做點事，我是說，為小傢伙們。我知道那不是我會做的事，但我想應該很不錯。」這時她轉頭，不想讓我看到她哭，我伸手抱住她，她把頭埋進我的頸項裡。

「園藝中心的那個女人說向日葵很強壯，風吹雨打也會長得很好。」

我坐在浴室地上，看著浴缸裡的安娜。她正在看書，書本立在一個放肥皀的鐵絲架上，我記得在奶奶家看過。她心不在焉地用手指繞頭髮，我則看著泡沫試圖在她的隆起處找到一條路。人的皮膚竟然可以這樣延展，真是太驚奇了。她的肚子就像一面繃緊的鼓，最外層近乎透明。我不太敢碰她。我想，可是我擔心會壓錯地方，我笨拙的雙手會傷到裡面的寶寶。

我看著她讀書。她的粉紅色刮毛刀放在浴缸旁邊，即使過了這麼多年，這件事還是讓我覺得很安心。我記得當年在劍橋，我們剛開始在我住的地方同居時，我就有那種感覺。我很喜歡在浴室裡看到她的瓶瓶罐罐；床頭桌上有她的書；她的耳環仔細地放在抽屜裡的一個碟子上。沒錯，那是領域入侵，但這種領域入侵只讓我感到解放。

「啊，我本來要告訴你的。」安娜說著，放下書，雙手撥著水。「我加入一個臉書社團，叫嬰兒與小小孩。」

「那是什麼？」

「線索就在團名裡啊，羅伯。嬰兒和小小孩，一種媽媽社團。」

「有用嗎？」

「唔，我才剛加入，不過簡單來說，沒用，很恐怖。是蘿拉要我加入的。」

「她還在吃什麼裸食？」

「吃？羅伯，她簡直就是裸食的化身。她還開了一個部落格，叫**裸食媽媽**，而且她正在寫第一本食譜書。」

「天啊，可憐的茵蒂雅。」

「是啊。她信誓旦旦地說茵蒂雅喜歡吃，還說自從她開始裸食後，哮吼沒復發過。」

我說：「對了，蘿拉也有推特，你知道她的個人簡介寫什麼嗎？」

「呣，我猜猜看……」

「等一下。」我拿出手機。「蘿拉．布利哈斯亭斯。母親，女兒，姊妹，朋友，火舞者，瑜伽士，裸食推廣師。」

安娜拉起一撮頭髮，說：「老天，真是蘿拉的作風。人家會不會看到『裸』就誤會啊。你知道她在臉書上寫自己的工作是什麼嗎？」

「什麼？」

「擁抱執行長兼首席餵食助理。」

我哈哈笑，說：「天啊。所以這個**嬰兒和小小孩**社團怎麼恐怖了？」我給自己倒了一杯，然後把她喝的芭比泡泡牌「兒童香檳」遞過去。

安娜搖搖頭。「我實在喝夠那種東西，這輩子都不需要它了……總之，我以為會是一些像我這樣的新手媽媽，問餵母乳或是寶寶睡覺的問題，可是，天啊，這些人實在是太奇怪了。」

「怎麼說？」

「有個叫米蘭達的，她是其中一名管理員，寄給我一份清單，是社團裡常用的縮寫，天啊，我一個也沒聽過。」

「像是ＹＯＬＯ？」

「那是什麼意思？」

「You only live once（你只活一次）。」

「誰會這樣說啊？」

「我也不是很懂，譬如你要去高空彈跳之類的，就可以大叫，ＹＯＬＯ！」

安娜搖搖頭，瞇起眼睛。「總之，我覺得有些縮寫實在太詭異了。」

「都是ＤＤ、ＤＳ、ＤＨ這種嗎？」

「什麼？」安娜轉向我，滿臉的惱羞成怒。「你竟然知道？」

「大家都知道啊。親愛的兒子，親愛的女兒，親愛的老公。」

「才不是大家都知道。」安娜說：「好吧，算你聰明。ＥＢＭ，ＥＢＭ是什麼？」

我想了一會。「Expected Breast Manipulation（孕婦胸部按摩）？」

「猜得還不錯，至少胸部猜對了。」

「我本來就很厲害。」

安娜揚起眉毛。「不好笑。」

「一點也不好笑。」說著，我撫摸她的背部，搔她的手臂。

她傻笑著說：「不要，拜託。我的肚子太重了，一笑就痛。」

「所以ＥＢＭ到底是什麼？」

「Expressed Breast Milk（擠母奶）。」

我說：「啊哈。」同時背對她，偷偷在手機上查西漢姆隊的得分。

安娜說：「還有一個女的，我猜她可能也是管理員。她常常分享一些手工藝的點子，都是她跟孩子一起做的神奇的東西。今天她發文問哪裡可以買到保麗龍珠子，因為她要用來填裝手工做的餵奶枕。這則發文引發大家討論保麗龍裡的化學成分會不會污染母乳。」

「結論呢？」

「改用扁豆跟乾豆，更便宜也更安全。」

「有道理。」

安娜悲戚地往下看，用指尖輕撫肚子。她的上唇和眉毛上有一排水珠。

我放下杯子，坐在浴室地板上挪靠近她。「要我幫你擦背嗎？」

「恐怕也只能靠你了。」她往前傾，我看著小水珠匆匆滑落她的背。她的皮膚感覺又熱又光滑，像太陽底下潮濕的滑水道。

安娜踏出浴缸，走回房間去。她走得有點蹣跚：像企鵝一樣，緩慢碎步，好像走在石子路上。她沒有其他懷孕女人那樣漫不經心的自信。睡覺時，她只會側睡。要是撞到肚子，她會難過好幾天。

我懂她的心情。因為即使是現在，再過幾個星期就是預產期了，我感覺還像是活在借來的時間裡。我預期他的心臟會停止跳動。掃描螢幕上的黑洞。撤空。我們不想討論名字。

我在床上安娜旁邊坐下。她毫無徵兆地哭了起來，把頭挨近我的胸口。

我撫摸她的頭髮，說：「老婆，你還好嗎？」

她說：「還好。」她擦擦眼睛，抽了一下鼻子。「我想我只是有點荷爾蒙作祟。那個可笑的臉書社團讓我緊張起來了。」

「什麼意思？」

「我只是擔心我不夠好。我是說沒辦法當個好媽媽。因為我不像那些女人，我也不想跟那些女人一樣。」

我碰觸她的手臂，她調整身體正對我。

她說：「不過我又想，與其擔心我們平常擔心的事，擔心這件事也好。」

我們一起躺在床上，看著對方的眼睛，她的唇近在咫尺。她的眼睛總是把我吸進去。水汪汪的瞳孔；跟糖紙一樣薄的眼皮，隨著每一下心跳眨動。

我說：「我等不及了。」我的聲音破碎了。「我只希望爸能在這裡親眼看到。」

安娜把我拉過去，輕撫我的頸背。「我知道。真是太不公平了。他一定會很驕傲的。」

我們跟爸說了懷孕的消息後兩天，他就心臟病發走了。小史蒂有備用鑰匙，發現他躺在床上，跟平常一樣睡在媽慣睡的那一側。他身邊的床頭桌上，就是那張我們給他的超音波照片。

我還沒能好好謝謝他。為了給我買電腦學寫程式，他不知道值了多少夜班開計程車。多少個跟他在西漢姆球場度過的美妙下午。為了確定我安全回到家，多少次他熬夜坐在客廳打瞌睡。那麼多的愛。

安娜看著我，她的眼睛還有一點濕潤。她說：「我等不及看到他的小臉蛋。」

「我也是。」

她說：「我不敢相信這是真的。當你這麼想要一個生命，等了那麼久，然後終於——終於——真的發生了，我真的……」她說不下去了，話語消失化為淚水。

我在外面院子，演練遙控直升機。安娜說那些直升機是我的玩具，但它們才不是玩具。我買了一架新機，共軸旋翼的教練機，我在下面焊接一臺數位相機。我想讓直升機起飛，可是多了一臺相機讓機身超重，直升機墜落在玫瑰花架。

我彷彿聽到一聲叫喊，停下來仔細聽。隨時都有可能。就等這一刻了。安娜在樓上，躺在床上休息。預產期已經過了一週，就像醫師說的，等待是最煎熬的。

我撿起直升機，等風小了，又試了幾次。直升機離地了，我設法讓它保持平穩，在落地窗旁邊盤旋，接著一陣強風吹過來，飛機撞向玻璃，撞斷了一支旋翼。

我一走回客廳，就聽到安娜叫：「羅伯。」

「什麼事？」

「你可以上來一下嗎？」

我跑上樓，發現她坐在床尾，雙腳張開。

「要命，你還好嗎？」

「我想我開始收縮了。」

「真的嗎？你確定？」

她說：「確定。」她把手放在膝蓋上，穩住自己。「我計時了。絕對跟以前的狀況不一樣。」她瞥一眼錶，那是一只粗獷的卡西歐，她特別欣賞它的夜燈功能和準確度。

我說：「你陣痛多久了？」

「我不知道，大概四十五分鐘吧。」

「老天，安娜，你應該早點叫我……」

「我想等確定一點再說。」她看起來很害怕，一臉慘白。「我覺得我們該去醫院了。」

「我去拿袋子。」

「白天那一個。」

安娜事先準備了兩個提袋放在走廊上，提把上都綁了行李條，一個寫「白天」，另一個寫「晚上」。

「好了。」我們站在門口，我拿著袋子，安娜在腦海裡檢查一遍該做的事。臨出門前，我伸手到門邊桌子上想拿相機包。

「你別想要帶那個，羅伯。」

我看著她的臉。現在絕對不是跟她爭辯的時候。

醫師才剛離開，安娜就尖叫，我的第一個想法是她失去寶寶。我按下緊急鈴，有一撮頭髮，也就是傑克的頭頂，冒出來了。醫師跑回來，同時呼叫護士，但她剛好休息，不知道去哪裡了。安娜還在大叫，於是醫師把她的兩條腿分別放到托腿架上，接著塞了一個放工具的盤子在我手上。她對我吼了一句什麼，可是我聽不懂，只是抓著盤子站在床尾，聽安娜把疼痛叫出來，也把傑克叫出來。

剛開始我們開玩笑說他不是人類——我們叫他我們的小外星人。因為甚至在我看到他光滑的黑髮出現時，他嬌小的身軀還包在一團噁心黏稠的東西裡；甚至當他躺在古老的機械磅秤上，聽到他的尖叫聲劃破產房冰冷的空氣時，我還不敢相信他是真的。

安娜把他那蹭著鼻子的小小身子抱在懷裡，放在她胸前，動作是那麼自然，彷彿有上天安排的產婆教過她。我永遠忘不了她對他微笑的樣子。她的笑容是那麼自然，那麼毫無防備，我想我從來沒有看過她對別人那樣笑過。

醫師說：「我幫媽媽縫合時，你要抱他嗎？」

我輕輕地把他抱在懷裡，生怕壓壞了他。他被包得緊緊的，動彈不得，就像在子宮裡一樣，眼睛腫成一條線。我很高興他現在脫離了冰冷的磅秤和醫師粗糙的手，舒服一點了。

我在育兒書裡讀到，他們說父子間需要時間產生感情，也就是說，安娜可以立刻感覺到，但我會需要時間。他們說錯了。我立刻感覺到了，而那感覺就像一道閃電，從我的脖子、脊椎一路往下。我感覺一切的一切都是為了這一刻。

就是為了能製造出這個……這個……一團唧唧哼哼的小寶貝。不，這不可能是真的。我們竟能夠創造出另一個人，有手腳、有大腦、有靈魂的人。我們竟能夠創造生命。我們竟能夠創造傑克。

4

這樣的春日算熱了，漢普斯特德森林公園到處都是人，跑步的，郊遊的，還有推著嬰兒車的家庭。草地上一塊塊的野餐墊和野餐籃。公園裡的常客，每天都上來這裡的老人家，坐在慣坐的長椅上，把小收音機湊在耳際。一對小姊弟和他們的媽媽踢足球：一直跑，輕輕踢，球在風中滾來滾去。

傑克剛拿到一輛新的蜘蛛人腳踏車，有擋風玻璃，旁邊還有一支大砲，他想騎看看。議會之丘附近很難找到平坦又沒有車流的地方，所以我們跟平常一樣，來到森林公園。

我看著傑克往山上走，那輛腳踏車對他來說還是太大。我們的世界輪廓變得好快啊。他現在五歲，是個長得很好的小男生。我爸一定會這樣說。學步時期彎曲的腿不見了，講話時的娃娃音也不見了。現在我們的世界是圖書館借來的書，晚上的家長聚會，還有努力說服傑克，下課後去參加戲劇社很酷。

走到一塊平坦的空地時，我說：「這裡怎麼樣？」

「好。」傑克說著，一條腿跨過橫桿。

安娜說：「你們兩個，不行。這裡太陡了。我以為我們要找平坦的地方。」

我說：「這裡就是平坦的地方啊。」

傑克加一句：「媽，這裡可以啦。」

安娜想了想，上下打量步道一番。「不行，我覺得這裡還是太陡了。」

傑克嘆口氣，翻白眼，這是他從學校學的。

我說：「來吧，傑克，我們去上面那塊空地。」

「好。」傑克說著，開始把腳踏車往山坡上推。

到達最上面，一塊平坦的高原，我們看到有個小男生騎著一輛三輪車，他的父親焦急地跑在後面。

我說：「這裡應該可以了。」

安娜看起來很不安，有點慌張。她看了看地形，說：「好吧，不過你一定要小心喔，傑克。」

傑克像個戰鬥機飛行員一樣把安全帽的帶子扣緊，然後開始騎上步道，在行人之間穿梭。我跑在他旁邊，一路帶著笑容，掩不住得意。這個畫面像一般人常拍的家庭影片，樹木颼颼響，耀眼的陽光讓鏡頭出現光暈。

我感覺什麼東西碰了一下我的手臂，才發現安娜在我旁邊。剛開始我以為她太緊張，準備隨時撲過去救傑克，然後才明白她正笑著，快樂地放任他踩下山坡。

這時傑克慢了下來，前面是緩上坡，我跑過去，把手放在他的坐墊後面，推他一把。那也是我父親曾經做過的事，我腦中響起第一次在我們家那條路上騎腳踏車時，他驕傲的歡呼聲。

他熟練地放慢速度、停下來時，我說：「傑克，你騎得很好，真是太棒了。」

傑克下車，開始檢查大砲是否一切正常。

我對安娜說：「他真的騎得很上手。」

「可不是。」

傑克拉緊安全帽的帶子，問：「我可以再騎一次嗎？」

「當然可以。」

傑克回到腳踏車上，在草地上的幾根樹幹間穿梭，練習繞圈圈。安娜和我在講話，沒特別注意時，他該轉彎沒轉彎，直接撞上一棵樹。

安娜尖叫一聲，我們倆跑過去。他躺在地上，雙眼迷茫。

我蹲在他身邊，問：「你還好嗎？」

他含糊地點點頭，彷彿不知道發生了什麼事。

我說：「有哪裡受傷嗎？我舉幾根手指？」

傑克對著我笑。「一百萬根。」

「你記得自己的名字嗎？」

「傑克。」

「你記得我的名字嗎？」

「豬臉先生。」說完，他咯咯笑了起來。

「很好，你應該沒事了。」

我幫忙傑克站起來，把腳踏車扶正。

安娜拍掉他的外套和褲子上的灰塵，問：「小乖乖，怎麼回事？你還好嗎？」

傑克說：「我沒事。」他看起來還是一臉困惑。

「小子，怎麼回事？」

「我也不知道。我就騎著超人腳踏車，然後我……不知道怎麼了……感覺好奇怪，然後就撞到樹了……」

回家之後，我陪傑克坐在客廳喝熱巧克力，看《最後得分》。傑克一邊聽，一邊唸出幾個隊名：阿克寧頓，切斯特菲爾德，布萊克本。他也試著說出幾個比較難的隊名：吉林漢姆，斯肯索普，梳士貝利。

聽著聽著，傑克看起他用小傻瓜相機拍的照片。那是他五歲獲得的生日禮物，他總是帶在身上。他總是照我們教的，用兩隻手牢牢抓穩，因為那不是玩具，傑克，那不是玩具。拍完照之後，他會用一張衛生紙把螢幕擦乾淨，再收回保護套裡。

他小心把相機放回茶几上，然後說：「爹地，我可以吃特製乳酪吐司嗎？」

特製乳酪吐司是奶油、馬麥醬，加上幾塊乳酪，放進微波爐裡讓它融化。

「當然可以。媽咪應該在幫你做了。」

「你也要嗎？」

我說：「不用，我吃你的就好了。」

「不——要。」傑克看著我，眼睛擠成鬥雞眼。「你敢吃我的，我就對你做壞事。」

「譬如？」

「唔。」傑克把手指放在嘴唇上。「你就必須去睡覺，還有……還有……」他用力想，我揚起眉毛。他得意地說：「還有……你不可以看足球。」

我抓抓下巴，說：「啊，好吧。你贏了。我不吃你的特製乳酪吐司了。」

傑克眉開眼笑，我則去廚房看吐司做好了沒有。安娜正在把吐司切成小方塊。

她說：「他還好嗎？」

「很好，完全沒事。」

「我還是不懂剛剛怎麼回事。」

「安娜，他只是騎腳踏車跌倒，這很正常。」

「可是他好像是昏倒。他說他感覺很奇怪。」

「他只是一時不專心。那是新的技巧，有很多要學。」

安娜看起來並不相信。她把盤子遞給我，讓我拿去給傑克。

那是我爸唯一會做的菜。他一手包辦家事，但從來沒學會下廚。媽去市區幫人打掃辦公室時，他就做特製吐司給我當晚餐。他知道怎麼做最好吃。吐司烤到微微上色，烤麵包機一彈起，立刻塗奶油。接著塗一層馬麥醬，再放幾塊乳酪，然後放進微波爐。他總是設定三十秒，可是他會彎著腰、站在廚房檯面前盯著看，等著乳酪即將冒泡前最完美的一刻。

媽死後，換我做特製乳酪給他吃。他會靜靜坐在餐桌前，媽的餐墊和刀叉都擺在他旁邊的座位上。每天晚上他坐在那裡哭，而我能做的只是幫他弄晚餐，就像媽一直以來做的。

我把那盤食物放在他面前時，他會說：「謝了，美人兒。」他每次都這麼說。在我朋友面前，或是去西漢姆看球賽時，他都說「帥哥」或「兒子」。可是只有我們兩人時，每次都是「美人兒」。

所以那就是我做的，我能做的也只有那樣而已。有一年的時間，我給爸弄他最愛吃的冷凍披薩，脆皮餡餅、佛瑞本托斯鹹派。每個星期五下午他值班回家時，我準備好他愛吃的點心等他：兩片特製乳酪吐司淋上番茄醬。

我看著傑克吃吐司，他嘴巴周圍沾上一點番茄醬。他還在看足球賽的結果，一邊喃喃唸著球隊的名字。有時候，我會在他身上看到爸的影子。他吃東西時小心、慎重的動作。他傾聽時會把頭歪一邊，彷彿重聽的樣子。

我有時會胡思亂想，想像他們在一起的情景。爸會讓傑克坐在他的肚子上，就像我小時候那樣。有一天，等傑克夠大了，我們仨會一起去西漢姆看球賽。他會讓他坐在計程車前座，跟總部的派車員通無線電。爸跟傑克在一起，應該會閃閃發光。

★

「說真的，兄弟，不要再提空拍機了。天啊，拜託，不要再講那該死的空拍機。」

我跟史考特坐在我們的即興辦公室——船艦酒吧——裡。下午這裡沒什麼人，沒人坐的大桌子夠讓我們使用各自的筆電。木頭裝潢讓人感覺置身在船上，彩色玻璃則感覺像是在教堂。

我試著說明：「重點是……」

「不要說了。」

「可是我已經有進展了，史考特……」

「真是的，羅伯，拜託你不要繼續……」

「你讓我講五分鐘的空拍機，你今天的酒我請客。」

史考特哈哈笑，用手拍了一下桌子。「你不管請我喝什麼，都不值得讓我聽你講空拍機。」

「去你的。」

雖然史考特從小住在離我家幾個路口的地方，也念劍橋，但在我走進芯科技位於老街的會議室之前，我們從沒見過面。我們總是開玩笑說，我們過著平行人生。我認識的劍橋畢業生裡，只有史考特在羅姆福德市場買內衣褲，而且每年生日都吃西漢姆球隊蛋糕，一直吃到十八歲。

史考特說：「來講另一件事吧。我真的需要那個程式。」

我查看手機，彷彿剛收到一封重要電郵。我應該替一間中國的繪圖公司寫幾支程式，我一直拖延沒完成，史考特心知肚明。

「我正在寫，史考特，我正在寫。只是比我原先想的還要複雜。」

「那就交給馬克吧。」

「他來寫也一樣複雜啊。」史考特一直想把這份工作外包給我們在比利時的程式設計師，但我堅持自己來。

史考特說：「對，可是他們有六個人。」

「沒錯，寫程式並不是人多就好。」我的必殺技。拿理科來堵史考特的嘴。他很有錢，精明的商人，但他不會寫程式。他嘆氣，接著連帶椅子旋轉了幾圈。

史考特的臉上出現幾條抬頭紋。我知道他正考慮賣掉公司。股市崩盤之後，他受到嚴重打擊，正在「調整一些東西」。所以他才想要我寫那個程式：讓可能的中國買家動心。

「羅伯，你聽我說，我們是朋友，我們已經合作很久。我一直盡量不要事事下指導棋，可是這件事我得劃下界線。我要在這週結束前拿到程式，好嗎？」

他看向窗外，我注意到他的腳正在踢椅子。我希望他不要賣掉公司。我會失去薪水，那樣會嚇到安娜。更重要的是，要進行空拍機計畫，我需要芯科技。我需要公司的名字和名聲，還有史考特在金融界的人脈。少了那些，我會回到原點，穿著安娜買的西裝，到處推銷我的創業草案。

「如果星期五前給你程式，我可以講一下空拍機嗎？」

史考特大笑說：「真是受不了你，羅伯。」他的口音很濃，簡直像在羅姆福德賽狗場吶喊。

他看著酒吧，喊了一聲：「璜。」他的西班牙發音無懈可擊。「你有空時再給我們兩杯啤酒好嗎？」

璜點點頭，盡責地倒了兩杯啤酒拿過來。

「說吧，我洗耳恭聽。」史考特說著，喝了一大口酒。「但你要保證週五前給我程式。」

「我保證。」

史考特笑著搖搖頭。「好吧。空拍機。我最喜歡的話題。」

「我們之前談過，你知道我的想法。空拍機是趨勢。硬體很便宜，很容易應用在各種地方。它們會幫我們送披薩、送網購的貨品。建築工人可以用空拍機來送茶給……」

「羅伯，前言就免了。我已經聽過幾百次了。接下來你要說搜救隊……」

「對，可是有一點是新的，那就是我想講的。」

「好，你繼續。」

「個人空拍機。」

「個人空拍機？」

「對，超便宜，超輕量，而且超耐用。」

史考特說：「好。那這些個人空拍機要做什麼？」

「主要是拍照。」

「拍照？」

「對，你一定看過自拍棒。」

「很不幸，確實看過。」

「那就是這種小空拍機的作用，只需要從手機控制。你想像一下：你參加一場婚禮，需要大合照。或者你在山區裡健行，想給別人看你在多高的地方，景色多美妙……又或者你在看足球賽的人群裡。兩、三年前，這些都是只有專業人士才拍得出來的照片。現在只有一架五塊錢的塑膠製品，任何人都辦得到。」

史考特摸著他的鬍碴，想了一下。「這個我懂，羅伯，這件事有點搞頭，你也很有想法，只是太……」

「太？」

「太小眾了。」

「自拍棒剛出來時大家也這麼說。」

史考特的電話嗶了一聲，他看了一下手錶。「糟糕，我得走了。」

「開會？」

「不是，新妞。」

「喔。」

「是俄國妞。很可愛，可是有一點難搞。」

「你半年就會膩了。」

史考特低頭看著他的筆電。「這樣講太苛刻了吧，朋友。」說著，他把桌上的車鑰匙掃入手中。

「抱歉，只是開玩笑。」

「不過也可能被你說中。」史考特說，揮手跟璜道別。「反正，你這個混球，我也可以對你說同樣的話。你喜歡追求刺激，投入新計畫，然後就膩了。」

「說得好。」

史考特一口喝掉剩下的啤酒，然後說：「好了，別擔心帳單，我請你。還有，拜託，小美人兒，把程式寫好給我，好嗎？」

漢普斯特德森林公園

那是你第一次看到雪，所以我們去玩雪橇，
到了大孩子們聚集的山丘上，我只記得我們往下衝，
宛如超光速的千年鷹號，
你擠在我的大腿間，雪飛濺到我們臉上。
我唯一想改變的一件事，傑克，
就是讓我看著你的臉，在我們往下衝時，
讓我能看到你臉上的表情。

5

我們站在倫敦大火紀念碑腳下，天空下著大雨。我們抬頭看石柱，米灰色的石頭融入雨中，唯一看得到的顏色，是柱頂那叢金色的羽毛。

我們開始爬上迴旋階梯，傑克在前面，揹著相機包，以最快的速度往上走。走到一半，我感覺到冷風順著樓梯往下灌，蒼白、昏黃的燈光在上面向我們打招呼。

在我們的記憶中，打從傑克會說話，他就很喜歡高處。剛開始是樓梯頂，閣樓，然後是大樓、山丘、懸崖——只要能從上面俯瞰四周的地方都好。

我們會到議會之丘的最高點，眺望整個倫敦。傑克會坐在我的肩頭，小小的腳跟敲著我的胸膛，而我會一一指出天際線上的大樓：電信塔、小黃瓜[4]、金絲雀碼頭。

他長大一點後，會把摩天大樓的照片印出來——哈里發塔、臺北一〇一、上海中心大廈和雙子星塔——貼在床周圍的牆壁上。他說全部他都要上去。

到了紀念碑頂，觀景臺上只有我們兩人。我很驚訝上面這麼窄，一圈由鐵絲網包圍的小走道，牆壁上塗著易碎的白色石膏。

「今天在學校怎麼樣？有學到什麼嗎？」

他還穿著校服，灰色褲子，安伯利小學的綠色POLO衫。

傑克忙著從鐵絲網內往外看，沒回答。

「傑克？」

他像青少年一樣嘆口氣。「數學、閱讀、寫作，還有體育課。」他一口氣說完，然後抬頭看著我。「爹地，為什麼這裡叫做紀念碑？」

「你記得我跟你說過倫敦大火的事嗎？」

「很久很久以前？」

「對，很久很久以前。他們蓋了這座塔來紀念那些人。」

「為什麼？」

「因為人有時候會這麼做。蓋一些東西來紀念人。」

「為什麼會失火？」

「呃，起初是從這附近開始起火，就在路口那裡，而且很久以前很多房子都是用木頭蓋的。」

「他們必須重新蓋一次房子？」

「對。」

「酷。」

傑克再度試著從鐵絲網的洞往外看。**酷**。打從他去上學開始，每件事都很酷。

4 瑞士再保險公司大樓的暱稱。

我說：「你想到上面來嗎？那樣你可以看得更多。」

「我現在不會太大嗎？」

「你很大，但沒那麼大。」說著，我把他舉到我的肩上。我可以感覺他的頭在轉動，小屁股動啊動，腳跟靠在我的胸膛上。

我們移到更靠近邊緣，往東望向下方的泰晤士河。在一片灰濛濛之中，只點綴著些許色彩：北岸邊一抹髒污的綠樹、擠在兩棟大樓間的紅瀝青兒童遊樂場。

「爹地，你看，我看得到倫敦塔橋。」

「哇，對啊，看得到。你要拍照嗎？」

他鄭重地點點頭，我可以感覺他拉扯背包，小心拿出相機。

傑克開始拍照，我感覺到他在扭轉臀部，想盡可能找最好的角度。他喜歡從高處拍照，我們挑了幾張拍得最好的，印出來加入他的床邊作品集裡。射進他房間窗戶的清晨陽光。多塞特郡的週末，襯著紫色天空的白色燈塔。金絲雀碼頭上方窗片上的雨滴。

傑克不再動來動去，無聲無息地坐在我肩上，我以為出了什麼事，抬頭看他，不過他只是靜靜坐著，眺望整座城市，像一名巡察田地的老農。

倫敦是傑克唯一認識的城市。地鐵列車是他的龍，他也知道如果踏在鐵軌上，熊會吃了他。他兩歲時去中國城吃點心，他可以說出橫跨泰晤士河上的所有橋梁名稱。這些他全都喜歡。夏天從南岸欣賞夕陽。在比林斯蓋特海鮮市場穿著雨鞋跳有魚腥味的水窪。地鐵入口處的嘶啞暖風。感覺是自己一部分的煙塵。

我們就這樣站了好一會，聽著遠方的警笛聲，車輛的低哼聲，整個城市的雜音，一種只有在它不見時你才會注意到的聲音。

回程的地鐵上，傑克很安靜。我知道他在數站牌，這一點遺傳自安娜。她到現在每次搭車都還這麼做。很快看一眼路線圖，接著在心裡細數所有的車站時，雙唇還會若有似無地顫動。她到倫敦後，就記住所有她用得著的路線。我曾經為了測試她而臨時考她。她可以毫不猶豫地告訴我要怎麼從皮卡迪利圓環站到肯頓鎮站，或者從蘭卡斯特門站到攝政公園站的最快路徑是什麼。有時問安娜比看路線圖更快。

踏出地鐵站時，還在下雨。我們要去漢普斯特德的遊樂中心，那一間還開了母親與寶寶的瑜珈課，只提供炸有機蔬菜咖哩和蘇門答臘烘焙咖啡。傑克去彩色球池玩時，我找了一個座位，點了一杯美式咖啡。我聽到隔壁桌有兩個女人在聊另一個媽媽，說她的孩子不肯吃東西，她完全無可奈何。她們兩個都同意，如果餵奶粉，又給孩子吃各種加工垃圾食品，結果就會變這樣。

我一邊喝咖啡，一邊查看手機上的信件。有幾場創投說明會、公司會計師寄來的文件。我受邀去一場科技育成活動演講，談如何在虛擬實境中培養新的思考方式。

傑克已經從球池出來，正跟另一個男生在一條塑膠管裡衝來衝去，那是他在學校認識的朋友。那兩個女人還在講話，聊她們憂鬱的保母，覺得憂鬱一定是南斯拉夫人的天性。我知道安娜為什麼受不了這裡。男人的話就好多了，她們不會來煩你。

我的手機嗶了一聲。是史考特。

我以為你會寄程式給我。

在遊樂中心。晚點再談？

停頓，思考的停頓。然後我看到他正在輸入訊息。

羅伯，行行好，打給我，我現在很火大。

待會一定打給你。

我沒打算寫程式。那間中國公司很大，現金多得不得了，隨便出手就能買下我們。他們有自己的人，有自己的設備。現在的芯科技根本活不了，我的空拍機計畫當然也毫無機會。

我尋找傑克。他跟另一個孩子想從車窗爬進一輛塑膠車裡，十足《飆風天王》裡的架勢。我放下手機看他。從他還很小的時候開始，我就喜歡看他跟別的孩子玩，看他剛開始交朋友的笨拙樣子：露出小心翼翼的微笑，揚起眉毛，試著開口；把他擁有的東西——彩色鉛筆、玩具、T恤上的圖案——給對他有興趣的孩子看，試圖吸引他們。

我在口袋裡摸索安娜交給我的購物清單。她列的單子總是能讓我笑。永遠那麼工整、明確，特定的聖女番茄品牌，打星號強調，指明要挑哪種蘆筍。我習慣把她以前寫的購物清單收在皮夾裡，在捷運、公車上，或者坐在某處等她來時，拿出來看。

她有一次這麼寫：「如果沒有格呂耶爾，請翻到背面看要買哪種乳酪。」紙張的背面整整齊齊寫了七種乳酪，還用刮號註明列在前面的優先。

我從清單上抬起頭來，突然看不到傑克。我站起來，咖啡灑在桌子上，他不在球池，也不在玩具車裡。這時我在塑膠墊邊緣一角看到他，一動也不動地躺在地上。

我跑過去，他看著天花板，還是維持同樣的姿勢。

「傑克，傑克，你沒事吧？」

他看著我，眼神呆滯，彷彿他剛醒來，不知道自己身在何處。

「你受傷了嗎？」

傑克說：「沒有，我只是跌倒了。」

「有沒有哪裡受傷？」

傑克瞇起眼睛。「我感覺……我感覺好奇怪……」

「怎麼奇怪了，美人兒？暈暈的？」

他問：「什麼是暈暈的？」

「你記得我們去遊樂場玩旋轉輪吧？」

「小遊樂場還是大遊樂場？」

「大遊樂場。」

傑克點頭。

「旋轉輪轉很快很快時，如果你跳下去，就會感覺很奇怪，那就是暈暈的。你是那種感覺嗎？」

「應該是吧。」

「在學校發生過同樣的狀況嗎？」

傑克想了想。

「有一次我跟納森玩跳跳床，我感覺好像太空船在我腦袋裡飛來飛去。」

「那你現在有感覺到太空船嗎？」

「沒有，爹地，沒那麼誇張啦。」說著，他坐起來，雙頰已經恢復血色。

自從傑克在公園裡騎腳踏車摔下來後，安娜就認為傑克的平衡有問題。我不相信。那只是他動作不熟練，或者精力太旺盛。我跟她說，孩子跌跌撞撞是很正常的事。她很堅持。她說，不是只有他跑來跑去時才那樣。他睡覺前走去上廁所時，她也注意到同樣的狀況。

「我可以再去跟朋友玩嗎？」

「你現在沒事了？」

傑克拍拍頭，拍拍肚子，再拍拍兩條腿。「嗯，沒事了。」

我上下打量他，然後說：「那就去吧，不過要小心點。」

他跑去遊樂區，找到他的朋友。我看著他在隧道裡穿梭，然後爬進警車，開始夥同他的新犯罪搭檔用橡膠球攻擊玩具屋。

安娜回到家時問：「你今天過得怎麼樣？」她因為要見客戶，所以扔下電腦包和好走的鞋子，換上高跟鞋，也化了妝。

我翻了一下燉飯，說：「還不錯，沒什麼事。」

「你還好嗎？」

「很好啊，只是有點累。」

「傑克呢？」

「在樓上房間。」

「喔，好，我等一下上去看看。」

她從水龍頭裝一杯水，往後靠在流理臺上，然後踢掉鞋子。她在銀行工作，而我負責接送傑克上下課、照顧傑克，我知道這種安排對她來說並不容易。雖然她上的是先進的學校，教導女孩子要獨立、能幹，但是回到家來，看到我在幫傑克弄晚餐、拿我們那天做的事跟他開玩笑，她還是很不好受，因為在她內心深處，她覺得那些是她應該做的事。

不過安娜不是那種沉溺感傷的人。她找到自己的方法。她下班回家後，不是把腳翹高高，而是把全部時間都花在傑克身上，幫他洗澡、講故事給他聽，陪他做這階段僅有的一點點功課。工作了一整天之後，是安娜確定傑克的水杯裡裝滿水、他的房門以適當的角度開啟，大熊和小熊也盡責地站衛兵。

她雙手抱住我的腰，頭依偎在我頸間。「我們今晚吃小孩的食物還是大人的食物？」

「大人的。」

「真的假的？」

「你想繼續吃魚條和豆子？很遺憾，我做了燉飯。」

「哇，真不錯。」

「你失望了嗎？」

她說：「沒有，燉飯好極了。對了，今天去遊樂場還好嗎？」

「很好。傑克很喜歡，他遇到一個朋友。啊，我覺得我在那裡看到蘿拉的一個朋友。」

「誰？」

「像貴婦的那個。」

「真是明顯的線索啊。」

「我也不知道怎麼說。戴條圍巾，寬大的媽咪褲。」

安娜搖頭。「這等於是在說她全部的朋友。」

我開始切韭菜，琢磨著要怎麼開口。「沒什麼需要擔心的，不過他確實又跌倒了。」

安娜轉身看我，說：「真的嗎？他沒事吧？」

「沒事，好得很。他跌倒，然後說他覺得暈暈的。」

安娜臉色發白，手指開始捏壓進掌心裡。「我就知道，我就知道一定是哪裡不對。」

我單手環抱她，說：「老婆，你每次都這樣。」

安娜抽身後退，說：「你明天會帶他去看醫師吧？」

「當然啊，不過你真的覺得有必……」

「對，羅伯，有必要。這種狀況已經出現太多次。」

「好，我會帶他去。他們有個課後臨時門診。也許只是輕微耳朵感染之類的。你記得他小時候也常這樣嗎？」

她說：「你覺得是什麼病嗎？」

「老天，安娜，絕對不是。我只是說我真的不覺得我們應該擔心……」

就在我們說話時，傑克爬上沙發椅背，沿著一條扶手表演走鋼絲特技。

我說：「你看他，一點問題也沒有。」

安娜說：「但願如此。他現在放學後常常很累，不是嗎？」

傑克現在爬下沙發，試圖頭頂地倒立。

「說真的，老婆，他絕對不會有事的。」

6

醫師指著報告說：「咳，你們不要擔心，不過這裡有個東西，我想我們應該看一下。」我感覺到身旁的安娜瑟縮了一下，身體往前傾。

兩週前，我跟傑克來過同一位醫師的診間。醫師看著他走直線，拿燈照他的眼睛，用橡膠槌測試他的反射動作。醫師說，他很好，完全沒問題。不過傑克的症狀確實有一點像癲癇，所以預防萬一，他們要給他驗血及做電腦斷層掃描。

我們一起陪傑克去做電腦斷層掃描。我們跟他說不會痛，醫師只是要給他的腦部拍照。我們答應他，如果他能夠乖乖躺著，一動也不動——傑克，就像雕像一樣——那我們就去麥當勞吃快樂兒童餐加冰淇淋。

「好，」醫師說：「電腦斷層掃描確實顯示傑克的腦部有點東西。我們還不確定這是什麼，不過小心駛得萬年船，我們得幫你們預約專科醫師。」

我問：「有點東西，那是什麼意思？」

「你們先別慌。這種東西結果幾乎都沒什麼。通常有幾種可能：長了東西，囊腫之類的。有極少數的狀況是腫瘤，即使是腫瘤，也幾乎是良性的。」

腫瘤。我想到正在外面遊戲室的傑克。

安娜問：「只能知道這些？」

醫師一邊看著螢幕，一邊移動嘴唇：「對，恐怕目前只能看出這些。我們只知道那是病變，需要進一步檢查。」

醫師兩手互碰。「老天，寇茨先生，我們還不要講到那裡去。可能真的什麼都沒有。為了安全起見，我已經把傑克的病例轉給一名專科醫師，這樣才不會浪費時間。」

安娜深吸一口氣，我看得出來她正在捏手。

我說：「那現在要怎麼辦？他需要開刀嗎？」

安娜問：「有可能這星期就見到這位醫師嗎？」

醫師深吸一口氣，低頭看他的行事曆。「方便的話，我可以幫你們排星期三。」

她說：「謝謝。」

專科醫師？可能沒什麼問題，傑克為什麼會需要看專科醫師？我問醫師：「你真的不能再多說一點嗎？」

「很抱歉，真的沒辦法。肯奈提醫師絕對更有資格評估掃描的結果。」

我說：「好，我瞭解。不過以你的經驗，你一定可以說點什麼……」

醫師的桌子上有一張照片，背對我們，我好奇那是不是他的孩子的照片。

醫師說：「如果是腫瘤，那麼以傑克的年紀來說，當然需要開刀。不過現在還無法知道，要我猜測，既不道德也不公平。正如我說的，如果是腫瘤——這個機會微乎其微——結果多半都是良性的。所以，我知道很難，但請盡量不要擔心。」

良性。多半是良性。離開時，我感覺雙腿在顫抖。我正準備和安娜商量時，傑克穿了一件像斗篷的東西向我們衝過來。

「可以去麥當勞了嗎？」

我說：「當然可以。」我摸摸他的頭髮，把他的斗篷拉好。

到了麥當勞，我去找座位，傑克跟安娜去櫃檯。他穿著憤怒鳥的毛衣和藍色牛仔褲。他的頭髮有點太長，金色的卷髮在他耳後繞圈圈。他興高采烈地從櫃檯走過來，手上拿著他的快樂兒童餐盒。

傑克坐在位子上，仔細重新安排他的漢堡。我們看著他有條不紊地拿掉醃黃瓜、刮掉醬料，然後才鄭重而安靜地開動。吃完後，他露出笑容，嘴邊還沾了一些醬，問能不能再吃一個。他沒有問題。不可能有問題。看看他就知道了！

「羅伯，我不想去。」

「我知道，可是去了你就沒空胡思亂想。」

「對。」安娜說著，把視線轉開。「你為什麼那麼想去？你通常很討厭這種事啊。」

我們講的是蘿拉的《裸食媽媽的料理》新書發表派對。我說：「我承認，那不是我最喜歡做的一件事，但要是我們不去，也只坐在家裡擔心而已。」

安娜隔著餐桌看我。「我只是……只是，天啊，我沒辦法，我連想都不願意想……」

「老婆。」說著，我伸手越過桌子，放在她手臂上。「我知道你的感覺，但你不能那樣想。記得醫師說的。只有極少數的狀況是腫瘤。就算是腫瘤，也非常可能是良性的。他們只是想謹慎一點而已。」

安娜沒回答，我看到她正在磨牙。「別這樣，我們應該去。傑克很期待看到茵蒂雅。」

安娜沉默了一下後說：「你說的對。這可以讓我不去想那件事。」

我們走進位於哈克尼維克的改建倉庫時，蘿拉說：「哈囉，我親愛的娃娃們。」我們正站在一節沒有通往任何地方的鍛鐵樓梯下。在我們旁邊，兩個男人戴著通水管條做的眼鏡坐在沙發上，一副剛被人從垃圾箱救出來的模樣。

蘿拉穿了一件叢林圖案的連身衣。「啊，太好了，你們帶了傑克來。茵蒂雅一定很高興。」

傑克說：「蘿拉阿姨好。」

蘿拉說：「哎呀，這不是我最喜歡的小男生嗎？」她彎下腰去親吻傑克的頭，我感覺到身邊的安娜退縮了一下。「你們三個看起來都好極了。來，我幫你們介紹一下。要是我說今天供應的一切都是我自己做的，你們一定不會太意外。這些東西都是生的、有機的——當然了——而且完全沒有化學物質。」

我笑了，不知道該不該插嘴，用我一貫的回應告訴她一切都是化學。蘿拉，我們的身體，你的連身衣，你那條琥珀項鍊，你準備的自然生長蘋果、龍蒿柳橙迷你漢堡，全部都是化學物質做的。

蘿拉捏捏我的手臂，說：「羅伯，謝謝你來參加。我知道你不怎麼喜歡這種場合。」

「很難說，蘿拉，也許我會喜歡。沒實際嘗試過的事情不要說太滿，是吧？」蘿拉看起來很高興，繼續拉著我的手臂。我從貼了壁紙的桌子上拿了一杯香檳，古董杯子上缺了一角。「況且，反正我們回家的路上可以去麥當勞。」

「你敢給我去。」蘿拉這樣說，視線已經越過我的肩頭，準備歡迎下一位客人。

傑克跑去跟茵蒂雅玩。安娜和我站在一張擺滿食物和飲料的桌子旁。

我說：「你還好嗎？」

「我很好。」

「你確定？」

安娜突然發火：「你能不能不要再問我好不好了？」

「抱歉，我只是……」

她轉身從桌子上拿了一樣東西，看起來像是用燕麥捏成的餡餅。

我說：「你要喝點什麼嗎？」

「羅伯，我要開車。」

「你不必開車，我們可以把車子留在這裡，叫計程車回去。」

「我還沒有絕望到必須喝一杯，然後把車子留在哈克尼。」

「好。」我走開去看一幅牆上的畫，等我回來，安娜還在吃，她手裡的那個餡餅已經四分五裂，碎成一塊塊了。

「好吃嗎？」

「不好吃。」她靠近我，低聲說：「很難吃，像嚼鋸木屑。」

我噗嗤笑了，灑出一點香檳。

「我想丟掉，不知道丟哪裡。」

「沒有……」

「沒有，我找過了。沒有垃圾桶，沒有髒盤子，什麼都沒有。他們怎麼會沒有盤子？」

安娜還在找地方放她的餡餅，她的臉繃得很緊，一片死白。我記得她流產後那幾天，臉色就是這樣。額頭上繃緊的皮膚，磨牙時臉頰微微顫動。

安娜說：「我去看看傑克。」

我在桌邊站了一會，誰也不認識，也不知道要做什麼。

我正要再去拿一杯香檳時，聽到有人說：「啊，我以為你在躲我。」我轉頭看到史考特跟一個棕髮的高䠷女人站在一起。

我對他和他的朋友微笑，說：「哈囉，我不知道你也會來。我本來打算今晚打給你。」

史考特說：「我想也是。」

我輕快地說：「我不知道你也熱衷這種東西。裸食……」

「我出來走走，羅伯……」我沒見過他這樣。他的敵意很明顯。為了我應該要寫的程式，他打過幾通電話給我，來過幾封信。他希望能用那支程式搞定和中國公司的交易，讓他脫離缺錢的泥沼。可是我沒理他，一直避重就輕、爭取時間——現在傑克出事，我根本沒空去想。

「呃，這派對感覺很不錯。」我想打破沉默。

史考特朝身邊的女人點了個頭，說：「對了，這是卡洛琳娜。」

她帶著濃厚的斯拉夫口音，冷冷地說：「你好。」說完她就渴望地看著在屋內另一頭的一群年輕人。

史考特說：「這是羅伯。」

卡洛琳娜說：「啊——。」我以為她會再說點什麼，她只是自顧自地點點頭。

我說：「那個，史考特，對不起，我最近事情很多，家裡的事。我一直希望我們可以見面談一下……」

「我要賣了，羅伯。我已經打定主意。我只要求你一件事……」

「我知道，我很抱歉，但那件事沒那麼簡單……」

史考特深吸一口氣，看向一群熱絡交流的人。「羅伯，我們明天再談吧。我已經懶得要你寄程式給我了，我知道你不會寄。我剛說過，我已經打定主意。」

我們沉默地站了一會兒，一言不發地挑著各自盤子裡的食物。一會之後，我說：「卡洛琳娜，你試吃過這裡的食物了嗎？」

她沒看我，說：「還可以。沒什麼特別的。」我點點頭，吞了一下口水，努力想還能說什麼，這時傑克和茵蒂雅跑過來。

茵蒂雅比傑克大一歲半，她小時候喜歡說傑克是她的洋娃娃。她會玩他的頭髮，把他的卷髮綁成一束束，或者綁成時髦的馬尾。傑克很迷她，她就像他不會有的姊姊一樣。

「哈囉，羅伯叔叔，你好嗎？」茵蒂雅才六歲，講起話來像十二歲。

「茵蒂雅，我很好，你好嗎？」

「很好，謝謝。」

「你們兩個都玩得開心嗎？」

傑克點點頭。「地上有一隻蜘蛛，所以我們才來這裡。」

我問：「啊，你覺得牠現在還在那裡嗎？」

茵蒂雅說：「傑克，我覺得牠已經走了。」傑克有點臉紅，跟他媽媽一樣。

茵蒂雅：「我們去看我媽咪需不需要幫忙好不好？」

傑克拚命點頭，動作大到耳朵都搖晃。

我問：「傑克，你有沒有看到媽咪？她說她要去找你。」

傑克搖頭。「沒有，也許媽咪已經回家去了。」

「沒有，她還在這裡。」說著，我又看了一下四周。

「走吧，傑克。」茵蒂雅牽起傑克的手，帶他到遊戲區。我可以聽到她跟傑克講解營養成分，解釋怎樣處理食物比較乾淨。

等我把注意力轉回到卡洛琳娜和史考特時，卡洛琳娜問：「那是你的孩子嗎？」

「只有男生是，女孩是蘿拉的女兒。」

「誰是蘿拉？」

史考特留意有沒有別人聽到，然後說：「寶貝，她是今天的主人。裸食女。」

卡洛琳娜說：「哦，是她啊。」她轉過來看我，我感覺她的態度很認真，令人不安。「你兒子看起來很累。」

這句話很奇怪，我不知道該如何回應。我有點慌張地說：「他可能真的有點累了。我們出來很久了。」

「他這裡有……小史，你們是怎麼說的？」她轉向史考特，用手指在眼睛下方做出半月形。「黑圈圈，黑眼圈。」

我說：「對，呃，他現在有點累。」我試著壓抑聲音裡的不快。

卡洛琳娜說：「有時候那表示肝或腎有問題，這兩邊是有關連的。」

我說：「我失陪一下。」我走開時，可以聽到史考特提高聲音說話。

我到廁所去，坐在廁間裡，用手機搜尋「腦瘤黑眼圈」。零點五九秒就跑出來一百二十五萬筆資料。我顫抖著手，點了其中一筆，「兒童癌症的五個警訊」。網頁立刻出現。需要留意的神經母細胞瘤症狀：眼睛腫、黑眼圈、眼皮下垂。

我坐在廁所裡，聽著水管的滴水聲。我聽到外面大廳有人在演講，麥克風傳出蘿拉的聲音。我繼續搜尋，點開一個又一個連結。還有別的症狀：眼神呆滯、嚴重口吃、眼睛畏光。這些症狀傑克都沒有，我只是讓自己白緊張而已。我深吸一口氣，回到派對。

蘿拉還在大廳另一頭用麥克風講話，但我沒看到安娜。我環顧四周，最後在外面找到她，沒開燈坐在車子裡。

安娜說：「對不起，我知道這樣沒禮貌，但我現在沒辦法待在裡面。我一直想到那件事，笑不出來，也沒辦法假裝一切正常。」

我把手放在安娜肩上，說：「我懂。我們走吧？我可以編個藉口。」

「可以嗎？我真的沒辦法回裡面。」

「別擔心，我會隨便說個理由。」

「對不起，我錯了，我不該來的。」

「沒關係，老婆。我去帶傑克出來，好嗎？」

「謝謝。」安娜看起來心都碎了，整個人縮在座椅上。我回到屋子裡去，跟蘿拉說安娜不太舒服，然後去找傑克。他跟茵蒂雅坐在香檳桌底下，兩個人的鞋子襪子都脫了，在地上擺了好幾個紙盤。

傑克假裝用鞋子喝東西，並說：「我們在野餐。」

「看得出來。好像很好吃。」

「爹地，我們可以再玩一下嗎？」

「恐怕我們得走了。媽咪不太舒服。」

「爹地，拜託啦。」

「你很快就會再見到茵蒂雅。」

傑克不情願地穿回球鞋，跟茵蒂雅吻別。

「傑克，再見。」茵蒂雅的口氣很正式。「我今天跟你玩得很開心。」

我們離開時，傑克一直轉頭去看茵蒂雅，看她是不是還在揮手道別。一上車，他就睡著了。

我們在靜默中開車回家，一路聽著輪胎壓在柏油路上的聲音。

車子開進車道時，我說：「你還好嗎？」

「還好。對不起，我知道我一直很煩躁，我實在忍不住去想。」安娜確定傑克還在睡，壓低聲音。「想到萬一是……我知道這樣很傻，可是我沒辦法……」

我說：「我知道。」我想跟她說卡洛琳娜說了什麼，但我知道那只會讓她更擔心。我把手放在她大腿上，說：「你不能那樣想，千萬不能。」

回到家裡，我們把傑克抱到床上去。他還在睡，我們設法讓他站著，替他換睡衣、刷牙。安娜去拿藥膏抹他身上的紅疹時，我仔細看他的眼睛，看有沒有下垂、眼皮有沒有腫，尋找我在網路上看到的症狀。我把他移到燈光下，左邊看、右邊也看，實在看不出來有什麼不尋常的地方。

我們一起替他蓋好被子，把他的東西——餅乾罐的蓋子、黑武士的破斗篷放在床尾，再把他最喜歡的東西——小泰迪熊和手電筒放在他枕頭邊，好讓他晚上醒來找得到。

我坐在床尾，看著牆上他的照片和摩天大樓的圖片。有時候，親吻他、跟他說晚安之後，我會從門縫看著他。他會躺在床上，拿手電筒照那些圖片，低聲說出所有建築的名字、他去過的地方，還有他打算要去爬的摩天大樓。不過今晚他很安靜。今晚，他就只是一直睡。

7

搭計程車去哈里街的路上，我們沒講話。在專科醫師的候診室裡，我們也沒講話。安娜坐得直挺挺的，沒動，沒看書，也沒看手機。一名穿伊斯蘭罩袍的女人，坐在我們對面。從她的大拇指和食指互相輕輕揉搓的樣子，還有她的丈夫踱步、念珠繞在指關節上的樣子，我看得出來，生病的是她。

祕書叫我們的名字，帶我們去見肯奈提醫師。一名瘦小的男人坐在一張大桌子後面，像穿著爸爸的衣服參加工作體驗日的小孩。

我們坐下時，他清了清喉嚨，說：「寇茨先生、寇茨太太，你們好。謝謝你們來。住很遠嗎？」

安娜輕聲說：「不遠，我們就住在漢普斯特德。」

「啊，真好，我也住很近。」他看看我們，然後放下手中的文件。「好，我們來談一下傑克的掃描結果。開始前，請記得，我只是一名醫師。別的醫師很可能會有不同的看法，我也總是建議我的病人以及病人的家屬去尋求第二意見。」醫師看著我們，揚起眉毛，我不知道他是否期待我們的回應。「好了，例行的前言結束。現在，從這幾張掃描結果看來，傑克確實有所謂的神經膠質瘤，那是一種腦腫瘤。」

我可以聽到汽車警報聲、候診室壓低的說話聲。窗外，一隻鴿子走在滴了很多鳥屎的窗臺上。醫師停下來，等待我們的反應，但我們安安靜靜，一動也不動。彷彿醫師的那些話是對別人說的，彷彿我們正在看舞臺上演的一齣戲。我盯著他的辦公桌上一個迪士尼的紙鎮，桌子上有一張照片，照片裡是一個穿著海底總動員T恤的小孩。

肯奈提醫師從眼前的資料中抬起頭來，一根亂毛從鼻孔裡突出來。他說：「你們需要一點時間消化嗎？」

我想說話，可是我的喉嚨卡住，彷彿被煤灰塞住。我不知道安娜在做什麼。我只能感覺她在我旁邊一動也不動，只聽到她的呼吸聲。

醫師說：「很遺憾，我相信你們一定大受打擊。不過，它看起來——這是好消息——長得很慢。」

我設法坐直一點，再度讓呼吸平穩。

「這類腫瘤，有的不會長大，基本上是良性的，只是一直留在那裡，你永遠沒有感覺。另一方面，有的本來是良性，後來才變得很討厭。從傑克的狀況來看，還算是早期，不過我們會想把它拿掉，避免它長成讓人討厭的東西。」

「你們看這裡。」肯奈提醫師從檔案夾裡拿出一張傑克的掃描照片。安娜和我雙雙傾身靠過去。「有沒有看到這裡比較亮的地方？」我們低頭彎腰，點點頭。我以為腫瘤會是一團更明確的東西，但那只是一個無以名狀的陰影，像一張過曝的照片。

「看來傑克得的是一種叫星狀細胞瘤的腫瘤，更細部的分類叫多形性黃色星狀細胞瘤，這個字很不好唸吧？所以我們都簡稱叫ＰＸＡ。」

診間開始旋轉，我想倒帶，把醫師的話再放一遍，我完全聽不懂他在說什麼。

「我們來談下一步吧。」說著，他在筆記紙上寫了一些字。「現在，我想講樂觀的事。而且真的有好幾件樂觀的事可以講。」

肯奈提醫師從桌子裡拿出一個塑膠腦部模型。他把模型放在我們面前，說：「好，旁邊這兩個是大腦的顳葉，左側這個就是傑克的腦瘤長的位置。比較難處理的腦瘤是在腦部更深的地方，不過傑克的狀況看來不是。也就是說，動手術會容易很多。」

安娜問：「他需要動手術？」這是她說的第一句話。

「很遺憾，是的。我說得太快了一點。對，他必須開刀除去腫瘤。」

我說：「開刀就好了嗎？不需要進一步治療？」

醫師說：「對，希望開刀就好了。如果完全切除——也就是外科醫師把腫瘤都清得乾乾淨淨——那麼我們預期治癒率是八成或九成。」

八成或九成。五分之一，十分之一。

安娜說：「如果沒有呢？」她的聲音冷靜而清楚。

他雙手扣在一起說：「呃，那就有點棘手了，不過我們現在還不要想那麼多。從掃描影像看來，要完全切除沒什麼問題。」

「那就好。」說是這樣說，但這幾個字說起來還是像刮鬍刀片卡在我喉嚨裡。

肯奈提醫師說：「我知道等待很煎熬。但等開刀後，我們就會更清楚狀況。」

我們兩個都點點頭，不然還能怎麼辦？

「我要幫你們約一位神經外科醫師，弗拉納根醫師，她真的是這一行最厲害的。當然了，你們絕對可以多方研究，去找別人，不過我會建議找她。還有，我當然也必須看一下傑克，幫他做一次徹底的神經系統檢查。」

肯奈提醫師左右看了看，刻意跟我們的眼神接觸。他輕柔地說：「那就這樣了。」我看著他的手，小得像孩子似的，像母雞一樣在鍵盤上快速地啄呀啄。

我們走得很快，從哈里街往牛津街的方向前進。我走在安娜前面，往前衝，過馬路時連看都沒看。人們通常不會注意到周遭發生的事——那就只是一種嗡嗡聲，背景中的雜音。可是突然間，那聲音現在聽起來像尖叫，宛如狗在我的耳朵裡呼嘯。穿開岔裙的女學生吃著薯片，拿著可樂罐大口喝；送貨司機大喊指示，生氣東西延誤，有人擋路；幾個貌似打扮時髦的蘇活區廣告人在一間酒吧外嬉鬧大笑。

我們只是一直走，快步走，好像在比賽，可是要走去哪裡，我們並不知道。我的腦袋裡充斥著數字，百分比，八成，九成——我兒子活下去的機會。

安娜說：「可以等一下嗎？拜託你等一下好嗎？」

我停下來。此刻我們站在卡文迪什廣場公園的一座銅像下，開始下雨了。

我說：「我只是無法相信。我不懂，他看起來難道像有……」

安娜說：「不，他不像。」她搖頭，下巴開始發皺、顫抖，然後，她在午後的毛毛雨裡哭了起來。

她說：「我希望是我，我只希望是我。」我伸手環抱她，把她拉過來，她把頭靠在我肩上，我們就那樣站著，聽著城市的聲音，別人的世界發出的聲音，她的眼淚弄濕我的襯衫。

安娜突然說：「我們該回去了。」她的臉蒼白得像鬼。此時雨開始用力往下砸，排水溝裡有油漬反映的彩虹，一大片烏雲籠罩城市上空。

我必須見到傑克。把他摟在懷裡，感覺他溫暖的皮膚貼著我的皮膚。我不想讓他孤單。他三歲還是四歲時，有一次，他說他很難過，因為佩佩豬不想跟他當朋友。那時我的心都碎了。光是想像傑克寂寞的樣子，我就受不了，那種感覺，就像小時候在別人家裡尿床的感覺。

我們回到家時，傑克向我們跑來。我把他抱起來轉圈。那天晚上他看起來好活潑，好吵，因為外婆給他吃了太多糖。

安娜的母親看我們的表情就知道了。她說：「怎麼樣？醫師怎麼說？」

安娜急忙說：「晚一點再說。」

珍娜的眼睛先是瞇起，接著又張大，像一隻想要獎賞的小狗。我想對她大吼，就不能等嗎？就不能他媽的等一下嗎？

「傑克今天很乖。」珍娜說著，揉揉他的頭髮。「我們看了好多故事書。」

我討厭珍娜在這裡，在倫敦，在我們家裡。這個女人一輩子只住過鄉下的薩弗克郡和肯亞，老是說城市生活不適合她。在安娜的父親突然發達，去了他摯愛的非洲之後，珍娜說薩弗克已經沒什麼可以讓她留戀。我們很少談到她的丈夫就在傑克出生前一個月驟然離開的事。珍娜說，他得到召喚，渴望獨處，想更接近上帝。安娜說，是想更接近村莊的女孩子吧，只不過她不可能對她媽媽說這種話。

教會給她安排了一間小公寓，在普雷德街一間黎巴嫩人開的理髮店樓上，隔壁幾戶就是收容中心，她在那裡幫忙，給無家可歸的人一碗湯，換來一本祈禱書。她努力過，但她無法隱藏她的痛苦，還有被拋棄的羞愧感。從她漸漸微駝的背和臉上鬆弛的皮膚就看得出來，那些跟年紀一點關係也沒有。

傑克說：「我們講了但以理的故事。他們把他丟進獅子坑，可是獅子沒有吃他，因為牠們不想惹麻煩。」

我不喜歡珍娜教傑克聖經故事，但現在不是提這件事的時機。我說：「哇，我知道這個獅子的故事，很好的故事。」

珍娜對我露出讚許的笑容。

我說：「好了，美人兒，你該上床睡覺了。」

那天晚上我們在傑克的床邊待得比平常更久。我們兩個一起讀《公園裡有鯊魚》，然後我幫他蓋好被子，玩**舒服得不得了撓癢遊戲**，一次、兩次、三次。他躺在床上，手裡抓著小熊和手電筒，膝蓋彎曲到胸前，這麼可愛的模樣，我要怎麼跟今天聽到的事聯想在一起？

我下樓時，安娜和她母親身體僵硬，安安靜靜坐著，那是他們家面對危機時的反應。

珍娜抬頭看我，說：「我很遺憾聽到這件事。」

「珍娜，謝謝你這麼說。」

她搖搖頭，說：「可憐的小東西。」可憐的小東西，像維多利亞時期無助的小孩，《小氣財神》裡的小提姆，但是更可憐。

「我會每天禱告，替你們三人禱告。」珍娜說著，低頭看著膝上。安娜還是一動也不動。自從我進到客廳來，她連一條肌肉也沒動過。

我說：「我不認為傑克現在需要禱告。」她那樣子，好像他快死了。「這種病可以治好的。他們說的。」

安娜的母親同情地點頭，她的反應感覺很機械，很僵硬，彷彿她是在收容中心給醉醺醺的遊民提供建議。她一直搖頭。「當然，當然，真的太可怕了，他還那麼小。他還只是個孩子。」

我沒辦法再聽下去，於是走開，躲到樓上辦公室去。她的反應裡有一種沾沾自喜的感覺，幾乎像是她一直知道會有這種事。可憐的小東西，說得好像傑克被拋棄了，已經完蛋了。

珍娜走了以後，我們坐在客廳裡。安娜還是一臉蒼白，安靜地坐在那裡看財經頻道。後來，我們看了一份肯奈提醫師寄來的兒童神經外科醫師名單。她上樓去睡覺時，我坐在樓下，聽到她在傑克的房門外停下腳步，然後進去他的房間。沒多久，她又出來，我聽到她的哭聲。

我去看傑克。從半敞的門縫，我看到手電筒的光。他喜歡開著手電筒睡覺，這樣他起來上廁所才找得到路。他說，這樣每天晚上都好像是一場探險。

我站在門外看他。他正側躺著，看他的寶可夢交換卡。那些卡片一張張整齊排在床上，像是他正在玩接龍遊戲。這一點是遺傳自安娜。分類。想把東西整理得井然有序。依顏色排列的保鮮盒。各類試算表和清單。

他用手電筒檢查每張卡片，翻轉查看各項細節，再放回床上。我可以聽到他對著卡片低聲說話——「你去這裡……你在這裡……你跟他在一起……」他喜歡把那些精靈分隊，依照顏色、屬性、住在陸地或海裡等等進行分類。

「哈囉，美人兒。」說著，我走進他的房間。

「哈囉，爹地。」他指著他的寶可夢。「我在幫他們分隊伍。」

我在床上坐下，說：「好酷。」

傑克指著一疊卡片說：「這一隊是壞蛋，這些是好人。明天早上，他們會大打一架。」

我說：「哇。那誰會贏？」

傑克思考了一下。「壞蛋。」說完，他哈哈大笑。

「好了，你該睡覺了。」

「好。」說著，他把卡片收好，放在床頭桌上。

他在枕頭上躺好，我再幫他拉一次被子。「傑克，你感覺怎麼樣？有沒有覺得暈暈的？」我看著他左側的頭。顳葉。

他說：「沒有，爹地。」他的眼睛緩緩閉上，接著他很快就睡著了。我看著他的呼吸開始變沉。他耳際的頭髮形成一個問號，後頸有幾顆淺棕色的痣。安娜總是說，小號的我。小號的我。

我親吻他的額頭，在他房間的沙發上坐了一會，看著閃閃發光的星辰和舞動的彗星。我定住不動，試著放緩呼吸，好讓我能聽到他的聲音。但那樣還不夠：我還是聽得到我自己的呼吸聲、心跳聲。所以我盡可能憋氣——十秒、二十秒、三十秒——然後，我終於只聽到傑克的聲音，他的呼吸聲，偶爾的鼻塞聲和悶哼聲，是這個世界上我唯一想聽到的聲音。

小黃瓜大樓

我們坐電梯往上衝，跟太空火箭一樣快，
然後電梯門打開，眼前是一個好大的玻璃屋，
你說好像踏進天空。
是的，傑克，真的是那樣，因為我們可以看到整個倫敦，
一直看到最南邊，幾乎可以看到大海了。
我們走來走去，上下左右到處看，
就像拿著望遠鏡的小提摩西。
只要我活著的一天，傑克，我就不會忘記那一天。
雨打在玻璃上滴答響，
你追著影子跳舞，笑得宛如巧克力。

8

我醒得很早，太陽還沒出來。安娜背對我，被子拉到脖子處，兩條腿彎曲伸到胸前，跟傑克一樣。我尋找傑克，不過他不在這裡。他通常很早醒來，常常在我們醒來前溜進主臥室，坐在床尾地上，喃喃低語，重複整理他的寶可夢卡片。

我到樓下去，坐在廚房桌子前，打開筆電，開始搜尋「多形性黃色星狀細胞瘤」、「兒童腦瘤治療」、「兒童腦瘤預後」。我看了國民保健署的資料，看了維基百科的條目，還有一大篇美國腦瘤協會醫師的訪談內容。

我變換各種搜尋關鍵字，點進第三、四、五頁搜尋結果看。我找到的一切都證實了肯奈提醫師的話。那是第二級腦瘤，很罕見，尤其是在兒童身上。跟醫師說的一樣，整體存活率很高，高達九成。

我聽到小腳的聲音，看到傑克站在樓梯底。他穿著蜘蛛人睡衣，看起來好小、好輕盈。他帶著睡意，爬上我的膝頭，雙手雙腳抱住我。我可以感覺他的氣息吹在我的脖子上。

「爹地，我可以吃乳酪吐司嗎？」

「當然可以。」

「特製乳酪吐司？」

「特製乳酪吐司？」我裝作大驚小怪揶揄他。「真的假的？一大早？我不知道可不可以。你要用什麼報答我？」

傑克思索可能的交換條件，然後微笑著說：「我會親你一下。」

「只親一下。嗯，還有呢？」

傑克看了看四周，然後跑到一個裝滿玩具的籐編收納箱。他在裡面翻了一下，回來時小小的拳頭裡緊緊抓著一樣東西。

「我還會給你一個禮物。」他張開手，是一條變形金剛的斷手。

「大黃蜂的手臂？」

「對。」傑克點點頭，然後大笑。

「就這麼說定了。可以先親嗎？」

傑克點頭，正當他在我臉上落下一個結實的吻時，我聽到一聲小小的嗚咽，急促的呼吸聲，同時看到安娜站在樓梯底，因為剛淋浴，頭髮還是濕的。她立刻轉身回樓上去。

「媽咪要去哪裡？」

「去浴室。」

「為什麼？」

「可能要去尿尿吧。我們來去做特製乳酪吐司吧？不過，我先去看一下媽咪好不好。」

「我可以玩 iPad 嗎？」

「可以。」傑克露出笑容，從架子上拿了iPad，盤腿坐在沙發上。

「可是不能看亂七八糟的玩具影片，好嗎？」

「好啦好啦，小豬先生。」

「傑克，我是說真的。」

到了樓上，安娜在主臥室的浴室裡，我聽到水流的聲音。

我在門外輕聲說：「安娜？」

她說：「我在這裡。」她的聲音粗啞而遙遠。「我馬上就出去。」

我坐在床上等她。等她出來，在我旁邊坐下時，我問：「你還好嗎？」

她聳聳肩，她臉上還有淚水，眼睛紅紅的。

「我們會度過這一關的。」說著，我伸手環抱她。

她點頭，把臉轉開，不想讓我看到她的眼淚。

我輕撫她的背，說：「真的，我們會撐過去的。記得，九成的治癒率。」

安娜說：「我還是不敢相信。要是他出了什麼事，我會受不了的。我真的會受不了。我只想要……」她擦了擦眼睛，說不下去了。

我說：「我們會對抗它並且戰勝它。好嗎？等傑克去遊樂中心玩，我們再多研究一下神經外科醫師。」

安娜咬著下唇，搖搖頭，說：「我今天不想讓他去遊樂中心玩。」

「為什麼？」

安娜看著我，瞇起眼睛。「我們不能……我不想冒險。」

「安娜，你沒看到他今天早上的樣子嗎？他在樓下衝來衝去。我們必須像平常一樣。」

我可以聽到樓下傳來萊恩的聲音，傑克正在用 iPad 看《萊恩的玩具影片》。

「我已經跟艾瑪說他不能去了。」

「你已經跟她說過話了？」

「我發簡訊給她。」

「你沒跟她說吧？」

「當然沒有。」

「安娜，我們必須像沒事一樣過日子。為了傑克。我不想讓他知道他生病了。」

她說：「我同意，可是他已經不是什麼都不懂的孩子。我們總有一天要跟他說。他會好奇為什麼要一直去看醫生，還有為什麼他會不舒服。」

我到浴室去幫她拿張面紙。我回來坐在她身旁，把一隻手放在她的大腿上，說：「他現在沒有不舒服，他想吃乳酪吐司。特製乳酪吐司。」

安娜難過地笑著，吸了吸鼻子，擦了擦臉。「我只是不想讓他撞到頭。」說完，她又哭了，這次，再多的面紙、擁抱或話語都止不住她的眼淚。我把她拉過來，感覺到她的身體在顫抖，感覺到她急促的呼吸。

「媽咪為什麼在哭？」我們轉頭看到傑克站在門口。

安娜用衣袖擦了擦眼睛，吸了吸鼻子。

我說：「喔，有時候人會心情不好，就像你有時候會心情不好一樣。」

傑克靠近安娜，對我說：「你欺負媽咪了嗎？」

我說：「絕對沒有。」

「爹地，你生氣了嗎？」

「沒有。」

「媽咪是氣得火冒三丈嗎？跟消防員那本書裡的人一樣？」

安娜笑了兩聲，啜泣已經緩和了。

「爹地，我給你看一樣東西好嗎？」

「好，我們先下去，媽咪等一下就來。」

我們走下樓，桌子上有一些碎麵包，是從整條麵包剝下來的，上頭，放了幾塊奶油還有一大塊沒切的切達乳酪。

「我做了特製乳酪吐司。」

「真的耶。」我摸摸他的頭髮。「真是了不起啊，傑克。」

「爹地，你高興嗎？」

我說：「我很高興，傑克。」我看著他吃麵包和乳酪，早晨的光線製造了一條條發亮的灰塵，在傑克的頭髮上形成光圈。

下午，門鈴響了。傑克在睡午覺，我們正在客廳坐。我看向窗外，看到蘿拉的小飛雅特停在外面。我問安娜：「你跟她說了？」

「沒有啊。」

「那她怎麼……」

安娜站起來。「我不知道，你也知道她有時候會突然過來。」

「那你能不能跟她說……」

安娜已經把門打開了。蘿拉說：「哈囉，小乖乖。」我可以聽到她親吻空氣的聲音，然後是一片靜默。「老天，親愛的，你的臉色怎麼那麼難看？」

安娜沒說話，我可以想像蘿拉正試圖解讀她的心思，她是那麼瞭解這個女孩子，在寄宿學校睡同一間寢室相鄰的兩張床，到了大學還是室友。

她們走進客廳，蘿拉說：「哈囉，羅伯。」她困惑地看著我，眉毛揚起，幾乎就像控訴。

「傑克呢？」

我說：「他在樓上睡午覺。」

蘿拉看著安娜，安娜僵著一張臉，一動也不動。蘿拉說：「安娜，親愛的？」然後她轉回來看我，我想我看到她臉上有些微的不耐煩，好像她覺得自己被排擠了。蘿拉總是非得每件事都知道不可。

我吞了一口口水，深吸一口氣。「我們昨天知道了壞消息，傑克的事。」說著，我的聲音開始顫抖。「他最近平衡感有點問題，所以我們帶他去檢查。電腦掃描上有東西，醫師認為是……是……」腫瘤。腫瘤。我沒辦法把那個字說出口。「病變，對，他的大腦有病變……」

蘿拉一臉疑惑。「病變？什麼意思？你是說腫瘤？」當然了，那個字對她一點意義也沒有：只是母音和子音，不是我的孩子大腦裡長的東西。

「對，他們覺得是。」

「啊，老天，可憐的傑克。他需要治療嗎？」蘿拉移到安娜隔壁的沙發上，一隻手攬住她。

我讓自己冷靜，然後說：「要。他要開刀，切除……呃，把壞東西都拿掉，然後我們才會知道進一步的狀況。不過醫師認為開刀就好了，他不會需要進一步治療……」

蘿拉說：「然後他就會沒事了，對吧？」她看看安娜，再看看我。

我說：「對，希望是。」

「天啊，好可怕。我無法想像你們的心情。」蘿拉深吸一口氣，然後又說了起來，免得氣氛太安靜了。「茵蒂雅的托兒所有一個小男生，也是生了類似的病。他後來切除了腫瘤，現在健康得很。完全復原了……」

蘿拉把安娜拉過去。「啊，心肝寶貝，我真討厭看到你這樣。我保證，一切都會沒事的。」在她懷裡的安娜全身僵硬，點點頭。蘿拉不知道要說什麼。她環顧客廳，彷彿在那一瞬間，她以為除了我們，那裡還有別人。

「其實啊，我在推特上追蹤的一個女人，以前也被診斷得了腦瘤，好像還有另一種癌症。結果她選擇另類療法，我忘了到底是哪一種療法，不過她現在已經完全沒癌細胞。如果你們要的話，我可以把她的部落格的連結寄給你們。」

蘿拉的話飄啊飄，像風中的蒲公英種子。

「謝謝你，蘿拉，現在我們什麼都會去瞭解一下。」

就在這時候，安娜站起來，走出客廳。我可以聽到她以細步快速上樓。

蘿拉說：「我該去看看她嗎？」她看起來垂頭喪氣。

「不用，沒關係，現在最好不要去管她。」

「史考特。」

「嘿。」

他的語氣很冰冷，一點感情都沒有。

我說：「你今天有空跟我見一面嗎？」

「我以為我們一週前就該見面了。你記得吧，討論賣公司的事。」

我說：「抱歉，出了點事。」

「是啊，每次都這樣，不是嗎？我說，你是我最好的朋友，可是我現在沒辦法應付這樣子的你。」

我沉默，不知道該說什麼，我感覺眼睛湧出淚水。

「羅伯，你還在嗎？」

我說：「現在可以見面嗎？」我的聲音有點破碎。「**船艦**見？」

「當然可以。」史考特的語氣軟化了。「沒事吧？」

我什麼都沒說，我什麼都說不出口。

「我十五分鐘後在**船艦**等你。」

我到的時候，史考特在那裡了，坐在吧檯滑手機。

「我幫你點了一杯啤酒，還有一杯強一點的。」他指著一杯威士忌。「你好像需要。」

「謝了。」

史考特喝了一大口啤酒。「說吧，怎麼回事？跟夫人有點問題？」

我一口喝下威士忌，冰塊在杯子裡鏗鏗響。我深吸一口氣，同時捏著大腿後側的肉，說：「是傑克。他們發現他的大腦有某種病變。」

「病變？怎樣的病變？是腫瘤嗎？」

「對。」

「哎呀，真是遺憾。這下子嚴重了。」

史考特向酒保示意再來兩杯威士忌。「醫師怎麼說？」

我拿起啤酒，說：「呃，要先開刀之後才會知道進一步的狀況。希望開刀後就沒事。」

史考特還沒回答，他的手機就響了，他看了一下螢幕，搖搖頭，好像不想接。「抱歉，等我一下。是卡洛琳娜，她正在生我的氣……」

他離開吧檯椅，我注意到他穿了新的雕花紳士鞋和緊身牛仔褲。他邊走邊說：「哈囉，小親親。」他站在吧檯另一頭，一會笑，一會低語，我盯著一個鐘、一支氣壓錶、一艘瓶中船。

他走回吧檯，坐回他原來的椅子，同時說：「抱歉，她現在好難搞。總之，你剛剛說到治療……我是說，這算早期發現，對吧？」

我說：「對。」可是突然間，我不是那麼確定，也想不起來醫師到底是怎麼說的。「他必須動手術，醫師認為應該可以完全切除。」

「呃，這是好消息。很高興聽到你這麼說。」

我說：「謝了。」我又捏了一次大腿，力量大到讓自己縮了一下。「我只是不懂，因為……因為……他還那麼健康，他還那麼活潑，那麼……那麼……正常，我只是不……」

史考特說：「天啊，羅伯，真是非常、非常抱歉。」我不知道他為什麼要道歉，然後才明白他的手機正無聲地響起，在吧檯上震動。

「抱歉，抱歉。」說著，他按掉電話，接著手機又亮起來，我們兩個都盯著閃爍的螢幕看。

卡洛琳娜終於掛掉後，史考特說：「那下一步是什麼？現在要怎麼做？」

我說：「呃，接下來幾個星期，他會開刀切除……呃，所有髒東西。希望那樣就夠了。」

他說：「我相信一定會的，朋友。」他拿起威士忌杯，碰了一下我的杯子。「還有，有狀況隨時告訴我，有我幫得上忙的儘管說。對了，我在高爾夫俱樂部認識幾個醫師，我可以問一下誰是這個領域的名醫。」史考特開始滑手機。「好，找到了。這傢伙，可汗醫師，印度人，非常聰明。要不要我打個電話給他？」

我在冒汗，感覺冷汗從我的背脊往下流。我突然覺得很慌，說：「我得走了。」

「好啊。」史考特說著，不慌不忙地喝了一口啤酒。我要走的時候，他用一隻手攬住我，我想他是想抱我一下，但我沒有回應，我的身體非常僵硬。

「我說真的，不管你們需要什麼，隨時告訴我。你們的傑克是個鬥士，尤其是如果他像他老爸的話。」

不管我們需要什麼。往上走回議會之丘時，我心想，我們需要什麼？別跟你的新女朋友講電話吧。在我跟你說我兒子得了腦瘤時，別盯著酒吧女侍的胸部看吧。

我回到家時，安娜在客廳，坐在沙發上，筆電放在茶几上。

我說：「他還在睡？」

「對，我剛上去看過，他一下子就睡得很熟……之前的事真是對不起，我知道蘿拉是好意，可是我就是沒辦法……」

我在她身邊坐下。她已經化了妝，頭髮紮起來。「我已經看過神經外科醫師的名單，把聯絡電話都打在Excel表格裡。我印了一份給你。我們可以分頭一個個打電話。」

我看著表單：醫師姓名、地址和電話，還標注了他們的專長。

「我會開始打。」

她說：「我一直在回想跟肯奈提醫師會面的事。從頭到尾都好模糊。我怪自己，沒把他說的話記下來。我有好多問題，真希望我那時問了，當時就像有一片霧籠罩住我……」

「是啊，我知道。我之前也在想這件事。」

安娜嘆口氣，我把手放在她的膝蓋上

我說：「下次見他，我們會準備好。我們會想好一大堆問題。我們要開始戰鬥，好嗎？」

我的話感覺好無力，安娜捏一下我的手。「對，我們要戰鬥，我們必須戰鬥。」她接著說：「對了，蘿拉傳了很感人的訊息給我。她擔心惹我生氣。史考特怎麼樣？你跟他說了嗎？」

「說了。」

「那他的反應呢？」

「喔，史考特就是那個樣子。」

安娜本來想說什麼，繼續問下去，但她咬著唇，就此打住。她站起來，說：「好了，我好像少了一頁。」

我一頭霧水地看著她。

「我是說表單。」

她去印表機那裡時，我打開筆電，想搜尋史考特提到的那位醫師。電腦上已經打開了瀏覽器視窗，是一頁搜尋結果。安娜先前在搜尋「流產與兒童腦瘤」。另一個分頁是一篇《赫芬頓郵報》的文章：「我的流產如何導致孩子得癌症」。

我沒看內容，只是看著那篇文章的模擬圖，一個女人低著頭，捧著肚子。

安娜每年耶誕節都會寫信，這是傳承自她母親的傳統。我以前拿這件事取笑過她。我說，這樣好老套，好像另一個時代的事。中產階級卑微的吹噓。（「強納森在牛津又過了美妙的一年，不過有時候我們希望他花在念書上的時間，跟他花在划船以及跟異性打交道上的時間一樣多！」）

安娜說，又不必一定要這樣寫。她就不會那樣寫。況且，那是保持聯絡的好方法。於是，每年她都不理會我的揶揄，細心地把一張A4大小的紙折進耶誕卡裡。

我不是很確定要寄電郵給大家。我擔心我們得花時間回覆加油的訊息，把帶著食物上門來的朋友擋在門口。但是安娜說服了我。她說，這樣比較好。讓大家一起知道，這樣我們比較容易管理。我有點介意她的用字——「管理」——彷彿那是她的客戶，因為公司出了一點狀況，必須通知大家。

主旨：傑克
寄件日期：二〇一四年五月十二日（週一）下午兩點
寄件者：安娜．寇茨
收件者：非公開收件者
副本：羅伯

親愛的朋友：

收信平安。抱歉以群組的方式寄出這封信。

我們想讓各位知道，最近傑克被診斷出患了一種腦瘤，叫星狀細胞瘤。他很快就會接受手術，切除腫瘤，醫師很樂觀，認為他會完全康復。

我們當然都非常震驚，但我們充滿希望，也肯定我們會度過這一關。謝謝各位的支持。

祝平安順心

安娜與羅伯上

「肯定我們會度過這一關」是我加上的。我跟安娜說，那是真的，況且，我們並不想讓大家過分擔心，以為傑克快死了。

有時我真不瞭解她。她凡事往負面想的遺傳衝動，宛如受詛咒的家訓，從她的父母交到她的手上。她常開玩笑說，他們是杯子半空家庭。[5]

回信很快就來了。大家寫信來說他們很遺憾、很震驚、很難過。他們舉了各種例子：母親、父親、朋友的朋友，得了癌症並且戰勝了。他們說他們知道誰誰誰的孩子也得到同樣的病——或類似的病——而現在非常健康。他們要我們保持樂觀，他們說，樂觀是最重要的。他們說他們會禱告，他們會把傑克放在心上，從早到晚都想著他。

我一遍又一遍讀安娜寫的信。完全康復。她是這麼寫的。那為什麼他們表現得好像他要死了？他們知道什麼我們不知道的事嗎？

9

我坐在書桌前，咖啡因讓我的腦袋嗡嗡響，查看電郵時手指在抽搐。我比較喜歡在沙發上或者在床上工作，只要能讓我把筆電架在膝蓋上的地方都好，可是安娜要我好好坐在家裡的辦公室工作。我們去選了一張辦公桌，以及一張舒服的辦公椅，她還買了一些整理櫃和文具。她說，為了端正心態，那些東西很重要，所以我感覺我是要去上班。

我在收件匣裡滑動。科技育成中心的人還追著我跑，現在提議要支付我費用，再加上一名講師的費用。馬克希望我能指導一名程式設計師。傑克的幼兒園寄來一封信，我不敢打開看，還有一封史考特寄來的信，藏在一封園藝中心的廣告和Paypal收據之間。

主旨：

傳送日期：二〇一四年五月二十一日，週三，上午一點〇五分

寄件者：史考特．韋蘭德

5 glass half empty，以半杯水來辨別一個人性格屬樂觀（還有半杯水）或悲觀（只剩半杯水）。

收件者：羅伯・寇茨

哈囉，朋友，我是想說，我很抱歉那天在酒吧裡的事。我知道你現在很不好過，我恐怕表現得不太專心，真是不應該。

對了，我跟一個醫師朋友談過，牽了幾條線，他說這個領域最厲害的是哈里街的肯奈提醫師。他顯然真的很懂那種事。如果你想找他的話，我可以幫忙引介……

還有，我真的需要跟你談一下中國的事，我是說賣公司的事。他們一直找我，而我不想失去這個機會。有空聊一下嗎？如果你不想到公司來，我們可以約在船艦，或者我也可以去你家一趟。

其他消息，卡洛琳娜甩了我，我不太能接受，所以我自己現在也不太好過……

總之，振作一點，朋友，希望很快見到你。

從我的iPhone傳送

振作一點，朋友。說得好像西漢姆隊被降級了。他難道不知道他那些話看起來是什麼樣子嗎？依我現在的處境，我難道還應該關心史考特最新一任斯拉夫床伴又勾搭上更帥、更有錢的人了嗎？

等我冷靜下來，煮了咖啡之後，我繼續搜尋資料。搜尋「ＰＸＡ治療法」時，我點了某個連結，結果連接到一個叫「**希望之地**」的論壇。首頁有好幾隻黃色翅膀的蝴蝶在粉藍粉紅漸層的天空裡飛舞。螢幕一角，一個巨大的彩虹下，是一張希望的照片：希望是個七歲小女生，穿著一件歡樂合唱團的T恤。

我點選希望的照片，進入一個論壇，成員都是子女患了腦瘤的父母。我仔細尋找，找到一個討論主題正是傑克患的腫瘤類型，PXA。

我讀得很快，一則則回應讀下去。從大家的回應看來，開刀切除腫瘤是比較常見的治療方式，不過也有些孩子接受放射治療，我不知道是為什麼。是因為病情比較嚴重嗎？我們該考慮讓傑克接受放射治療嗎？

有人能幫忙嗎？

貼文者：羅伯》二〇一四年五月二十一日，週三，上午八點四十五分

大家好，我是新來的。我們最近得知五歲大的兒子，傑克，確診得了多形性黃色星狀細胞瘤。

再過幾個星期，傑克會接受手術切除腫瘤，然後我們才會知道進一步的狀況。

除了這一點之外，傑克現在很健康。他有一點平衡的問題，所以我們才帶他去檢查，可是你看不出來他生病了。他還是很活潑、很機靈。

醫師很樂觀，認為傑克可以痊癒，但我們瞭解還是有風險。醫師只建議開刀，不過我發現有些孩子也接受了放療。以我兒子的狀況來說，一般都怎麼治療呢？

此外，我在這個板上看到加馬刀和質子治療。我們應該考慮這兩種方法嗎？

感謝各位提供的任何資訊。

祝安好

羅伯

我聽到安娜回到家的聲音，門輕輕關上，鑰匙放在玄關桌上的碰撞聲，可是我沒聽到傑克的聲音，他通常一進門就會大喊：「大家好！」我衝到門口，看到安娜站在走廊上，傑克趴在她肩上。

她脫掉第二只鞋子，同時說：「他在車上睡著了。」他現在似乎很愛睡覺，看卡通時，甚至在很短的車程上，都會打瞌睡。

我把他抱過來，帶他上樓。三點前後的陽光很烈，所以我拉上窗簾，把他放上床。他動了一下，翻成側躺，把膝蓋伸到胸前來。

我下樓時，安娜茫然地看著前面，茶几上放了一杯紅酒。

我說：「你還好嗎？」

她說：「其實我不太好。」她脖子和胸口的皮膚紅紅的，她生氣或緊張時就會這樣出疹子。

「怎麼了?」

「天啊，我現在好生氣。愚蠢的……」她及時住口。我們在一起那麼久，我從來沒聽過安娜說髒話。「笨蛋，到處都是笨蛋。」

她喝了一大口紅酒，接著把杯子放回茶几。「我剛剛在咖世家，山腳下那一間，店裡沒什麼人，傑克在遊戲區畫畫。我覺得很愉快，我們兩個好一陣子沒獨處。他點了一杯巧克力奶昔，他真的好可愛。然後我看到喬安娜這個女人，你記得她嗎?在傑克的兒童健身房見過的那個?」

「喬安娜，嗯，有印象。啊，老是提自己離婚的那個女人?」

「對，就是她。她用一種毛骨悚然的方式，往我這裡靠過來，跟我打招呼，這時我就知道她知道了，因為她笑得很緊張、很詭異。她說，我真的覺得很遺憾，她還看向傑克，說，可憐的小東西，而他就在那裡，就在她旁邊。然後她說，我想你們正在製造回憶吧。製造回憶。她真的說這種話。我真的不知道要說什麼，所以我就說，傑克會完全康復，好像我還得向她證明這一點似的。關她屁事啊。你知道接下來怎樣嗎?」

「怎樣?」

「她抱我。她在咖世家公然抱我。」

「天啊。」

「沒錯。哎，你知道我對這種事有多感冒，即使是跟你。真的太可怕了，她好像永遠都不會放手似的。」

想到安娜在咖啡館，全身僵硬，沒有回抱的情景，我咯咯笑了。

「每次遇到這種事，我總是事後才恨自己，為什麼沒有跟她說她太沒禮貌、太遲鈍了，可是我辦不到，因為傑克就在那裡，而且，那樣做又有什麼用？」

我說：「太慘了。有些人就是王八蛋。」

我去廚房，給自己倒了一杯紅酒，再回來坐在安娜旁邊的沙發上。我說：「為這種事生氣實在太傻了，尤其是我們現在有別的事要煩惱，不過那天我真的對臉書上的一則貼文很生氣。」

「誰貼的？」

「一個女同學。她寫了一篇好長的貼文，說她的脖子上長了東西，她擔心是癌症，覺得自己快死了。所以醫師把它切掉，結果當然不是癌。然後她又說這個醫師看著她的眼睛說：『現在你不該再擔心了，去好好活你的下半輩子吧。』然後她打了一堆主題標籤(#hashtag)，#樂觀，#癌症。去她的主題標籤啦。」

安娜大笑，我想不起來上次看到她的笑容是什麼時候。這是我們以前的習慣，一邊喝紅酒，一邊抱怨朋友和同事。同仇敵愾，開心聊到深夜。

安娜說：「我明天會跟公司說，我打算在手術前後請一陣子假。」

我說：「好。」

「我只是覺得，傑克復原期間，我應該陪著他。」

「你想公司會同意嗎？」

「我不知道。公司確實有喪假或陪伴假，但那是在……呃，你知道的……我知道有些人會請無薪假，我想也許我可以請無薪假。」

「對，我想應該可以吧。」

安娜瞇起眼睛。「你不贊成？」

「不是的，我贊成……老實說，我還沒想過這件事。不過你確定有必要嗎？手術後，他恢復上課前，我每天都會在。還有錢的問題。沒有那筆錢，我們過得下去嗎？」

安娜嚴厲地看著我，紅酒讓她的臉頰發紅。「我不知道，羅伯。希望可以。如果你那麼擔心錢，也許你應該跟史考特談一下。如果他賣掉公司，我們就少了一半收入。」

我沒說話，仔細斟酌要說出口的話。我知道她在想什麼。她認為我懶惰、不負責任，我不夠努力說服史考特不要把公司賣給中國人。即使我們兩個都在賺錢，她還是一直很擔心錢。她說，倫敦的生活費很貴，我們入不敷出。我們一直沒存錢，傑克的學費又越來越貴。

她問：「你跟他談過這件事嗎？」

「當然談過，但我想我使不太上力。我也沒那個力氣跟他吵了。」

安娜把視線轉開。「很好，你沒那個力氣。」她搖搖頭。「羅伯，有時候你真的讓我驚訝。你沒在工作，我有工作，而我只想休幾天假，好讓我有時間陪傑克，結果你讓我對這個念頭感到很愧疚。」

我說：「對不起。我真的沒有那個意思。」

安娜站起來，從電暖器上拿起一條傑克的褲子。「總之，也許你說得對，我們負擔不起。」

我說：「不過我還沒有放棄史考特。」

「什麼意思？」

「呃，雖然現在不是跟他討論這件事的最佳時機，不過空拍機的事我有了重大突破。其實，我覺得那家中國公司或許還能幫點忙。」

安娜嘆口氣，拿起一堆衣服。

「怎樣？」

她揉了揉額頭，彷彿她偏頭痛。「拜託不要再提空拍機的事了。你知道我支持你，可是已經五年多了，你花了那麼多心血，卻還沒有任何東西可以拿出來……」

我說：「我瞭解。」她的話讓我有點受傷。地圖的事，她也是這樣，過分小心，相信終究會白忙一場。「這種事需要時間。你還記得地圖的事嗎？好幾年都沒成果，然後突然間我就拿到錢了。空拍機的事，我還不打算舉白旗投降。」

安娜搖搖頭，在我身邊的沙發上坐下。她一邊笑，一邊往我靠過來。「你總是認為一切都會變好。」

我說：「當然了，不然要怎樣？認為一切都會一塌糊塗？」

「這倒是真的。」說著，她把腳舉上沙發，然後把頭枕在我的大腿上。她以前也這樣睡過一次，我們兩個躺在布萊頓海灘的步道上。那次我們在海邊的旅社過了個放縱的週末。我們對彼此都還感覺新鮮，那個週末的大部分時間都待在床上。天色快黑了，我們才逼著自己出門去布萊頓碼頭吃炸魚薯條和棉花糖。後來，我們去夜店，配著**The La's樂團和快樂星期一樂團**的音樂跳舞，過了一個俗氣熱鬧的獨立音樂夜。

那天晚上，我們在舞池上無所畏懼、不怕丟臉，手隨意遊走，彷彿我們又回到旅社，因欲望而發痛，因對方而渾身濕熱。我們在清晨四點走出夜店，冷空氣讓我們背上的汗水發涷，我們一路笑鬧，踉蹌走向沙灘，走向大海。

安娜想看日出，所以我們坐在沙灘上，聊了好一會，聊倫敦，聊我們要住哪一區。我們開玩笑（跟所有剛交往的戀人一樣）談起以後想生的孩子。

就在太陽要升起之際，安娜把頭靠在我的大腿上，睡著了。我記得。海浪輕輕打在木板上，鳥兒被紅色的晨曦喚醒；溫暖、鹹鹹的風。安娜很幸福地對這一切渾然不覺。我看著睡著的她，圈鎖在我們的幸福裡，那個永遠沒有盡頭的夏天，她的胸膛適時起伏，和大海配合得剛剛好。

那天晚上，我又登入**希望之地**。我的貼文已經有十五個回應。

回覆：有人能幫忙嗎？

作者：dxd576

時間：二〇一四年五月十二日，週三，上午十點三十四分

你的情況，我沒辦法解決，也無法建議開不開刀之類的事，距離我們的女兒確診患病，已經一年半了。我們一直在吃蔬果汁，我們的孩子（還有全家人）已經改成全蔬果裸食。雖然我們不知道以後會怎樣，不過我們家的小翠現在很好，我們知道這跟改變飲食有關，跟醫師開給她的藥沒什麼關係。

回覆：有人能幫忙嗎？
作者：Chemoforlifer
時間：二〇一四年五月二十一日，週三，上午十點五十八分

羅伯：

很遺憾你們正面對這一切。這件事一定讓你們很震驚。儘管那是腦瘤（沒有人喜歡聽到這兩個字），不過ＰＸＡ是很容易治療、存活率也很高的癌症，希望這一點可以讓你們得到一點安慰。

（因為你是新來的，所以讓你知道一下，五年前，我失去了我的獨生女，希望，那年她八歲，患的是膠質母細胞瘤。為了紀念她，我創立這個論壇，希望能幫助其他人。我本身是科學研究員。）

關於具體的建議。如果你兒子還沒做過基因檢測的話，我強烈建議讓他去檢查一下。雖然目前你們是以手術切除為治療方式，準備周全總是好的，儘管腫瘤復發的機率很低，卻也不是完全不可能。

有問題隨時問我，我會一直在這裡提供幫助。

祝安好

管理員Chemoforlifer

回覆：有人能幫忙嗎？
作者：Trustingod
時間：二〇一四年五月二十一日，週三，上午十一點四十四分

羅伯，就像你說的，治癒的希望很大，還是很遺憾聽到這件事。我們的處境很類似，只不過我們家的寶寶是幾個月前確診的。我們發現，信仰在這種艱難的時刻給了我們極大的安慰。願上帝將醫治的手放在你的小男孩身上。我會為你和你的家人禱告。

我停下，不再往下看。這些人不是我們。他們是雜誌上寫的那種絕望的父母，他們看著自己的孩子在手中溜走。我們跟他們沒有共同點，傑克還活得好好的，醫師說他會痊癒。我忽然感覺必須看到他，碰到他，最近這種時候變得越來越頻繁，越來越痛苦，就像嚴重痛風發作一樣。

我正要關上筆電下樓去時，一個小小的郵件圖案冒出來，讓我知道我收到論壇某人寄來的私訊。是一個叫涅夫的人。

收件者：羅伯
寄件者：涅夫
傳送日期：二〇一四年五月二十一日（週三）下午十點十六分
主旨：哈囉

哈囉，羅伯，很遺憾聽到傑克的事，不過看來你們非常有希望。

我想告訴你我的故事，萬一事情不如預期，可以參考。三年前，我六歲的兒子賈許被診斷出膠質母細胞瘤。醫生基本上放棄他了。切除腫瘤之後，他們說他們已經無能為力，說腫瘤一定會再長回去，他們能做的，只是用化療和放療緩和他的痛苦。

我就是在那時候知道斯拉德科夫斯基醫師。希望你可以把我的話讀完。這是一間位於布拉格的合法診所，不是吃一次仙人掌汁要一千英鎊的癌症診所。這是最先端的科技，利用所有最新的療法，尤其是所謂免疫工程。

到布拉格去當然很冒險。但我們去了，賈許也經歷了各種治療。長話短說，六個月後，腫瘤消失了，至今沒有復發。他現在是個快樂的九歲孩子，過著正常生活，癌症漸漸成為遙遠的回憶。

管理員禁止我在**希望之地**張貼跟斯拉德科夫斯基醫師有關的連結（甚至用軟體阻止我在私訊中傳送），所以我只能請你搜尋布拉格的斯拉德科夫斯基醫師，你就會找到你需要知道的一切。

如果你想瞭解更多賈許的治療細節，請上我的部落格nevBarnes.wordpress.com，也歡迎你隨時發訊息給我。

我以最誠摯的心祝你好運。需要更多資訊，請私訊我。

涅夫

涅夫看起來像騙子。我在希望之地搜尋「斯拉德科夫斯基」這個名字，結果出現好幾百個結果。

必讀！回覆：「斯拉德科夫斯基臨床試驗」

作者：Chemoforlifer

時間：二〇一二年一月二十六日，週一，上午六點〇三分

各位好：

常來本論壇的人可能都看過好幾則涅夫的貼文，建議大家嘗試斯拉德科夫斯基醫師主持的臨床試驗。這些貼文因為明顯違反「不鼓吹、不推銷」的板規，都已經被板主刪除了。板上熱烈討論過斯拉德科夫斯基的診所，其中一則如下，請可能不熟悉該診所「傑作」的新會員參考。

forum.hopesplace.topic/article/1265%444

斯拉德科夫斯基醫師的診所毫無信譽可言。他從未允許獨立、有信譽的臨床試驗單位評估

他的免疫工程療法，也從未跟其他研究人員分享過他的研究成果。每個有信譽的癌症治療監督組織都認為他的「免疫工程」療法是詐騙。

管理員Chemoforlifer上

我很生氣，考慮回信給這位涅夫，跟他說我對拿病童家長當目標、在網路上鼓吹虛無的療法有什麼看法。我又讀了一次他的來信。他很有說服力，似乎相信自己寫的東西。我想，他就是靠這一點讓人上當的吧。我登出**希望之地**，蓋上筆電，去找安娜和傑克。

10

天色轉暗沒多久，傑克睡不著。那是類固醇的副作用，類固醇是為了降低腫瘤周遭的水腫現象。再過一個星期就要做手術，傑克比以往還要煩躁。我們試著消耗他的體力，讀故事給他聽，讓他看卡通，有時候，只有出去走一走才有用。

我們沿著往漢普斯特德森林公園的其中一條路往上走，我問：「美人兒，你今天感覺怎麼樣？受傷的地方痛不痛？」

我們跟他說他的頭裡面受傷了，必須去醫院把受傷的東西拿掉。傑克一點也不擔心。他好像覺得沒什麼大不了，就跟手肘擦傷或肚子痛一樣。去年，他從院子牆上跌下去，下巴去醫院縫了好幾針。他說，跟那次一樣嗎？我們回答，比那次更好。他會睡著，不會有任何感覺。

傑克拍了拍他的頭，他已經知道事情不太對勁。「我覺得沒事，可是……」

他遲疑了，拖著鞋子在步道上摩擦。

「傑克，可是什麼？」

「有時候，上課時，我都想不太出來。」

「想什麼？」

「今天傑克森老師教我們加法，我……」他欲言又止。

「你覺得很難？」

「對，加起來，得出總數，可是……可是……我想不起來數字。」

「這樣啊。」我伸出一隻手攬住他的肩膀。「加法有點難，而且你才剛學而已。」

傑克點點頭，抬頭用淡藍色的眼睛看著我。「我們今天也學了字母，我拿到一張貼紙。」

「真的假的？」

「真的，你看。」在傑克的外套領口上，有個小星星，上頭寫著「做得好！」

「我把它貼在這裡，才不會破掉。」

「做得好。你真的好棒，傑克。還有，你不用擔心上課的事，我們會把所有受傷的地方都拿掉，好嗎？」

「在醫院？」

「對，在醫院。」

「我會睡覺？醫生會在我睡覺時把受傷的地方都拿掉？」

「沒錯，美人兒。」

傑克眉開眼笑。

「爹地，我會在醫院裡待很久很久以前嗎？」

我微笑，把他臉上的頭髮撥開。「不會，醫生說只待幾天而已，也許一個星期吧。還有，傑克，不用說『很久很久以前』。」

「為什麼？」

「因為不需要，只要說很久就好了，不必說『以前』。」

傑克好像不相信。「可是故事書總是說『很久很久以前』。」

「對，可是……」

傑克看我，睫毛眨啊眨。

我把他攬過來，說：「算了，兒子，那不重要。」

我們穿過漢普斯特德森林公園走回家，傑克看起來很滿足，但也很嚴肅，彷彿有心事。他瞇著眼睛，跟他在解謎語或玩拼圖時一樣。

他突然說：「爹地，我去了醫院以後，就會變得比較好嗎？」

我高興地笑著對他說：「當然會啊。所以你才要去醫院，讓醫師把你變得更好。」

傑克抬頭看我，但又立刻低下頭去。

他看著鞋子，說：「爹地，你認識傑米．雷蒙德嗎？」

「應該不認識。」

「他在我們學校。他是二年級，可是他有些課跟我一起上。」

「他是你的朋友？」

傑克說：「才不是。」他停下腳步，彷彿我剛剛說了最荒謬的事。「傑米．雷蒙德沒有朋友！」

「喔，這樣啊。如果他沒有朋友，你要對他好一點喔。」

我們默默地往前走，我看得出來，他好像在想什麼。

過了一會，我問：「你為什麼想到傑米．雷蒙德？」

傑克想了一下，看起來有點心虛，彷彿他惹上麻煩。「因為傑米．雷蒙德說我會死。他說我的頭裡面受傷，頭裡面受傷的人都會死。」

傑克的口氣並沒有不安，彷彿死沒什麼了不起，只是像睡著或提早下課一樣。

「呃，傑米．雷蒙德只是隨便亂說的。傑克，你不會死，你會好起來，好嗎？他不應該講那種話。」

傑克說：「沒關係，爹地，我跟他說他是大笨蛋。我說總有一天大家都會死，而且大家都知道。」

我說：「很好。」

「其實，爹地，有很多事情傑米．雷蒙德都不知道。也許是這樣，他才會二年級了還來我們班上課。」

我輕哼了一聲。「你沒這樣跟他說吧？」

傑克說：「才沒有。」

「很好，因為就算他對你不好，你也不需要對他不好。」

傑克點點頭：「我沒有這樣跟他說，因為傑米．雷蒙德長得很壯，還會打人。爹地，他甚至比你還壯。」

我捏了捏傑克的肩膀，說：「很好。他比綠巨人浩克還壯嗎？」

「怎麼可能？沒有人比綠巨人浩克壯。」

弗拉納根醫師的辦公室跟肯奈提醫師的辦公室完全不一樣。挑高的喬治亞時期天花板、超大型古董家具。弗拉納根醫師的診間看起來像兒童病房，壁畫加上迷你家具，一角有個相當大的凹室當作遊戲間，裡面還塞了一個球池。

弗拉納根醫師出來候診室跟我們打招呼：「哈囉。」她穿著黃色醫師袍和鮮橘色的布希鞋，看起來像幼兒園的助理。肯奈提醫師跟我們說過，不要讓她的外表騙了。茱莉亞．弗拉納根是這一行最頂尖的。我們在網路上看過她的資料。家長說她是奇蹟製造者：致力挽救孩童生命的腦外科先鋒。

她帶我們到她的診間去，同時說：「這一定是傑克。」她指著在恐龍周圍飛舞的蝙蝠，說：「我喜歡你的T恤。」傑克紅著臉，笑了笑。

我們坐下後，弗拉納根醫師對我們說：「開始之前，有件事要跟爸爸媽媽說。」她突然一副公事公辦的樣子。

「我有一條規定，我相信你們都在我的網站上看過了。我不會讓每次諮詢的時間超過二十分鐘，我非常嚴格遵守時間。這一點對我很重要，那樣我才能盡可能看最多病人。」

我說：「是，當然了。」我們確實看過她嚴格的看診時間。**希望之地**的人說她會在人家說到一半時指著錶，打斷對方。

「很好。」說著，她轉向傑克。「我的桌子裡有棒棒糖，你想吃嗎？」

傑克緊張地點點頭。

「我就知道。不過你要先幫我的忙，才能吃棒棒糖，好嗎？」

「好。」

「好，傑克，你可以閉上眼睛，從一開始數，看你能數到多少嗎？」

傑克閉上眼睛，開始數。「一、二、三、四……」他滿三歲就能數到二十，可是現在，數到十一他就停住了。「十二，十四。」說著，他停下來，看起來很不好意思，好像他做錯了什麼。

醫師說：「做得好，傑克，好孩子。現在，你過來這裡，找找看棒棒糖在哪裡吧？就在桌子裡的某個地方。」傑克走到她那邊去，開始在桌子四周尋找，碰碰弗拉納根醫師的紙鎮、行事曆。她仔細觀察他，看他走路的樣子，他的手部動作。

「你快找到了。可能在這裡喔。」說著，她打開抽屜。

傑克往抽屜裡面看，整張臉都發亮了。「哇，好多棒棒糖。」

醫師從抽屜裡拿出一根紅色棒棒糖。「這支給你。你可以告訴我這是什麼顏色嗎？」

傑克立刻說：「紅色。」

她說：「好厲害。」她把棒棒糖拿到他的鼻子下，說：「好，你記得這叫什麼嗎？傑克，這是什麼？」

傑克看著棒棒糖，心想也許這個問題有陷阱。「棒棒糖。」

「很好。」弗拉納根醫師說著，把棒棒糖給傑克。他眉開眼笑，小心把棒棒糖放進口袋。

「好，傑克，你有看到這條線吧？」她指著地上一條帶子，上頭貼了很多小魚貼紙。傑克點點頭。「請你沿著這條線走，好嗎？」

傑克沒動。他看著安娜和我，尋求鼓勵，我們對他微笑，催他走。他咬著指甲，躊躇不前，彷彿我們要他走在懸崖邊。終於，他開始慢慢前進，可是他沒辦法保持直線，像醉漢一樣沿著直線左搖右擺。

醫師說：「很好。接下來是最後一件事。傑克，請你站在這裡好嗎？」她輕輕觸摸他的雙頰，然後檢查他的頭，他頭皮下方出現的小腫塊。

「哇，你真是個了不起的小男孩。你想去外面櫃檯那裡跟蘇西玩嗎？」

傑克沒動，緊張地看著安娜和我。

醫師又說：「我們有一臺PlayStation，現在沒人玩。」

傑克說：「真的嗎？」他的眼睛亮起來。

弗拉納根醫師說：「真的。」她伸出手，把傑克牽到外面去。

弗拉納根醫師回到診間時，說：「這招每次都有用。我姪子有一臺，結果大半時間，我們就算在那裡，也跟不在一樣。」她看了一下錶。「好，還有十一分鐘。呃，掃描結果和報告我都看過了，我同意肯奈提醫師的看法，也認同放射科醫師的評估。幾乎可以肯定是星狀細胞瘤。不過，從掃描出的影像形狀看來，我認為腫瘤可能有一點進展。」

我感覺喘不過氣來，就像第一次去見肯奈提醫師一樣。絕望鑽進我的肚子裡，就像小時候想家的感覺。我問：「所以可能是更嚴重的腫瘤？膠質母細胞瘤？」我的聲音都發抖了。我在**希望之地**上看過膠質母細胞瘤，那是星狀細胞瘤更討人厭的親戚，是既複雜又凶惡的腫瘤，可能在幾個星期內就要人命。

醫師從資料夾裡拿起傑克的掃描圖，說：「我認為應該不是。」她在電腦上打字，然後把螢幕轉過來給我們看。「膠質母細胞瘤長這個樣子，你們看外圍這些白色的區域。現在來看傑克的圖。」

我們看著掃描圖。上面沒有白色區域，只有一個不定形的黑色斑塊。

「不，我幾乎確定那是星狀細胞瘤，只是有可能比我們以為的更嚴重一點。」

安娜問：「那會影響到傑克的預後嗎？」

醫師暫停片刻。「有可能，不過在手術之前，我不想猜測或提出什麼數字。相信我，我瞭解你們的需要——你們需要知道——但說真的，那對事情沒有幫助。」

我想說點什麼，可是我的聲帶卡住了。肯奈提醫師說八成或九成。他說傑克會痊癒。

醫師看看她的錶。「好，時間不多了，關於手術，肯奈提醫師跟你們說了多少？」

安娜說：「說了一點。他給我們一些資料，我們兩個不停看那些資料。」

她說：「很好。所以，我們的目標是完全切除。對傑克來說，那是最好的治癒機會。從片子上看來，位置不算太糟，不過我有點擔心這個部分。」說著，她指著其中一處陰影。

我再度感覺濃霧襲來，我在這裡，又好像不在這裡，感覺我浮在半空中，看著下面的自己。

我本來暗自希望弗拉納根醫師會告訴我們好消息，說腫瘤其實是良性的，或者那根本不是腫瘤。

我沒有想到會聽到她說傑克的預後可能更糟。

弗拉納根醫師的桌子裡某處，響起一聲微弱的鬧鈴聲。

送我們出去時，她說：「我知道用說的很容易，但請盡量保持樂觀。這是存活率很高的腫瘤，我們也可以合理預期會全部切除，不需要做進一步治療。請盡量記住這一點。」

我們兩個同時說：「謝謝。」可是她的話聽起來很空洞，彷彿她只是隨口說說。

「很好。那我們就星期二開刀那天見了。有幾張傑克住院的表格需要簽名，櫃檯的蘇西會跟你們說。」

我們跟醫師握手，回到櫃檯。傑克在兒童遊戲區玩《超級瑪利歐賽車》。他忽前忽後忽左忽右，幾乎要從懶骨頭上跌下來。

他結束時，我問他：「小子，你還好嗎？」

「很好，開車真的好好玩。」

我說：「看起來很酷。」我一直想到弗拉納根醫師的話，她擔心電腦斷層片上的陰影。坐在懶骨頭上的傑克抬起頭來看我。「爹地，你為什麼看起那那麼難過？」

我微笑，不由自主地擦了擦眼睛。「我不是難過，我是很高興。」

傑克看起來很懷疑，然後把遙控器遞給我。「你想玩賽車嗎？也許你的心情會好一點。」

「好啊。」說著，我在他身邊的軟骨頭坐下。「這個有雙人模式，你要的話，我們可以比賽。」

傑克說：「酷。」

我們玩了幾場，有片刻，我忘了我們在醫師的候診室裡。我轉頭尋找安娜，她坐在一張椅子上，面帶笑容，看著我們兩個，等我們結束遊戲。

葉森賽馬場

傑克，你記得那天嗎？
媽咪去上班，我們不畏路途遙遠，去了葉森賽馬場，
你拍照，練習拉近拉遠，
然後我們坐在車子裡一邊吃便當，一邊看著遠方的市區。
你可能已經忘記回家的路上發生的事了，
不過你需要尿尿，可是你沒辦法在路邊尿，
因為你說會被別人看到，把你抓去關，
所以你一直忍住，一直憋到家裡。
傑克，你擠著一張臉，兩條腿交叉，
每次車子開上減速丘，你就哎哎叫，真的好好笑。

11

我們出門去補貨：傑克最愛喝的柳橙汁、佳發蛋糕、他的超級英雄雜誌。我們請安娜的母親陪他，等我們回去時，她坐在醫院病床上，背靠著枕頭，傑克窩在她身邊。

傑克問：「可以再說一次鯨魚的故事嗎？」

「看來你很喜歡那個故事？」

傑克點點頭，安娜的母親又從頭說起，說約拿怎麼惹上帝生氣，引來暴風雨，後來水手把他丟到海裡去。最後是上帝，正義又慈悲的上帝，派鯨魚來救他。

我們住進醫院之後，傑克的病床邊就沒少過人：外科醫師、住院醫師、研究醫師。傑克做了一次又一次檢查，身上被又戳又刺。他們幫他抽血，取他的舌下唾液，給他連上心電圖機。今天早上，他們帶他去做磁振造影，取得他的大腦影像，等他再出現時，他光著一顆頭，頭皮上貼了甜甜圈形狀的貼紙，讓外科醫師知道位置。

傑克說：「約拿那麼不乖，上帝還是對他很好。」

珍娜往我這邊瞄一眼，說：「上帝就是那樣啊。他永遠會幫助你。他會幫助每個人。那就是他在天堂的工作。」

我看向安娜，滿臉不可置信，希望她能說句話，要她媽別再說了，可是她在想別的事，一言不發。

我趁護士在傑克身上忙時，低聲說：「珍娜，拜託不要再跟他講這些死亡和天堂的聖經故事了。」

她說：「為什麼不要？他喜歡聽。」

我壓低聲音說：「他可能喜歡，只是我們不想跟他講那種天堂的事……」

她避開我的視線，說：「喔，安娜沒說什麼啊。」我看向安娜，她在整理傑克的床頭桌，擦掉水壺滴出來的水。

過去幾個星期，珍娜一直講要讓傑克受洗。起先她很小心，試探地說現在正是時候，後來，她看到安娜的態度動搖，她的說服力道就加重了。我以為安娜最終會屈服，畢竟她是傳教士的女兒，長年上聖經課和主日學，可是她沒有。我說過，絕對不可以，我以為她會跟我吵，但讓我意外的是，安娜默默地順從我，我知道這件事還是讓她很痛苦。

我正在想要怎麼回應珍娜時，蘿拉和茵蒂雅帶著一大束的氣球來了。傑克的臉亮了起來，因為那不只是普通氣球而已，而是細心排成彩虹形狀的各色氣球，綁在特製的編織毛線上，個個充實飽滿，彷彿隨時會破掉，每個氣球上都印了「#傑克加油」。

「哈囉，親愛的。」蘿拉說著，親吻安娜的雙頰。「小可愛，你好啊。」她接著親吻傑克的頭頂。

「蘿拉阿姨好。」

安娜笑了。她在蘿拉身邊總是顯得很放鬆。

「傑克，這些氣球全都是你的，不過你要不要挑一個拿在手上？」

傑克的臉開心得都紅了。他一向很喜歡氣球。他在路上會刻意尋找氣球，通訊行和選舉候選人免費送的氣球之類的。去參加兒童派對時，他會問能不能帶一顆回家。

傑克選了一顆紅色氣球後，蘿拉說：「是這樣的，我在氣球上印了#傑克加油的標籤，還在推特上發起一個小活動，只是要募集祝福而已。現在已經有幾個人轉推了，一個是艾塞克斯計畫的某個人，還有一個是《影視看臺》（*Gogglebox*）那個善良的史卡莉特。」

安娜說：「什麼是《影視看臺》？」

「啊，你一定要看，真的超好笑的。總之，我覺得應該讓大家注意到傑克生病的事，有時候在推特上得到名人的關注會讓情勢大逆轉，還可能去迪士尼樂園玩或搭熱氣球呢。」

她說得好像他快死了。大家講到他都一副他快死了的樣子。

「茵蒂雅。」蘿拉說著，把全部的毛線放進她女兒緊握的拳頭裡。「你要不要把剩下的氣球拿給傑克？」

茵蒂雅遲疑著。有那麼片刻，她顯得很害羞，一點都不像她，但是蘿拉推她向前，於是，她穿著粉紅色洋裝、圍著編織頭巾，站在傑克的病床邊。她把氣球遞給傑克，一次一顆，傑克緊緊把氣球抓在手裡。

我們看著傑克和茵蒂雅時，門上響起敲門聲。一名護士走進來，遞給傑克一個包裹。

傑克說：「是給我的嗎？」

「你的名字是傑克．寇茨嗎？」

傑克興奮地點頭，看著盒子，摸了摸，又輕輕搖晃，就像拿到放在耶誕樹下的禮物時一樣。在安娜的幫助下，他打開包裹，整齊撕開包裝紙，然後把盒子打開，放在床上。盒子裡是本剪貼簿，封面上寫著：「給親愛的傑克，1A全班同學」。

傑克翻開剪貼簿，那動作彷彿每一頁都是用最寶貴、最細緻的花瓣做成的。第一頁上的那段話由各式各樣大大小小的字母組成，是不同的小朋友寫的：

傑克，我們知道你很喜歡到很高的地方去，所以我們想為你做一件特別的事……我們希望你趕快好起來，趕快回來上課！

他開始慢慢翻頁。貼在彩色紙張上的是他的同學站在高樓大廈、懸崖、眺望大海的照片。電信塔、金絲雀碼頭、比奇角燈塔。小朋友們都舉著牌子，上頭寫著「傑克，快點好起來」、「傑克，你是最棒的」、「傑克，我們愛你！」。

我從來沒看過他像現在這樣。彷彿他拆開包裝，看到了全世界。他仔細看著每一張照片、讀著每一頁上面的每一則留言。然後他在一張照片上停留了好一會。那是他最要好的同學，馬汀、湯尼和艾米爾，在市區某座摩天大樓的頂樓。他們笑開了嘴，舉著牌子，寫著：「傑克．寇茨：寶可夢收集家及超級巨星」。傑克的下唇開始顫抖，然後，自這一切開始之後第一次，他哭了。

手術那天，傑克開心地坐在輪床上，身上那件手術袍讓他看起來像小精靈。我們轉進醫院的通道——兒童病房的鮮黃豔紅到了有前廳和候診區的綜合大樓，變成了陰鬱的綠色和咖啡色，我們必須在那裡把傑克交給醫護人員。

我們親吻他，跟他說等一下見，不想讓他以為他會去很久。

他毫不害怕地說：「再見。」他舉起小熊，又加了一句：「親一下小熊。」有個護士幫小熊的手綁了繃帶。

那天我們在公園長椅上坐了好幾個鐘頭，等弗拉納根醫師的助理打電話來。想到有一次傑克的頸側冒出一顆痣，一個小腫塊，我們擔心得要死。想到我們曾經好煩惱他的成長進度，不知道為什麼他還不會走路，為什麼他最多只堆三塊積木。想到我們曾經擔心那些事，而現在弗拉納根醫師正在用圓鋸切開傑克的頭顱。一個整整齊齊的切口，就像卡通裡的冰洞。另一個人類的手伸進我兒子的腦袋裡。

那天下午，我們坐在公園裡，努力忽視時間過得太緩慢。在太平日子裡，只有平凡瑣事需要擔心時，時間是隱形的：它流淌、消退，像在背景默默作業的應用程式。可是現在，完全無法無視時間的存在：像一座巨大的歐威爾式時鐘上，秒針倒數著實踐威脅的那一刻。

我不知道要做什麼，習慣性地拿出手機，點進**希望之地**，看到我有幾封私訊。

祝福

作者：Camilla

時間：二〇一四年二月十三日，週三，下午一點五十八分嗨，羅伯，我看到你上週的貼文，知道今天是傑克開刀的日子。我只是想祝福你們，讓你知道我把你們全家人放在心上。我是**希望之地**的老鳥。我的女兒二〇〇九年確診得了PXA。她後來一直很健康、很快樂，過著正常的生活。我知道你們現在很難聽進這句話，不過你們是很有希望的。保重。

我把手機遞給安娜，說：「你看。**希望之地**的某人寄來的。」安娜沒戴眼鏡，必須瞇眼看。她說：「真感動。你認識這個人嗎？」

「完全不認識。我在論壇上問了復原時間的問題，順便說了傑克這星期動手術。還有呢，你看。」我點開另一封私訊。

加油！

作者：TeamAwesome

時間：二〇一四年二月十三日，週三，下午五點十六分

我趕著出門，得長話短說，我想祝福你們今天順利。**希望之地**有個習慣，就是在開刀當日送上祝福……所以，我會想著你們，為你們一家禱告。我知道這是多麼孤單、心痛、緊張的時候。八年前，我兒子發病，而他現在是個快樂又健康的少年，有辦法想出千百萬種方

式惹我生氣！跟你說這些，是因為我記得我當時有多需要聽到充滿希望的故事，不是從醫師口中，而是從真實的人、從同樣經歷的人口中。所以那就是我的充滿希望的故事。請務必貼文讓我們知道手術結果（你覺得方便的話）。所有**希望之地**的朋友都為你們加油。

安娜滑手機看訊息，同時說：「天啊，這些人真好。」

我說：「你還好嗎？」我捏了捏她的肩膀，把她拉近我。

「不太好。我只是好……好……」她沒把話說完，她的視線跟著一對老夫妻走，他們拿著一包麵包屑邊散步邊餵鳥兒。

我說：「我也是。」我深吸一口氣，讓空氣進入肺裡。我又拿起手機，繼續看其他私訊，網路上的陌生人傳來的希望故事。

傑克醒了，我們去加護病房看他。他有一半的頭罩著敷料和網子。偶爾他的眼睛會張開一下，很快又會闔上。我們坐在他的病床兩邊，各牽一隻手。

我們問一名護士手術順不順利時，她說：「不好意思，我不能跟你們說，不過醫師會跟你們說明。她在等候室裡，就是最後面那間。」

我一走進去，就知道有狀況。弗拉納根醫師還穿著綠色手術服，匆忙地在手機上查看資料。現在這些事都有道理了：護士閃避我們的眼神、在走廊盡頭較隱密的空間見面。

弗拉納根醫師放下手機，說：「我要說，是好消息。」我害怕到不敢呼吸，等著。「手術很順利。全都拿乾淨了。沒有併發症。傑克也表現得很好。」

我說：「你把腫瘤都拿出來了？」我感覺心臟猛跳，呼吸急促。

「對，都拿出來了。」醫師說著，摘掉手術帽。「比我們預期的簡單。有些腫瘤很複雜，會跟血管糾纏在一起，不過這次不是這樣。要再做個掃描才能確認，不過我有信心，應該是全部切除了。」

全部切除。我們認識這幾個字。我們在**希望之地**上、在醫學文獻上看過。那是治癒兒童的黃金標準。所有看得到的癌症跡象都去除了。

「所以這……這……」安娜幾乎喘不過氣來，口吃了。「這可能表示他已經好了？」

弗拉納根醫師迅速說：「對，有可能。正式上，我不能那麼說。提到治癒，我們醫師都很緊張。不過，以傑克的狀況來說，手術確實非常順利，我確實預期他會完全復原。不過，我坦白說，永遠都有復發的風險。以傑克的狀況來說，這個風險非常小，但仍然有風險。」

風險，非常小的風險。但過馬路、在學校打球，什麼事都有風險。

我問：「他會需要進一步治療嗎？」

醫師看了看她的錶，說：「接下來這幾天，我們會再做一次掃描，確認切除得很乾淨，沒有任何癌症跡象。如果掃描證實我們的想法，傑克就不需要再做任何治療了。」

我說：「謝謝，真的太謝謝你了。」

「啊，傳達好消息總是令人開心。」醫師說著，起身往門口走。「請容我失陪了，我必須去準備下一場手術。」

突然，安娜站起來，雙手抱住醫師。她們的擁抱很彆扭，兩個人都不知道該抱多緊、該抱多久。安娜不肯放開，她的手緊緊地繞住醫師的身體，彷彿她緊抱的是自己的孩子。她們站在一具滅火器旁，微微晃動，安娜對著弗拉納根醫師的脖子低聲說：「謝謝，謝謝。」

12

我聽著海浪拍打海岸，還有偶爾遠方船隻傳過來的船波撞擊聲。安娜斜倚在躺椅上看書，傑克坐在海灘墊上玩寶可夢牌。他的頭髮開始黏上鹽和沙，頸背被太陽曬得金黃。

我們很高興看到他的頭髮在手術後開始長回來了，現在的長度就像他還很小、還很討厭去剪頭髮那時候。安娜要他留長一點，長到捲起來、碰到眼睛。她不想再讓他剪頭髮了。

弗拉納根醫師說得對。磁振造影顯示她把癌細胞都切乾淨了。傑克很快恢復力氣、回去上課。他跟全班同學去了倫敦眼。他甚至開始在漢普斯特德小馬隊上足球課。我們曾夢想這一切嗎？看著他踢足球，或者跳進游泳池時，我心想，你看，你看他，看起來像得過腦瘤的孩子嗎？

來克里特島是安娜提議的。她的一名同事推薦了這間能自炊的公寓，一間頂樓套房，陽臺能看到一望無際的大海。公寓位在海灘比較安靜的區域，遠離觀光船和水上摩托車，以及兜售衣服、珊瑚項鍊和水煮玉米的小販。

突然，傑克尖叫，從沙灘墊上跳起來，跑向水邊，迂迴閃躲，在沙灘上留下濕腳印。我們也跳起來，以為出什麼事，這時才看到在他的頭上飛舞的蝴蝶。

傑克說：「大黃蜂在追我。」他揮舞著手臂，小腳在沙子上跳啊跳。

我說：「傑克，是蝴蝶啦，牠不會咬你。」

他說：「你怎麼知道？有時候蝴蝶也會吃人。」他走向我，兩隻手像恐龍一樣伸出來。「真的，爹地，你怎麼知道？」

「因為我很聰明。」

他扭動我的腳趾頭，說：「哈，你才沒有菲利普．克利佛那麼聰明。」

「他很聰明嗎？」

「他還是小貝比時就會認字、寫字和算數了。」

「哇，所以大家叫他聰明克利佛嗎？」

傑克雙手往兩側大腿一拍，說：「你在說什麼啦？他叫菲利普，不叫聰明。」

安娜哈哈笑，說：「傑克，沒關係，沒人聽得懂爹地的笑話。對了，現在喝啤酒會太早嗎？」

我看了一下手錶，說：「現在是十一點零五分。」

「放假日這個時間喝啤酒應該還可以吧？」

「我們不是說好十點半當分界點嗎？」

「喔，那給我來一瓶啤酒，再來幾塊巧克力脆餅。」安娜在躺椅上伸展筋骨，她的兩條腿曬成了淡棕色。

我說：「還要什麼？」

她說：「不用了，這樣就夠了。不過你走之前，可以幫我塗一下背。」

安娜往前坐，並把防曬乳遞給我。我很高興能再碰觸她、感覺她肌膚柔軟的觸感。

她嘆了一口氣，說：「真舒服。」她這聲嘆得有點重，像傑克已經睡了，只剩我們兩人。

「是很舒服。」

「不過你該住手了，不然我可能會做出不恰當的行為。」

我笑著說：「好。」並把最後一點防曬乳塗好。我對傑克說：「好了，伙伴，要不要去買冰淇淋？」

傑克問：「又吃冰淇淋？今天是週末嗎？」

「傑克，我們在度假，我們每天都可以吃冰淇淋。」

我們沿著沙灘走向酒吧，傑克拿著一根他找到的棍子，跑在前面。他的相機背帶橫掛在肩上，讓我想到安娜以前背著中提琴盒子在校園裡走動的樣子。

在沙灘轉彎形成另一個海灣的地方，我們站在一塊小小的岩石露頭上，望向大海。

「爹地，這裡好漂亮。」

「可不是？你看那裡，有沒有看到小魚跳出水面？」

我指著水面上的漣漪和泡沫。傑克上下跳，說：「魚，好多魚。爹地，牠們為什麼要跳？是在玩嗎？」

我想給他一個答案，但我也不知道是為什麼。「應該是吧，或者，也許牠們在找吃的。」

傑克伸手把相機從套子裡拿出來。

「你要拍照？」

傑克點點頭，小心用兩隻手拿好相機，然後對準魚群，拍了起來。

我看著他，他蹲下來，盡可能靠近水邊。天氣非常好，陽光燦爛，天上沒有半片雲。遠方海面上有遊艇，桅桿在陽光下閃爍。

傑克喊：「爹地，爹地，你看。」他把相機伸過來。我看到小小的螢幕上有隻魚跳出水面的近照，魚張大嘴巴，銀色的皮膚閃閃發亮。

「哇，傑克，真是太厲害了。這張照片應該可以得獎。你一定要拿給媽咪看。」

傑克眉開眼笑。「等我們回去英國，我要拿給老師看。」

酒吧是個夏威夷風格的小圓屋，有棕櫚樹和柳條，小揚聲機裡呼吼著雷鬼樂。我把傑克抱起來放在吧檯板凳上，然後坐在他旁邊。

酒保說：「哈囉。」聽起來像牙買加口音。「我猜猜。兩瓶啤酒，一瓶橘子汽水，其他的都不需要。」他對我眨眼睛，然後彎腰看冷凍櫃。「然後這個小男生絕對不需要冰淇淋。」

傑克照常咯咯笑。酒保拿出一個錐形餅乾杯，挖了些香草和巧克力冰淇淋，藏在背後。

「這個年輕人絕對不需要冰淇淋……」他再說一次，頭左右搖，然後突然拿出冰淇淋，這時已經加上巧克力碎片和一塊餅乾。傑克尖叫，我們一直不知道他是怎麼辦到的。

我們在吧檯坐了一會，陽光照在我們的裸背上。我看著傑克吃冰淇淋，跟安娜一樣有條有理，評估哪裡快融化、快滴下去了。

我們要走回去找安娜時，傑克說：「爹地，我們可以去看魚嗎？」

「當然可以。我們先把啤酒拿去給媽咪再去，好嗎？」

我可以看到安娜隔著太陽眼鏡在看我們，等著我們從長到沙灘上的草叢後面出現。

她說：「我以為你們迷路了。」

我說：「冰淇淋危機。」

「爹地喝了一瓶啤酒。這是第二瓶了。」

「謝了，傑克。」

傑克宛如唱歌地說：「不客氣，爹地。」我輕輕戳一下他肋骨。

「抱歉我們去了那麼久。」說著，我把啤酒遞給安娜。

「沒關係，老實說，我看書看得很開心。」

她把書放在毛巾上。安娜一直很愛看書。在非洲那些漫長而空虛的日子裡，爸媽忙著教堂的事，朋友都住在好幾個村子外的地方，她就坐在前陽臺一直看書。她大量閱讀傑洛德・杜瑞爾和威勒德・普賴斯。因為吉米・哈利的小說看了太多遍，她連裡頭的句子都會背了。看完家裡的書之後，她在鄰近的鎮上找到一間圖書館，開始讀歷代經典名著：珍・奧斯汀、達夫妮・杜穆里埃、維吉尼亞・吳爾芙。

喝完啤酒，我們沿著海岸線走，經過大型旅館和迪斯可舞廳，最後來到公共海灘，一大片純淨無污染的沙子。只有幾個當地家庭坐在比較靠近馬路的地方，用小烤肉架烤羊肉。

我們三個踏進潮池裡。

傑克說：「爹地，要安靜一點喔。」他一動也不動地站著。「看，那裡有魚。」他拿著水桶，想抓小三刺魚，可是牠們游太快了，傑克的指尖還沒碰到水面，魚就轉彎溜走了。

傑克大喊：「在那裡。」他指著目標，踢起大片沙雲。我們試了又試，先鎖定離群落單的魚，對準魚群，把桶子當漁網往下撈，可是每次都被魚逃掉，然後一無所獲回到沙灘上。

傑克搖搖頭，說：「牠們游太快了。牠們是高速魚。」

安娜突然說：「對，我抓給你看。」她拉了拉比基尼，拿掉太陽眼鏡。

「媽咪！你要下水？」安娜不太愛游泳，她總是說她比較喜歡乾燥的陸地。

「對，而且我會把魚全都抓起來。」

傑克說：「你才抓不到。」

她拿起水桶，說：「你看好了。」

安娜慢慢踏進水裡，一臉專注的表情。她撲過去，傑克尖叫，可是魚太快了，她只舀起一桶沙子。

她沒有因此退卻，重新擺好姿勢，緊盯著潮池，等待出擊。就在她要出手時，踩在石頭上的腳一滑，她就落水了，激起一大片沙雲。

我們忍不住大笑。她想爬上來卻沒成功時，傑克尖叫，說：「媽咪，你在幹嘛？」最後，她好不容易爬上來，搖搖晃晃走回來我們身邊，渾身濕透，臉上黏著潮濕的沙塊。

她把沙子擦掉，喘著氣，說：「不容易，是吧？我覺得今天這樣就夠了。」

我們三個坐在潮池邊曬太陽。夾在我和傑克中間的安娜，用手指輕輕撫摸我們兩人的腿。

「看看你們兩個。我的兩個漂亮的古銅色男孩。」

我們兩個看著傑克用腳趾頭在沙子上劃漩渦，我抬頭對安娜笑了笑。

安娜又加了一句：「不過等我們一回到毛巾那裡，我就要幫你們兩個塗防曬乳了。」

我不知道我們在那裡坐了多久，看著遠方蔚藍的大海，在霧靄中忽隱忽現的山。唯一聽得到的聲音，是孩童玩鬧的叫喊聲，遠處水上摩托車的呼嘯聲。我們所擁有的、我們差點失去的某種東西，突然壓著我，彷彿有人正站在我的胸口。我深吸一口氣，看著他們兩個，安娜正數著貝殼放在傑克的掌心。我們此刻擁有的生活是如此神聖。

安娜在看書，傑克在沙發上小睡，我坐在戶外露臺上用手機看電郵。

主旨：哈囉，又是我
傳送日期：二〇一四年八月十三日（週三）下午十二點十六分
寄件者：涅夫
收件者：羅伯

嗨，羅伯，我是**希望之地**的涅夫。幾個星期前我寫過信給你。你放心，我不是來跟你推銷斯拉德科夫斯基醫師的診所。我只是想問你，傑克的手術進行得怎麼樣？我知道那種時候有多可怕，有時親朋好友就是無法理解，如果你想找人聊一聊……希望一切順利。

保重

涅夫

涅夫，在**希望之地**推銷可疑診所的怪人。我本來想把他的信刪掉，可是不知道為什麼，我點開回覆。也許我錯怪他了。至少他還有心來問傑克的情況。

主旨：回覆：哈囉，又是我
傳送日期：二〇一四年八月十三日（週三）下午兩點二十六分
寄件者：羅伯
收件者：涅夫

嗨，涅夫，謝謝你的留言，也謝謝你的好意。其實，我有非常好的消息。傑克大約一個月前動了手術，完全切除腫瘤。神經外科醫師把壞東西都拿出來了，不需要再做進一步治療。當然，他需要觀察一段時間，不過現在這就是好消息。目前我們正在希臘度假。再次謝謝你的來信，祝你和兒子一切順利。

從我的 iPhone 傳送

涅夫幾乎是立刻回信。

主旨：回覆：哈囉，又是我
傳送日期：二〇一四年八月十三日（週三）下午兩點二十七分
寄件者：涅夫
收件者：羅伯

嗨，羅伯
真高興聽到這麼好的消息。萬分恭喜，我相信你們一定鬆了一大口氣。玩得開心點。

祝一切順利

涅夫

傑克拿著相機睡著了，相機幾乎快掉到地上去，我悄悄溜進他的房間，扳開他的手，把相機拿到外面。我坐下來，開始瀏覽他拍的照片。他在這次度假拍的頭幾張照片，是海馬圖樣的地磚、他的小沙發床、他的蜘蛛人行李箱。再來是波浪起伏的大海、夜晚的沙灘，還有一支掉在地上、沾滿沙子的冰淇淋。

看到傑克觀看世界的角度，真的好神奇。有張植物的照片，但他不是拍花也不是拍莖條，而是拍泥土，拍花盆上的裂縫。一個漢普斯特德森林公園的小垃圾桶，他覺得好像星際大戰中的機器人R2—D2。一張牛坐臥在地上的雜誌照片。

我一張張看下去，看到傑克在希臘這間房子的露臺上拍的照片。起初我以為是幾張幾乎一模一樣的照片，彷彿照相機的快拍鍵卡住了。後來仔細一看，原來每張照片的拍攝角度都有些微的差異。

我翻看照片，明白傑克的用意了。他站在一張椅子上，把自己當成三腳架一樣旋轉，井然有序地轉了三百六十度，捕捉大海、天空、點綴著一朵朵雲的群山。一張又一張——無止盡的天空照片。我有點驚嘆地笑了。傑克是在拍全景圖。

傑克醒了，安娜坐在他身邊，摸著他的頭髮。

我說：「哈囉，睡美人。」

傑克迷迷糊糊地說：「放假結束了嗎？」

「還沒，差得遠呢。還有五天。」

傑克精神都來了，將眼裡的睡意擦去。

「星期一、星期二、星期三、星期四、星期五。五天。」他邊說邊用手指數。

我在他旁邊的沙發上坐下來，說：「沒錯。對了，我看到你拍的照片，在相機裡的。那些你拍的天空照片，真的很漂亮。你要跟我再去多拍一些嗎？我可以教你怎麼用我的大相機。」

傑克鄭重地點點頭。「我想拍一圈，像一整圈照片一樣。」他突然顯得很不好意思。「爹地，對不起。」

「你有什麼好對不起的，傑克？」

他咬著唇。「因為我是站在椅子上拍照的。你和媽咪說不可以站在椅子上。」

我摸摸他的頭髮。「沒關係，不用擔心。不過下次要我們在旁邊，你才可以站在椅子上喔。所以，你想用大相機拍全景嗎？」

「什麼是全景？」

「就像你之前那樣，繞一圈拍很多照片。」

傑克坐起來，笑著說：「可以現在拍嗎？」

我去拿相機和腳架，然後我們三個都從迴旋梯爬到屋頂露臺去。那是午睡時間，陽光很烈，只有偶爾吹來一陣風，稍稍緩和暑氣。

我拉開腳架，傑克看著我，以他井然有序的大腦仔細留意每個步驟。

「傑克，這就是三腳架。現在我們要把相機接上去。你可以幫我一下嗎？」

傑克興奮地點頭。我把白色塑膠椅拉過來，他爬上去，椅子晃了一下，我看到恐懼在安娜的臉上一閃而過。我站在他後面，讓他不至於跌倒，然後教他怎麼把相機卡在三腳架上。

我透過觀景器看著彎曲沒入霧靄的海灣，感覺傑克的眼睛一直盯著我，仔細看我的動作。

我說：「其實我也才拍過一次，反正我們試試看再說。你從這裡看。」

傑克彎下身，從觀景器往外看。「哇，爹地，好神奇啊。」

「然後壓這個按鈕。不過要小心一點，輕輕壓就好。」

傑克說：「這樣？」我可以聞到他皮膚上有鹽和防曬乳的味道。

「沒錯，好聰明。現在你聽相機的聲音。」

傑克彎下身去聽相機微微的呼呼聲。「好像飛機。」

「對，因為現在用的是連拍功能，所以它正在拍很多很多照片。」

「有一百萬張？」

「呃，沒那麼多。不過可能有好幾百張吧。」

「哇，好多喔。」

呼呼聲停了，於是我撥了一下三腳架上的撥盤，重新設定相機的影格率。「現在我們要轉一點點——你要不要幫我？」

傑克小心翼翼地幫我移動三腳架。「它會繼續拍照，然後我們再轉個方向，最後就會有一張全部都拍起來的照片了。」

傑克說：「全世界？」

「全世界。」

安娜環抱住我的腰，說：「他學得很快吧？」我們看著傑克有條不紊地轉動相機，然後從觀景器看，確定沒漏掉什麼，確定全都拍進去。

13

安娜說：「傑克呢？」我們來參加安伯利小學辦的煙火之夜，看來整個學校的人都擠在這個走廊裡。

我說：「他去廁所了。」

「我知道，可是那是五分鐘前的事了。」

「要我去看一下嗎？」

「拜託。」

再度來到小男生的廁所，感覺很奇怪。每樣東西都好小。較低的小便池，小小的廁間。

我沿著一排水槽找過去，然後轉彎到廁間，但是什麼也沒有。沒有小朋友，也沒有聲音。

我喊：「傑克。」沒回應。「傑克。」我又喊一次，有點驚慌，就像在遊樂場看不到他的感覺。

我回到走廊，心想也許他出來了，只是我剛好錯過，但在一大群經過的家長和小朋友之中，我看不到他。我又回去廁所，到處查看，我很確定我沒看到他出去，這時我聽到其中一間廁間傳來輕笑聲。我開門，傑克跟一個我不認識的男生那裡，兩人手裡都拿著一副寶可夢牌。

「老天，傑克，不可以這樣。我很擔心不知道你去哪裡了。」

「爹地，對不起，我們在玩寶可夢，沙夏沒有能量牌，所以我給他一張。」

沙夏看起來很緊張，好像他有麻煩了。

「我們去看煙火吧？快開始了。」

「好。」傑克很快攤開他的寶可夢牌，小心抽出一張來。他對沙夏說：「這張給你。多邊獸很強，他會保護你，晚上你要把他放在床邊。」

沙夏嚴肅地點點頭，小心把那張牌收進外套口袋裡。

我把兩個男生帶出去，安娜就站在外面。她看起來鬆了一口氣，說：「他沒事吧？」

「沒事。他跟另一個孩子在玩寶可夢。」

「啊哈。來吧，該走了。煙火再五分鐘就開始了。」

遊樂場瀰漫著晚秋的味道——濕葉子和烤栗子——還可以聽到火堆燃燒的霹啪聲。安伯利小學之友準備了一個漢堡攤，炸洋蔥的味道讓我想到跟爸去西漢姆球場的情景。

爸很喜歡那種味道。他總是說，兒子，那是天底下最好聞的味道。我記得最後一次跟他去看足球賽的事。我們從格林街轉到巴金路，那是他習慣的路線。我爸啊，每個人都認識。他會跟所有的孟加拉裔店老闆打招呼，他們每次都送他小芒果，而芒果是爸唯一吃的水果。東倫敦那個小區的人都喜歡爸，因為他是任何時間都會去接你的計程車司機，不分日夜。大家都叫他「救護車」，他常常免費載人去醫院。

我們穿過遊樂場去看煙火時，幾個三、四年級的大孩子說：「哈囉，傑克。」

安娜問：「他們是你的朋友嗎？」

傑克若無其事地聳聳肩。「我們有時候會一起玩寶可夢。」

我們很高興大家不再視傑克為「得腦瘤的孩子」。大家在聚會時為他禱告的生病的孩子。收到超大張早日康復卡片、全校都在卡片上簽了名的孩子。現在他最出名的是他的寶可夢，卡片依強弱整理得整整齊齊，收在檔案夾裡，重複的卡片則收在一個舊的餅乾盒裡。

我們找到一個看煙火的好地方，環顧四周，看有沒有認識的人，不過只看得到影子，如鬼魅般的人臉偶爾被火堆的光芒照亮。

傑克說：「我可以到上面去嗎？」

「你現在不會太大了嗎？」

傑克使盡力氣抗議說：「才不會。」

我把傑克抬起來，放在肩上，以前這是很順暢的動作，就像舉重選手上膊、挺舉一氣呵成，可是這一次有點費力，還晃了一下。

安娜問：「你還好嗎？」

「還好，只是剛剛沒站穩。我已經不是以前那個大力士了。」

「是啊，親愛的。」安娜說著，自顧自地笑了一下，然後轉頭去看煙火。

《星際大戰》的第一段音符響起，傑克踢著腳跟，抓著我的耳朵，我可以感覺到他的興奮。他喜歡火，每次煙火炸開來就大叫「哇」，聲響大一點就畏縮一下。煙火結束，空氣中都是火藥的味道，他又拍手又歡呼，抬頭看著夜空，等著，希望還有煙火。

煙火之後有個小小的秋季表演，傑克他們班被選上要唱壓軸曲。他們要唱〈耶路撒冷〉，是安娜很喜歡的歌，我有點意外，覺得這首歌對安伯利小學來說，太愛國、太基督教、太社會主義了一點。

我看著傑克，他的金髮圈被舞臺燈光照亮，他努力記住歌詞的模樣讓我的心都融化了。我可以看到他對著強光眨眼睛，在觀眾席裡找我們。然後突然他就不見了。我以為是燈光造成的錯覺，可是並不是，他原本站的地方現在有個缺口，就好像他從全班合照裡被剪掉了。就在孩子們開始唱「神聖的面容是否」時，我聽到一聲尖叫，接著是刺耳的鋼琴聲。我們兩個都推開觀眾跑過去，跳上舞臺。傑克軟綿綿地躺在地上，手裡還抓著他的詩歌本。

雖然我們跟救護車的人說，他得過腦瘤，他們還是說，他可能只是昏倒了。他們說，不用擔心啦，好像我們說的是他對花生過敏。裡面很熱，常有孩子昏倒。

我們兩個都上了救護車，警笛狂響，倒是讓傑克很開心。我看著安娜。我知道她在想什麼。弗拉納根醫師說有一成四的機率腫瘤會復發。我知道她的大腦是怎麼運作的。一成四。合理的誤差範圍，再加上一點壞運，那就是十分之二，或是五分之一。

她坐在那裡，一隻手放在傑克蓋了毯子的腿上。我知道她知道了。從她呆滯的眼睛、她抱著頭的樣子，我就知道她知道了。

在醫院，弗拉納根醫師進來時，我正在跟傑克用他的 iPad 看寶可夢卡通。

傑克笑得很甜，說：「哈囉。」我們沒有想到會看到她。這間醫院在倫敦的另一區，我們不知道她會來。

她笑著說：「哈囉，傑克。你好嗎？我聽說你在舞臺上把自己跌得東倒西歪。」

傑克微笑，害羞地低頭看著 iPad。

醫師問：「傑克，你現在感覺怎麼樣？」

傑克敲敲他的頭，接著敲敲身體和兩條腿。「沒事，沒受傷。可是我有一些寶可夢卡片不見了，掉到地上去了。」

安娜說：「別擔心，天使，我保證我們會把卡片找回來。」

傑克懷疑地點點頭。

弗拉納根醫師說：「太好了。現在，傑克，我要你盡量睡一下。你今天晚上要留在這裡，明天早上再回家。」

我感覺鬆了一口氣，也許情況並不嚴重，只是手術引起的輕微併發症。弗拉納根醫師看了一下傑克的檢查圖表，然後對我們點個頭，示意她想跟我們去外面講一下話。

她帶我們來到一間沒有人的候診室。我們在一張桌子旁的塑膠椅上坐下，刺眼的燈光讓人感覺像是在警局接受訊問一樣。醫師喝了一口咖啡，看起來很緊張。我們從來沒見過她這個樣子。

她試著從桌子對面看著我們兩個，然後說：「呃，就目前的狀況看來，傑克又一次癲癇發作了。」她停下來，吞了一口口水，我注意到她的嘴唇很乾。「很抱歉，但是從剛剛做的掃描判斷，看來他的腫瘤復發了。」

我聽不懂她在說什麼。他們全都切除了。弗拉納根醫師一再告訴我們，全都清乾淨了。他有八成六的機會能好起來。

「傑克的……傑克的腫瘤？」我結巴了。「可是我以為你把腫瘤都拿出來了。沒有了，你說沒有腫瘤了。」

弗拉納根醫師又吞了一下口水。安娜坐得直挺挺的，雙手交握在胸前，彷彿在禱告。

她說：「我們把看得到的都拿掉了，片子上看得到的部分，但我恐怕有少數星狀細胞瘤確實會有這種狀況。有極微小的癌細胞長進周圍的腦組織裡……」

我說：「那就是傑克現在的狀況？」

弗拉納根醫師深吸一口氣。「從磁振造影的形狀來看，現在看起來像膠質母細胞瘤了。」

我們知道膠質母細胞瘤。我們在**希望之地**看過那些家長。他們一連幾個星期抓狂似地貼文，然後就沒再出現了。

我說：「可是……可是……可以移除吧？跟先前一樣？有治療方法……」

弗拉納根醫師搖頭。「很抱歉，真的很難跟你們說這件事。磁振造影顯示傑克的腦部有許許多多細微的病變。」

我不懂。這沒道理。他每天都在游泳、踢足球。我看著安娜，期待她說句話，可是她很安靜，雙手緊扣，一動也不動。

「不可能把這些病變拿出來？」

醫師搖頭。「恐怕不能。太多了。就算拿出來了，以腫瘤的侵襲程度，一定會再復發。」她呼氣，雙手互相揉搓，好像正在擦護手霜。「我真的非常、非常抱歉。」

我看著身邊的安娜。她低著頭，頭髮垂到臉上。

「有任何治療方法可以……可以……？」

「我們當然必須討論這件事。不過得先做幾項檢查再說。」

安娜慢慢抬起頭來，眼神呆滯、臉色蒼白。她的聲音很小，充滿了整個安靜的空間。讓我結巴、遲疑的話語，由她說起來是那麼審慎而清楚。「這表示傑克不可能痊癒了？」

弗拉納根醫師凝視安娜好一會，斟酌該怎麼回答。「很抱歉，我現在沒辦法告訴你。但我保證我們明天就會更清楚了。」

★

我們醒來，傾聽醫院醒來的聲音。護士站的閒聊聲，工友在討論昨晚的足球賽。主宰他人生命的暴君。

我們坐在床邊的椅子上，沒有交談，只跟傑克互動。世界存在，只是存在於別的地方。那種感覺，就像我在水裡游泳，對水面上的狀況只有模糊的印象。

知道了現在知道的事，我怎麼能看著傑克的眼睛？他坐在床上吃吐司，以為明天就會回學校上課，而我們卻瞞著他這麼大一件祕密。我們怎麼能這樣背叛他？

那天上午，我們走進弗拉納根醫師的辦公室時，她說：「首先，今天沒有二十分鐘的限制。你們需要多久，我們就談多久，好嗎？」

我們點頭、就坐，不敢開口。「今天早上我跟多專科醫療團隊談過。其中一位就是放射科醫師，肯奈提醫師，另一位是神經外科醫師，我們都同意，再動一次手術沒什麼意義。」醫師等我們說話，可是我們沉默地坐在那裡，一動也不動。「我們都認為應該再做一次化療，看能不能讓腫瘤縮小。」

我說：「這樣可以……」我試著讓聲音穩定。「這樣可以擺脫腫瘤嗎？我看過有些資料說……」

弗拉納根醫師等著我繼續，可是我沒辦法把話說完。她越過桌面往前靠，看著我們兩個。「我很抱歉，不管怎麼跟你們談這件事，都不容易，不過現在傑克接受的任何治療，都只會是緩和醫療，目的只是在盡量延長傑克的生命。」

緩和醫療，這個詞聽起來溫和，卻藏著恐怖的事實。安寧病房與玫瑰花園。多管閒事的人把自己的狗帶去陪伴垂死的病人。老人在最後的日子裡住的地方，在那裡聽罐頭音樂和好心的兼職牧師講道。緩和醫療：不是該用在孩子身上的字眼。

發問的是安娜。我很高興她開口了，因為我辦不到。

她說：「所以，還有多久？傑克還剩多久時間？」

弗拉納根醫師深吸一口氣，說：「沒辦法確定。配合治療的話，通常是一年，也許更短。跟你們說一下，如果你們有興趣，我們有相關的諮詢服務。不過就現在來說，儘管這樣說真的讓人心痛，但也許最好把重心放在珍惜你們在一起的時光。」

珍惜我們在一起的時光。這句話是暗指傑克的時間有限了。一年。要是她看過他三天前在後院踢球的樣子，還能這麼說嗎？一定是弄錯了。那只是照片、掃描片上的影像而已。

醫師說：「我真的很抱歉。我知道父母很討厭聽到這句話，因為你們覺得這表示我們放棄了，可是現在的重點是要讓傑克盡可能舒服一點。」

舒服，就像生病的姨婆只想要一雙舒服的室內襪、用收音機聽室內樂。

我問：「沒有什麼實驗性的療法嗎？臨床試驗？我們可以嘗試的新藥？」我聽到自己的聲音在顫抖。

弗拉納根醫師在她的便條紙上寫字。她說：「我找過了，也會繼續找。此刻看來都沒有適合傑克的東西。馬斯登那裡是有種新藥，其實是針對白血病和黑色素瘤的，是第一期試驗，不過我想傑克的基因組合可能會符合。我今天跟他們確認後再告訴你們，但我認為他們會接受他的機率很小。」

我說：「謝謝。」其實我想問一件事，我斟酌著，想著要怎麼說比較對。「我只是不懂……我以為他已經痊癒了……你說……他有九成的機率會復原。」

醫師再次往前靠，有那麼一刻，我以為她會抓住我的手。「恐怕傑克就是不幸的那一個。」她說：「現在這種情況，他的腫瘤這樣轉變，真的很罕見。」

罕見。我們聽過這句話。他的腫瘤很罕見。他這麼小就得病，很罕見。而現在又是他的腫瘤變異、變成惡性，很罕見。他們這麼說，是為了減輕對我們的衝擊嗎？彷彿那是奇怪的意外，不是我們能控制的。

我們搭計程車從哈里街回到醫院。看到我們兩人僵硬的臉、身體彼此迴避的樣子，計程車司機一路沉默。我們聽著方向燈的答答聲，雨打在車頂上。我拿出手機，開始搜尋醫師提到的臨床試驗，在車子壓過減速丘時費力保持螢幕平穩。

塞車時，我轉身面對安娜。我說：「我一直在搜尋馬斯登那個試驗，弗拉納根醫師建議的那個。」

安娜看著我，沒說話，她的臉蒼白得像鬼。

「從我找到的資料看來，似乎值得試一下。」

「她說那是針對患白血病和黑色素瘤的孩子。」安娜的聲音沒有情緒，宛如機器人。

「對，可是也符合傑克的基因組合。」

安娜轉頭看窗外。我看到司機從鏡子裡看我們，快速轉開視線。

安娜仍然看著窗外，說：「我們聽到的話好像完全不一樣。」

「什麼意思？那是她建議的啊。是她說的。」

安娜說：「那不是她建議的。她是說她會去問一下。她說他們會接受他的機會很小。」

我看到計程車司機的眼睛朝鏡子裡的我們閃了一下。他讓我想到我爸，他也是這樣，把椅子盡量往後仰。他喝的飲料瓶排成一排，小電視裝在儀表板上。

我回想弗拉納根醫師是怎麼說臨床試驗，但一片模糊。「你不認為我們應該試試看？」

「我沒那麼說，羅伯。」安娜停頓一下，低下眼睛看著大腿。「我們先等等看醫師怎麼說吧。」

我點頭，接下來一路上我們都沒再說話。彷彿我們是磁鐵的同極，互斥，只能將彼此推開。

計程車司機讓我們在醫院下車時，表情很嚴肅。我拿出一張二十英鎊的鈔票付車資，他搖搖頭，說：「這一趟我請。」我可以看到他的眼眶含淚。

有時愛會來自最奇怪的地方。別人不會明白他們有辦法讓你心碎。

那天稍晚，我們帶傑克回家。我們努力不要那麼嚴肅，一路假裝、演戲，在路上停下來吃冰淇淋。

晚上我們一起看電視看到很晚。我們說他想看什麼、想看多久都可以，算是特別獎勵。我們給他做特製乳酪吐司，給他吃巧克力，又吃冰淇淋。除此之外，我們還能做什麼？

傑克終於睡著，我們把他抱到床上去之後，我開了一瓶紅酒，又開始上網搜尋。一定能找到什麼：提醒生存率有其限制、新的治療法、澄清我們或許誤解的事。我找到研究、論壇貼文、Yahoo奇摩知識＋和Quora知識市場上的討論，都沒什麼用。

我到底要找什麼呢？緩刑宣告？不一樣的預後？登在網路社群的研究報告，告訴我醫師錯了，傑克還有機會，我可愛的孩子會活下去？

有人能幫忙嗎？

作者：羅伯

時間：二〇一四年十一月六日（週四）下午九點二十分

大家好。幾個月前，我在**希望之地**發文，說我們五歲的兒子得了ＰＸＡ。後來他動了手術切除腫瘤，情況很好。我們剛剛得知可怕的消息，他的腫瘤復發了，現在變成膠質母細胞瘤。

我們今天跟他的神經外科醫師見面，她說已經無法治療，他們能做的，只是給予傑克緩和性的化療。我們問醫師傑克還剩下多少時間，她說可能頂多一年。

我們不懂這是怎麼回事。傑克看起來很健康。真的沒有別的辦法了嗎？醫師說可能有臨床試驗，她會去研究一下。（我們住在英國，但要我們去哪裡都可以。）有人知道其他膠質母細胞瘤的治療方法嗎？或者有人有新療法或另類療法的相關經驗？任何資訊都很感激。我們很傷心、很著急，不知道該怎麼辦。

羅伯

我在桌子上找到傑克的磁振造影報告，開始在論壇上尋找幾個醫學術語。我找到一條二〇一二年的討論串，講到一種臨床試驗藥物，我往下讀，湧上一股興奮與激動。它在媒體上自誇是一種神奇的藥物，給已經別無其他選擇的孩子。

我點了一名使用者的個人資料，她的兒子參與了臨床試驗。她最後一次登入論壇是二〇一二年。她在每則貼文最後的簽名檔是這麼寫的：

二〇一二年十月臨床試驗。二〇一二年十二月二十三日，戴蒙去當天使了。

我又點了幾個個人檔案。那則討論串的留言者在二〇一二年年底之後，沒有一個人登入論壇。他們的孩子都走了。

14

我醒來的那一瞬間。一秒，一毫秒，也許更短。在那介於世界與世界之間的朦朧世界裡，那只是另一個早晨，有陽光有上學的早晨，有晚吃的早餐和開心鬥嘴的早餐。接著我就想起來了，然後希望我能回去，再醒來一次，因為就算只是那微乎其微的瞬間，那半口氣、一眨眼之間，感覺都像天堂。

安娜還在睡，她的呼吸深沉而規律，於是我拿起手機，點開**希望之地**。

回覆：有人能幫忙嗎？

作者：SRCcaregiver

時間：二〇一四年十一月七日，週五，上午十一點二十分

哈囉，羅伯，很遺憾得知你們的狀況。我女兒也得了類似的病，把她折磨得不成人形。她的癌細胞擴散得太快了，最後只能把她送到安寧病房。癌症是很可怕的病，我會為你們禱告……

回覆：有人能幫忙嗎？
作者：Camilla
時間：二〇一四年十一月七日，週五，上午一點五十八分

很遺憾聽到傑克的診斷結果。這裡的人都很歡迎你，你會發現這裡有很多人挺你。我們永遠不知道底線在哪裡，什麼時候到，所以，請你珍愛這趟旅程吧。

回覆：有人能幫忙嗎？
作者：LightAboveUs
時間：二〇一四年十一月七日，週五，上午七點三十分

我為你禱告，羅伯。現在你可能不喜歡聽這種話，但你們必須把重點放在剩下的時間上。癌症真的可以是禮物。它讓我懂得珍惜生命中重要的東西，並教會我的家人如何活下去。我的女兒活得比任何人預期的都要久，她也充分利用了她的人生。我會為你們的這段過程禱告。獻上我的愛。

這是怎樣？不約而同？認為我們要珍惜跟傑克僅剩的時光？我們要慶祝每個日出、每個露珠

閃耀的早晨？因為傑克現在是「倖存者」，正在進行他的旅程？我已經夠討厭這些話了。

晚上，傑克上床了，安娜正在客廳看書，她的雙腿跨在一條椅子扶手上，手中拿著一杯紅酒。我看著她。她的一邊臉頰上有一顆小痣，從小就有了，痣中央現在長了一根毛。剛開始我以為她是太忙了，沒注意到，現在那根毛已經開始捲曲，長到了一根手指的長度。

如果是以前，有人對我說：想像你自己置身這種處境，你會怎麼做？如果有人跟你說你的孩子快死了，接下來的每一天你會怎麼過？我不知道我會說什麼。也許我會想像漫漫長夜，流不完的眼淚，搥胸頓足，跪地祈求、詛咒老天，禱告再禱告，但願有奇蹟。

結果並不是。把我壓垮的，是所有尋常平凡的事。原本閃閃發光的東西如今已腐敗，泡在凌遲的憂傷之中。

是小事，永遠都是小事。看到冰箱裡的食物，傑克健康時我弄給他吃的食物。我的防毒軟體問我要不要執行完整系統掃描。現在誰還在乎我的電腦有沒有中毒？街上悶悶不樂的老人，皺著眉把格紋購物拖車拉上坡。他們不明白自己擁有什麼嗎？

安娜跟公司請了假，傑克不再去上學，我們照顧他，玩桌遊、一次又一次做乳酪吐司。當然，肯定還有別的吧？魚柳和《佩佩豬》。《公園裡有鯊魚》。「猜猜我是誰」、「河馬吃彈珠」的遊戲馬拉松。我們不是應該做點什麼嗎？什麼都好，而不是只有這樣。

我打開筆電時，瀏覽器上已經開了幾個分頁，其中一頁是谷歌的搜尋結果。搜尋關鍵字還留在搜尋欄位上：

要怎麼告訴五歲大的孩子他快死了

我幾乎想都沒想就唸出來，安娜從書中抬頭，一臉困惑。

「你查的。」

她說：「對。」

我輕聲說：「這就是你認為我們應該做的？跟他說他快死了。」

「我不知道，羅伯，所以我才會搜尋。」

我用手指敲打著沙發扶手。她竟然完全沒跟我討論這件事？有時她對一切的態度都直接得叫人生氣。我說：「我不認為我們應該跟他說什麼，尤其是我們什麼也不確定。還有辦法，我們不能放棄他。」

安娜把身體轉開，說：「我們沒有放棄他，羅伯。我們必須面對現實。你一直在說辦法，可是我們有什麼辦法？」

「全世界到處都有癌症中心，我就看過好幾個地方的資料，還有弗拉納根醫師提到的臨床試驗……」

「拜託，拜託不要再提馬斯登那個試驗了。我們已經談過了，我不知道還能跟你說什麼。」

我說：「安娜，我不是真的要去那裡。」我的臉和脖子都熱得發燙。「如果你能把我的話聽進去，我的意思是，我還是認為有辦法。我們才看了幾個醫師，只接觸了皮毛而已。有別的孩子也得過傑克得的病，而且已經痊癒了……」

安娜生氣地看著我，說：「不要說那個字。」她的眼睛幽暗不明。「沒有辦法了，羅伯。這種狀況，沒有治療辦法。你不認為我也會搜尋這件事嗎？我也看過新藥和臨床試驗的報導，此刻，沒有任何說法——羅伯，完全沒有——認為這些東西對傑克有用。」

安娜的臉頰湧上一片深紅。她猛然轉向我，差點把杯子裡的紅酒灑出來。

「你不必急著打斷我，跟我說我不知道自己在說什麼。羅伯，不是只有我這麼說，還有醫師。你也不必急著指責我不關心、太快放棄，你要的話，我很樂意接受第三、第四、第五種辦法，可是他們會跟我們說一模一樣的話。」

「還沒做怎麼會知道？」

「不會知道嗎？好，我們不可能什麼都知道，是吧？肯奈提醫師、弗拉納根醫師，他們都是全球頂尖的兒童腦瘤專家，他們兩個都說了同樣的話。老天，羅伯，傑克不是你能編排的程式。他不是你能入侵的機器。你不能像做別的事一樣，以為自己可以隨心所欲……」

「你幹嘛提那件事？那又不是……」

「對，不是，重點是傑克。重點是傑克現在的生活品質。是不要讓他為了幾乎不可能有用的試驗療法受苦。這樣我們才能讓自己好過一點，至少我們做了一點什麼。」

安娜看到我臉上的怒氣，停下來，深吸一口氣。「抱歉，我這樣說不公平。我不是想暗示你會做什麼傷害傑克的事。我只是不認為有別的辦法。他們無能為力了，羅伯。我跟你一樣傷心，可是我們得聽醫師的話。」

聽醫師的話。安娜向來對某些職業的人過分尊重。全天下的醫師、律師、教師——你會請來當保證人的那種人。因為她在那些人身上看到自己。努力工作，謹慎，有判斷力。她認為這些職業很高貴，質疑他們是無法想像的事。而在我的家鄉羅姆福德，這些人往往是敵人。他們沒有那麼吃得開。

她碰觸我的手臂，說：「對不起，我不想吵架。我只是認為我們真正能做的，就是享受我們在一起的時間。」

我打斷她，說：「享受，我們要怎麼享受這種事？我們只是坐在那裡，什麼事都沒做。」

安娜的頸肌繃緊了，她把酒放在小茶几上。杯子在杯墊上微微搖晃。她拿起書，一句話也沒說就走了。

我回去看傑克，他睡得很熟。我幫他把被子塞在身體下，像繭一樣將他包住，然後把小泰迪熊放在他臂彎裡。

回到主臥室，我可以聽到微弱的水流聲，安娜在洗澡，於是我下樓，倒了一杯威士忌，拿到書桌去喝。

我登入**希望之地**——現在幾乎時時刻刻成了習慣——最上面有一條討論串，已經有好幾頁的貼文。一名論壇成員的兒子走了，大家為了紀念他，把自己的個人檔案照片換成他，一個小男孩，他的臉有點不對襯，好像中風過。他們說，他很勇敢，是名戰士。天堂多了一名天使。

我看不下去了。那些夕陽的照片、感恩星期四、歡迎星期三、關於「感恩」與「用心」的反思。他們只是在浪費時間。因為他們口中的「勇敢」和「有福」都是幻覺，是虛影，把難以接受的事實用糖衣包起來。事實是，他們的孩子快死了，而他們並沒有做任何事去挽救孩子的生命。

這時我想起涅夫。他兒子叫什麼名字來著？我點開信箱，找到他幾個月前寄來的信。賈許，是這個名字。他兒子得了膠質母細胞瘤，曾在布拉格的診所接受治療。

我再看一次涅夫的來信，開始搜尋他建議的那間診所和醫師。斯拉德科夫斯基醫師的網站流暢好用，我讀起該診所的專利免疫工程療法。病人接受抽血，以疫苗讓T細胞重生之後，再把血液注射回病人體內。根據斯拉德科夫斯基醫師的說法，就是這麼美妙而簡單。只是強化身體本身的免疫系統，而不是用化療破壞它。

我開始看診所病人的見證影片。克絲蒂，二十三歲，患有胰臟癌。她抵達後不久，他們就幫她拍了影片。她臉頰凹陷，包著一條頭巾，臉和脖子上長滿鱗片狀的紅色皮疹。嚴肅的旁白聲音說，以第四期胰臟癌的照護標準來說，她會在六個月內死亡。

接著我看到克絲蒂，頂著一頭金色短髮，坐在床上，用視訊跟她父親講話。她說有好消息要告訴爸爸。她的聲音破碎，熱淚盈眶。她嚥下啜泣，說，有效了，爸，有效了。然後，幾年後，一樣是克絲蒂，和一個小小孩坐在旋轉木馬上旋轉，她的丈夫站在後面，手裡抱著一名新生兒。

我又看了另一段影片，是一名小男孩的媽媽。小男孩叫艾許，腦瘤末期。她是美國人，影片是在自家客廳拍的。燈光慘白，一九五〇年代風格的客廳，新得像沒人住，我以為那孩子一定死了。但是接著鏡頭轉換，艾許的媽媽好像整個人經過改造，對比宛如廉價週刊裡的改造前後。然後艾許出現了，漂亮活潑的小艾許，跑來跑去，看起來更大、更健康了，不知道有人在拍他，或者不在意，因為他有樹要爬，有小溪流要跳。

這好得不像真的。在某個不容易注意到的地方，一定寫著提醒或警告事項。

主旨：回覆：傑克
傳送日期：二〇一四年十一月十一日（週二）上午八點三十三分
寄件者：羅伯
收件者：涅夫

涅夫你好：

不知道你記不記得我，我們幾個月前曾短暫聯絡過。

我恐怕有壞消息要跟你說。上次我寫給你時，傑克剛動完手術，狀況很好。遺憾的是，他的腫瘤又回來了，而且這次更凶猛。傑克現在有膠質母細胞瘤，癌細胞已經在他的大腦四處蔓延。醫師說他們無能為力了。

我持續看斯拉德科夫斯基醫師在布拉格的診所的資料，不知道你能不能給我更多資訊。此外，希望你不介意我這麼問，賈許到底接受了什麼樣的治療？除了在斯拉德科夫斯基醫師的診所，還有其他一切。我想再確認一次：賈許得的是膠質母細胞瘤第三級，對吧？

我希望這些問題不會太冒犯。正如我所說，我在你的部落格上看過賈許的詳細治療狀況，但我想百分之百確定我沒有理解錯誤。

抱歉突然這樣寫信給你。希望你能理解。

祝安好

羅伯

黃楊丘

那個週末媽咪加班不在家，
所以我們去了一日遊，離開倫敦，到鄉下去。
傑克，那天真的好棒，熱得不得了，
我們沿著涼風徐徐的路開車到黃楊丘山頂，
坐在展望臺，吃三明治和佳發蛋糕。
我記得你喜歡小口小口地咬巧克力，
然後用牙齒把果醬刮起來吃，就跟爹地教你的那樣。
先吃巧克力，再吃果醬，
先吃巧克力，再吃果醬。

15

我們只能漠視電話、電郵、臉書訊息一小段時間。大家就是想知道消息，因為他們聽說傑克又病了。朋友會突然過來瞭解一下狀況，就算只有五分鐘也好。

安娜提議再寄一封信給所有朋友。她說，他們就不會來煩我們了。我聳聳肩，說我無所謂。回應來得很快，塞滿我們的收件匣。他們說無法相信。他們又哭又發抖，沒辦法想別的事。他們問，為什麼這種事會發生在我們身上，為什麼？啊，為什麼？他們能做什麼嗎？要不要他們帶吃的過來？幫忙打掃家裡？任何事都好，因為他們感覺好無助。

傑克怎麼樣了？他受得了這件事嗎？這麼小的孩子，卻發生這麼可怕的事啊。他們知道我們有多寶貝他。他們知道，因為他們也是那樣寶貝自己的孩子。老天，他們甚至無法想像我們現在的心情。

然後我看到他們更新臉書狀態。朋友，朋友的朋友，我們完全不熟的人。

剛聽到一個很難過的消息……

傷心，太震撼了……

有時會有事情提醒你，人生實在是太短暫了。永遠不要忘了珍惜你所擁有的。

我算了一下，透過別人的貼文，傑克收到一百二十六個讚。正想著該怎麼回應時，我的臉書動態牆上的貼文，已經跟傑克無關了。

安息吧，大衛・弗羅斯特

好難過啊：大衛爵士，請安息

＊已哭＊這個人是天才。請安息

不到幾分鐘，他們已經忘了傑克。痛心，他們說，太痛心了。因為《請問總統先生》一直是他們最喜歡的電影。因為現在已經沒有這種風範的記者，真正的紳士，打從骨子裡的正直，比梅鐸和他那些竊聽電話的駭客好多了。

「太早了。」大家都這麼寫。太早了。這三個字在我的腦海裡迴盪。太早了。他七十四歲了。他已經活了一甲子過一旬。大衛・弗羅斯特上廁所的時間可能比我兒子活過的時間還要長。他媽的太早了？

★

主旨：治療

傳送日期：二〇一四年十一月十一日（週二）下午十點五十九分

寄件人：涅夫

收件人：羅伯

嗨，羅伯，很遺憾收到你的消息。我知道你們現在一定很難過，也沒有人能讓你們好過一點。

好，我們直接說正事。關於賈許的治療，他在三年多前確診，是的，是膠質母細胞瘤第三級。二〇〇九年他在皇家普雷斯頓醫院切除腫瘤。之後又接受加馬刀雷射治療，處理一些微小的結節。

之後沒多久，醫師就告訴我們他們無能為力了，只能以緩和照護減輕他的痛苦。我就是在那時候開始研究斯拉德科夫斯基醫師的診所。它很貴，但它救了我兒子的命。如果你需要更多細節，請不要遲疑，我隨時樂意跟你聊，電郵或電話（〇一七七二五三二六七六）都可以。

保重

涅夫

我的手機響了，是史考特。

「嗨，羅伯。」他的語氣很正式、彆扭，是他平常講電話的聲音。

我說：「嘿。」好一會，他沒說話，我可以聽到背景聽起來像是咖啡館或酒吧。

「我很遺憾聽到這麼可怕的消息。」

「謝謝。」

又一陣暫停，他嚼口香糖的微弱聲。他說：「有什麼我能做的，請讓我知道。」

我沒回答。有什麼我能做的。過去一小時內，這句話我聽太多了。

史考特說：「你應該跟我說的，兄弟。」他的聲音沒那麼正式了，彷彿我們正在聊足球。

「你應該跟我說的，也許我能幫……你知道的。群發的信實在讓我太意外了……我以為一切都很……」

「史考特，你是不高興我們用電郵告訴你這件事嗎？」

他有點結巴地說：「不，不是的。我不是那個意思……」

「我應該去你家，親自跟你說？那樣你會比較舒服嗎？」

「不是的，兄弟，抱歉，我不是那個意思。你不要這這樣，我只是想讓你知道，你隨時可以打給我，或者我們也可以一起喝杯啤酒，聊一聊。」

聊一聊，好像我們正在討論史考特最近失戀的事，又或者西漢姆隊在中場沒有人才。他開始說他認識某個醫師，某人欠他一次人情，但是我把電話掛掉。

主旨：回覆：傑克
傳送時間：二〇一四年十一月十三日（週四）上午八點三十三分
寄件人：羅伯
收件人：涅夫

涅夫你好：

非常感謝你提供賈許的資訊。老實說，剛開始我對斯拉德科夫斯基醫師的診所有點懷疑。我在**希望之地**上看到很多對他的批評，所以聽到你的說明，我很有興趣，也深受鼓勵。我們一下子就束手無策了。昨天醫師告訴我們，馬斯登的臨床試驗不接受傑克。現在他們說化療是唯一的辦法，而那頂多只能減緩病程而已。

如果可以，我會立刻代替他受苦。如果可以，我會把我的大腦、我的一切給他。我真不知道他做了什麼，為什麼要承受這種遭遇。

我很抱歉跟你講這麼多，涅夫；我知道我們素昧平生。因為你也經歷過，我想你會懂的。

保重

羅伯

主旨：回覆：傑克

傳送時間：二〇一四年十一月十四日（週五）上午十點四十二分

寄件者：涅夫

收件者：羅伯

親愛的羅伯：

你的孩子完全不應該承受這種事，你永遠不要忘記這一點。賈許生病時，我也像你一樣，一直自問為什麼。為什麼是賈許？他做了什麼？我做了什麼？我們有沒有可能預防這件事？是因為我們家靠近行動電話基地臺嗎？是因為嬰兒食品裡加了什麼化學物品嗎？

我確實瞭解你現在的心情，因為我也經歷過同樣的情況。我經常想到一個沒有賈許的世界，而那樣的想法叫人瘋狂。我想那就是促使我去布拉格那間診所的動力。這裡的醫師說的一切都沒道理，我只感覺我們是在浪費時間。

對於這一切，我感到很遺憾。請記得，你隨時都能跟我聊這件事。只要寫封信或打個電話就能找到我。

朋友，保重。

涅夫

P.S.：我附了幾張賈許的照片，讓你對治療有點概念。那些是從他確診到現在的照片。（我的部落格上還有更多照片，網址：nevBarnes.wordpress.com）

我點開那幾張照片。賈許第一次做化療。完全光頭的賈許，從一具磁振造影機出來。賈許坐在床上，手臂上有一根插管，斯拉德科夫斯基醫師站在他旁邊。

有一張照片，特別引起我的注意。那是賈許坐在某個海邊的岩石上。他的臉比較圓潤了，頭髮留長了，有點捲，是金色的。他瞇著眼，陽光照耀他的眼睛、他的蛙鞋和潛水面具。他看起來跟之前那個生病、憔悴的小男孩完全不一樣。賈許長得更大了。他多了幾歲。他活下來了。

一批新藥寄到了。真空包裝，放在盒子裡，用太空箔紙包起來。這些藥是從中國進口的，是我在網路上找到的一間瑞士公司，二十四小時內空運送到。硫酸肼、印度乳香、白藜蘆醇、鋅，還有一種治療青春痘的藥，叫異維Ａ酸，可以增強免疫力。

每天我都在搜尋，靠咖啡和威士忌熬夜，閱讀我所能找到的任何資料。資訊就在那裡，只是藏在所有雜音之後，藏在病人論壇的閒聊、飲食建議、關於皇帝豆和刺果番荔枝的胡言亂語後。股市通訊、腫瘤論壇，以及輕而易舉就能駭進的臨床試驗資料庫，只要知道去哪裡找，資訊就在那裡。

我學得很快。那就像熟練新的程式語言一樣。我現在看得懂製藥公司新聞稿的言外之意。我瞭解對老鼠有效的藥，對人未必有效。我瞭解就算傑克無法接受臨床試驗，還是有辦法：尋求同情給藥；有些中國的診所會複製先進的試驗藥物，給付得起的客戶量身訂製的服務。

因為跟傑克患同樣病症的孩子，有人活下來了。你必須挖深一點，留意線索、連結、語意含糊的部落格。但是那些東西都在那裡：高壓氧艙、直子放射治療，還有一種叫斷流術的手術，只在巴貝多島進行。

他們說這些病人是異數。那些好起來、藐視機率的病人。醫師談起他們，彷彿他們是一種特殊現象，屬於超自然的領域，超越醫學的理解範圍。

但事實是，醫師就是不知道為什麼有些病人會好轉。總有一天，等基因組被完全破解時，一切都會有道理。到那時，這件事就會像地心引力或運動定律一樣不證自明。

有些事永遠有破解的辦法。在電腦的領域，如果遇到問題，可以繞道而行。寫個程式唬過它。但是要那麼做，你必須冒險。我記得以前在學校時，他們不讓我去資訊室。他們說我沒有把午餐時間用在適當的地方，使用電腦的方式違反電腦原本的目的。於是我從家裡駭進系統，把自己變成管理員，在學校的網路裡像幽靈一樣來去自如。

安娜從來不瞭解那一面的我。我以為我魯莽、愛冒險，連瑣事都一樣。搭飛機不願意買旅平險。堅持帶一大筆現金在身上。對她來說，凡事都有規範，有處理事情的適當方式。安娜的規則。永遠早早到。晚餐永遠吃少一點。永遠把衣服折好了再上床睡覺。

現在我很魯莽，因為我想救兒子。聽醫生的話，遵從「照護標準」。但那些對傑克都沒有用。如果我們聽從醫師的建議，傑克根本一點機會也沒有。

穿過安伯利小學的大門，感覺像回到犯罪現場。這次是來參加耶誕市集，這一次跟看煙火那一夜截然不同。那時，傑克碰碰跳跳走進大門，跟朋友打招呼，給我們看貼在牆上的他的美術作品。

今天，他退縮又脆弱。他緊緊貼著我們，我再也無法假裝他沒生病。他走得很慢，每一步都走得很謹慎；他的嘴唇是青色的，臉色蒼白，像我以前在學校時一個心臟不好的同學。旁人盯著他看，又很快把視線轉開。

安娜去買門票時，我忙著拉拉傑克的外套，不想跟經過的人眼神接觸。出門到公共場合，感覺很奇怪。傑克在舞臺上昏倒至今，已經一個月了，我們幾乎切斷跟外界的聯絡，婉謝朋友小心翼翼而貼心的提議。安娜現在只在上午工作，所以到了下午，只要傑克可以，我們就出門：去看電影、恐龍公園，看巡迴演出的海盜秀。我們的生命感覺是以最殘忍的方式吊在半空中。

化療給了生活新的節奏。傑克一星期去醫院一次，接下來幾天就在家裡休息。這種規律帶來些微的安慰。讓我們有預期、有事做。我們可以買他喜歡的小盒柳橙汁或軟糖，有時他只吃得下那種東西。我們可以把他的蜘蛛人睡衣洗燙好，確定他要在醫院穿的拖鞋夠乾淨。

我們兩人都同意，回學校上課對傑克來說負擔太大了。他說他無所謂——他可以在家裡閱讀、寫字——可是他想念朋友。我們安排他的朋友來家裡玩，過程受到嚴密的監督與控制，彷彿傑克是位小王子，僕人和朝臣在後面躲著，一有風吹草動就行動。雖然我喜歡看到傑克跟朋友玩得很開心的樣子，但我討厭這種聚會。跟孩子的家長之間尷尬而隱晦的對話，我們盡可能聊他們的事，聊他們的生活。結束時依依不捨又難以承受的道別。

我跟傑克一起看著牆上一幅畫，是1A全班的作品，閃亮的字母圍繞著交錯的彩虹。傑克用手指摸著黏上去的字母，輕聲唸出來。SHARE。分享。

外面，空氣甜甜的，是烤栗子的泥土味混合熱紅酒的香氣。我們先前站在那裡看煙火的那塊草地上，現在是幾個賣小飾品的攤位，還有一攤雜耍、一攤丟球遊戲。孩子們在攤位間衝來衝去，因為糖果的誘惑和學期快結束而興奮。

傑克突然看起來很害怕，緊緊抓住安娜的手。我們走過遊樂區，經過幾個傑克班上同學的家長，不過他們沒有打招呼，低頭假裝在滑手機。無所謂。我不要他們的同情，不要他們的側目，不要他們費力假裝一切正常。

我們往抽獎遊戲和熱巧克力攤走去。傑克像老頭一樣走得很慢，很謹慎，彷彿正走在冰上，害怕跌倒。

「傑克，你看。」安娜指著兩個男生說：「那不是馬汀嗎？」

傑克聳聳肩，把安娜的手抓得更緊。她說：「要不要去跟他打招呼？」我們正走過一個賣手工耶誕裝飾品的攤位。

傑克搖頭，別開臉，不去看馬汀那個方向。馬汀．卡特隆是傑克在學校第一個喜歡的朋友。每次傑克說他的名字時，我們都會取笑他。他從來不會只說馬汀，永遠是完整的馬汀．卡特隆。

據傑克說，馬汀．卡特隆無所不能。他比任何人都跑得更快、丟得更遠、跳得更高。才三歲就能讀、能寫，加法可以算到超過一百萬。他讀過很多書——全世界最厚的書——還很會踢足球，已經替西班牙踢球了。

我在某一次的學校活動見過馬汀．卡特隆，他確實是號人物。其他孩子衣服沒塞好、留著鼻涕，馬汀．卡特隆則是一身整齊俐落：清爽的白襯衫加燈芯絨褲，往後梳得服服貼貼的頭髮更突顯了他寬闊粗獷的下顎。

我說：「傑克，你怎麼不去跟他打招呼？我相信馬汀一定很高興看到你。」

平常我要是說馬汀，傑克一定會糾正我，堅持說他的全名馬汀．卡特隆，但這次他沒回答，只是把臉埋在安娜的外套裡。

一會兒後，安娜正在熱巧克力攤排隊時，我失去傑克的蹤影。我只是轉身片刻，給安娜一些零錢，突然他就不在那裡。我驚慌失措，瘋狂地環顧四周，最後看到他，一個孤單的小人兒，站在泛光燈下，看著在充氣城堡裡彈跳的小朋友。

傑克一動也不動，像尊雕像站著，看著眼前一切：小朋友的開心呼喊；隨意丟在防水布上的鞋子；在鮮黃色的欄杆上方搖來晃去的頭，幾個年紀較大的孩子互相碰撞，想把城堡側邊撞倒。

我說：「美人兒，你還好嗎？」我用一隻手攬住他，安娜也剛好拿著熱巧克力回來。我問：「要不要找個地方坐下？」他抽身離開我，即使在黑暗中，我也看得到他眼裡閃著淚光。

傑克仍然看著充氣城堡，說：「我想回家。」

「可是我們才剛來，傑克。我以為你想見你的朋友。」

「我沒有朋友。我想回家。」

安娜說：「不是的，小乖，不要說這種話。你有很多朋友。」

傑克抗拒地搖搖頭。「我才沒有朋友，你騙我。」

就在那一刻，馬汀．卡特隆出現在我們身邊。

他笑著說：「哈囉，傑克。」他的衣服和頭髮都梳理得整整齊齊。

傑克轉頭看到馬汀，臉整個亮了起來。

馬汀說：「你要不要來充氣城堡跟我們一起玩？」

傑克眉開眼笑，迅速地偷偷擦掉眼淚，不讓馬汀看到。他抬頭看著安娜，說：「媽咪，我可以去嗎？」

她看著幾個較大的孩子手腳張開從高處往下跳，說：「我不知道耶，傑克。那幾個大孩子，玩得很野。」

馬汀．卡特隆說：「沒關係的，那是我哥。我會叫他下來。」

馬汀拔腿跑回充氣城堡，對幾個大孩子喊話。其中一個，長得像大一點的馬汀，往我們這邊看過來，然後點點頭，跳到地墊上。其他男生跟著馬汀的哥哥一個個下來，在前面站成一排，擋住出入口。

馬汀跑回來，說：「寇茨太太，這樣可以嗎？我們自己過去，我哥哥會守在門口，不讓其他人進去。」

傑克抬頭看看安娜，再看看我。

安娜說：「好。」我知道她很擔心，但是我們必須讓他去。

馬汀說：「湯尼和艾米爾可以一起來玩嗎？」我們沒注意到傑克的朋友在我們後面探頭探腦。「我保證我們不會跳太高。」

我說：「當然可以。不過，傑克，小心一點，好嗎？」

他點點頭，跟著他們一起走到充氣城堡去，馬汀的手攬住傑克的肩膀，就像在保護他。

我們保持一段距離跟在後面，同時聽到傑克跟馬汀說：「我已經不太會跳了。」

馬汀說：「沒關係，我們可以跳低一點……你看。」他用力吐出一口氣，在空氣中形成一朵小雲霧。

「好酷。」傑克說著，也學他吐氣，他的氣息在聚光燈下閃閃發光。「我們是龍。」

他們踏上地墊，加入湯尼和艾米爾，我聽不到他們在說什麼，但是傑克敲了敲側邊的頭，給他們看他的疤痕，我想像他正在跟他們說腫瘤的事。

我們看過傑克和朋友玩充氣城堡的樣子。他們會橫衝直撞、翻跟斗、踢腳，什麼都來。這次他們都非常克制。馬汀．卡特隆緊緊牽著傑克的手，彷彿他們是去參加舞會，然後他們開始溫和地上下跳。湯尼和艾米爾也一樣，忍住衝向壁面或跳過矮牆的衝動。

過了一會兒，三個孩子開始放慢速度，而馬汀．卡特隆的哥哥也快擋不住等著進來玩的小朋友了。馬汀、湯尼和艾米爾幫襯傑克回到地墊上，在他身邊忙東忙西，幫他穿上鞋子。

他們分手之前，很正式地擁抱了一下，彷彿是在互相安慰。歷經人世滄桑、仍留著最後尊嚴的老人。馬汀．卡特隆最後一個擁抱傑克，比另外兩人多抱了一會。傑克靠在馬汀的肩膀上，馬汀的手充滿保護意味地遮住傑克的頭側，他的腫瘤就在那裡。

我又印了幾篇關於斯拉德科夫斯基醫師的文章，放在檔案夾裡，準備給安娜看。那是她會喜歡的方式：收得整整齊齊、有條不紊。

我看了另一篇訪問，醫師談到年輕時在捷克斯洛伐克當腫瘤醫師時，促使他研究的動力。最讓他著迷的，就是異數，對醫藥的反應超乎常理的病人。奇蹟。為什麼別人沒有好轉，他們卻好轉了？斯拉德科夫斯推測，研究異數，也就是病情減輕的罕見例子，也許就能找到治療方法。我把**希望之地**上關於斯拉德科夫斯基醫師和免疫工程的討論都看了一遍。懷疑的人比相信的人多。治療未經證實，也不保證比傳統化療更有效。他們說，那是錢坑，進去就永無翻身之日。那賈許呢？那是我一直放不下的一點。如果對他有用，對傑克也可能有用。我記得弗拉納根醫師曾經說過一句話。她說，醫師對於癌症的瞭解，只是冰山一角。她說還有太多事情他們不知道。

我想，她那樣說只是在安慰我們，拐彎告訴我們傑克的病太複雜，我們實在無能為力。可是我把她的話放在心上了。要是傑克具有特定基因變異，是醫學界沒有探索、研究過的呢？要是那種變異讓他對特定治療有反應，就跟賈許一樣呢？

對順勢療法、虹膜學和其他亂七八糟的東西，我通常都是第一個嗤之以鼻的人。我是程式設計師。我靠數據生活，連作夢都用代碼。我老是對安娜嘮叨爛科學的危險。可是每次我告訴自己算了吧，懷疑斯拉德科夫斯基醫師的人可能是對的，涅夫只是個騙子，這時我就會想起那些見證影片。我想到克絲蒂、艾許的媽媽、詹姆斯、羅布森，還有那個叫瑪麗的小女生，十一歲時發現得了腦瘤，如今要挽著爸爸的手去參加畢業舞會。這些孩子不是臨床實驗裡的數據，他們是活生生的生命。

我上網查往布拉格的班機。一天超過十班，只要五個鐘頭，我們就能去到診所大門。我正在查診所附近的旅館時，我的信箱嗶了一聲。

主旨：回覆：傑克
傳送日期：二〇一四年十二月二日（週二）上午十二點〇五分
寄件者：涅夫
收件者：羅伯

嗨，羅伯：

我今天又收到醫院傳來的好消息。賈許的掃描結果又一次乾乾淨淨。沒有癌症的跡象，所有腫瘤的指標都來到他患病之後的最低點。當然，接下來數月、數年，他還是必須定期檢查，但每一次乾淨的掃描結果，就是往正確的方向跨進一大步。接受掃描之後，為了獎勵他，我們帶他去電影院看《星際大戰》（我們這邊的戲院正在重播全集）。他真的很喜歡這部電影，看到他跟我小時候一樣看得那麼開心，感覺真的很棒。不知道我該不該跟你說這些，我知道你現在很難受，我也不想太不識相。總之，就先說到這裡。

還有希望，羅伯。我的朋友，永遠不要放棄。

涅夫

P.S. 傑克可能太小了，還不會玩Minecraft（當個創世神），不過賈許現在很迷那套遊戲。他剛蓋了一座城堡，說他想送給傑克，讓傑克心情好一點（我跟他說傑克不舒服）。我寄了一張螢幕快照給你，希望順利傳到，也希望傑克喜歡。

我點選那張Minecraft的螢幕快照，一張由八位元色塊組成的砲塔和旗桿，一個標誌寫著「傑克的城堡」。看到城堡，我哭了，但不是因為想到傑克，而是它讓我想到我剛開始寫程式時，是用我爸在二手車庫拍賣中買的舊筆電編寫簡短的程式化腳本。

我又看著城堡。我可以想像等傑克大一點時玩Minecraft的樣子，蓋房子、種樹、爬上通往新世界的高山。有時候，我會讓自己這樣幻想。等傑克大一點，身體好一點時，我可以跟他一起做的事。星期六下午去看電影，傑克穿小牛仔褲，裝了輪子的運動鞋，抱著一包比他的頭還大包的爆米花。

啊，我們可以一起做的事。西漢姆的季票。週六上午去中國城吃點心。那麼多個暑假，一起坐在酒吧裡，我拿周圍的漂亮女生調侃他。

那些不只是幻想。那是我跟自己的爸爸做過的事。好幾次他來看我踢足球，之後不論輸贏與分數，我們都會去皇冠酒吧喝可樂、吃薯條。晚上全家一起看電視，大腿上放著炸魚薯條：星期三看《朱門恩怨》，星期四看《看守者》（*Minder*）。記憶就像軟骨，堅韌、難以破壞。

媽死後幾個月，我在羅姆福德的家裡要找一本書。我記得好像在樓下看過那本書，收在客廳的邊櫃裡。櫃子裡面都是灰塵，要是我媽看到了，一定嚇死了。我沒在櫃子裡找到我要找的東西，但是在幾件舊飾品、裝滿了鈕釦的餅乾盒底下，我在一個塑膠袋裡找到幾本練習簿。

我拿出第一本，一頁又一頁，寫滿爸小而整齊的字跡。我遲疑了，不想去看爸的隱私，但這時一個句子跳出來：「葛地夠猛，葛達差勁。」我開始翻閱那些筆記，看懂那是什麼時，露出了微笑：爸把他去看過的每一場西漢姆的比賽都做了賽後報告。

每一筆紀錄都很乾淨，彷彿先在別的地方打了草稿。內容很短，但字句很精彩。

詹寧斯是今晚的明星，帕頓則無用武之地，像被困住的胡蜂，幾乎沒碰到球。

湯米・泰勒躍起像鮭魚，俯衝宛如潛水鐘。真的太厲害了，連曼聯的球迷都為他喝采。

我讀下去，一直讀到一九八〇年代末期。在主場以五比三打敗切爾西，一舉逆轉三比二的劣勢。一九九三年風光升上英超。這時我注意到有些比賽條目旁貼了金色星星。就像在學校拿到的那種金色星星。起初我以為是西漢姆贏球的比賽，但是我知道一九九五年那一場，我們並沒有打敗維拉，因為我也在場。這時我才明白爸的用意。他把我們一起去看的球賽都貼上金星。

希望傑克也能有同樣的經驗，這樣算過分嗎？一定有辦法，非得有辦法不可。如果你夢到了，那就一定是真的。我爸總是這麼說。

我躺在床上，可以聽到蘿拉的聲音如鳥囀傳上樓來。我下樓進廚房，她跟安娜坐在高腳椅上喝咖啡。

她說：「嗨，羅伯。你好嗎？」

我說：「還可以，謝謝。」她關切地看我一眼。揚起眉毛，輕咬嘴唇，無聲地說，我知道，我知道。

安娜指著桌子上翻開的小冊子說：「蘿拉正在給我看這個許願基金會。他們專門給生病的孩子安排驚喜和旅行。」

我把水壺裝滿水，同時說：「喔，我聽過他們。」

雖然背對她們，我知道安娜和蘿拉正交換眼神，評估我的心情。

蘿拉說：「我寫信給他們，結果他們寄了這個給我。」她拿起另一份小冊子。

「你看，有這個活動。」蘿拉說著，翻開內頁。「跟蜘蛛人共度一天。」她那口氣，好像在跟小孩子說話。「傑克可以穿蜘蛛人的衣服，跟真正的蜘蛛人見面，然後他們會去一個特殊的遊戲間，讓所有角色上場，綠惡魔、閃電俠、水行俠等等。」

我說：「是喔。」

安娜說：「羅伯，我覺得傑克會喜歡，你說呢？」

蘿拉又補充說：「他們人很好，立刻就接受我的申請，基本上我們想選什麼都可以。你要不要看一下？」

她把小冊子塞進我手裡。封面是個戴著消防員安全帽的小孩。帽子下面，我可以看到他的頭又禿又白，像隻雛鳥。我翻開內頁，一邊等著壺裡的水沸騰。

「你看，還有這個。」安娜拿起另一份小冊子，指著坐在飛機駕駛艙裡的小男孩說：「他會喜歡的。」

我說：「可能吧。」

安娜輕聲嘆口氣，把小冊子放在流理臺上。「呃，選擇很多，我們不用現在就決定。蘿拉只是覺得可能會很不錯。」

我把小冊子放回廚房桌子上，說：「我晚一點再看。」

蘿拉說：「我剛剛跟安娜說，約翰有個同事，他們的女兒剛剛確定得了跟傑克類似的病，你們也許會想跟他們聯絡。我記得我媽得了乳癌時，我不想說錯話，我想幫忙，但我想除非有同樣的經歷，否則很難真正瞭解。」

蘿拉等著我說句話，或者點頭表示同意，但我不發一語。

「現在這種病好像很常見啊。」她幾乎是在自言自語：「我想那就是現代生活的詛咒吧，我們要付的代價。」

開水滾到最高點，我聽到按鍵噠了一聲。我輕聲問：「我們要付的代價？這是什麼意思？」

「啊，沒什麼，親愛的，我只是隨口說說。」

我說：「我想知道你是什麼意思。」我的語氣輕巧但堅定，安娜低著頭，讓咖啡的熱氣在她的唇上繚繞。「所以你認為這是我們的錯？」

「天啊，羅伯，不是的，我完全沒有這個意思。老天，你們什麼也沒做，你不要那麼想。不是的，我的意思是——我真的太不會說話了——我是說，是我們，是這個社會，是我們的現代生活方式。食物啊，壓力啊，無線網路、生活步調這些。天啊，不是的，親愛的，不是你們，是我們，我們全部人造成的。有時候，我只是覺得我們必須放慢速度，好好想想……」

我已經知道蘿拉想說的話。我以前就聽過了。這種話無所不在，不管是當面說，還是在他們寄送的郵件裡，宛如風景如畫的海邊不懷好意的暗潮。他們問：「你知道他為什麼會得到那種病嗎？」他們說得含蓄，說得鬼祟。

我們說：「難免會有這種事。」或者是其他無意義的答案，他們同情地點頭，但你可以在他們的眼裡看到他們在想什麼。

因為他們知道。啊，他們就是知道。是無線網路，是含糖飲料，是充滿化學成分的嬰兒洗髮精。他們問這些事，不是因為關心傑克，而是因為他們想保護自己的孩子。確定他們永遠不會遇到同樣的事。你可以看出他們在心裡暗自決定，要減少提摩西玩iPad的時間，或者終於提筆寫信給學校，說學校裡的食物都太不健康。

我直視她的眼睛，說：「蘿拉，你閉嘴。」

安娜說：「羅伯！」

「怎麼？你要讓她把那些鬼扯的話說完？那些我知道你根本就不認同的話？還是你也認為是我們的錯？」

「我沒有，羅伯。我當然沒有。蘿拉不是那個意思。還有拜託你不要再大吼大叫了。」

「拜託我不要大吼大叫？我應該多叫一點，而不是默默接受這……這些鬼扯。」我指著那些小冊子。

「不要再這樣了好嗎？拜託你不要再這樣了。」安娜拉高聲音。要是換個時間，換種時空，我們絕對不會在外人面前這樣吵架。

「不要再這樣？安娜，不要再怎樣？不要再想辦法讓兒子好起來，而是坐在這裡挑選這些莫名其妙的方案？」

「我不是說那個，羅伯。」安娜哭了。「拜託你不要這樣。拜託。」蘿拉伸手環抱住安娜，安娜把臉埋進她肩頭。

我再也不想聽她說了。我們只是在浪費時間，浪費我們根本就沒有的時間。我回到書桌前，寫信給涅夫。

收件者：涅夫
寄件者：羅伯
傳送日期：二〇一四年十二月十日（週三）下午九點十二分
主旨：回覆：傑克

親愛的涅夫：

抱歉又來打擾你了，我想問一下斯拉德科夫斯基醫師的診所。我已經寄信給他們了，不過你知道傑克多快可以開始治療嗎？等待治療的人會很多嗎？我想現在就訂機票到布拉格去，因為我們在這裡只是浪費時間。

很高興聽到賈許的掃描結果很好，我很喜歡你寄來的那些他的照片。我不但替你高興，也是我多麼希望有一天傑克也能辦到。我希望那是四年後的傑克，開心而幸福地活著。

所以，請繼續寄照片來。此刻，那些照片比任何東西更能帶給我希望。

涅夫，保重。

羅伯

P.S. 幫我謝謝賈許做的Minecraft城堡。我給傑克看了，他非常喜歡。

16

我把筆電夾在腋下，走出去到露臺上時，安娜說：「他還在睡？」

「睡得像個小嬰兒。」

傑克還小的時候，我們經常像這樣開玩笑。他睡得怎麼樣？像個小嬰兒。因為他就是個小嬰兒啊。

傑克正在做化療，所以睡很多。他醒的時候，大部分時間都待在沙發上，看卡通，身邊放著他最愛的玩具和書。他睡覺時，我們就看《大偵探白羅》和《拍賣鎚下的家》，隨時拉長耳朵聽著，等傑克醒來。

安娜正從外面擦露臺的窗戶。自從傑克生病之後，這個家就一塵不染。一名家事員每週來一次，可是她說，那樣不夠。她每天刷洗浴室和馬桶。她清洗水槽下方。她清理起烤箱，把所有油污都刮掉，裡裡外外擦得乾乾淨淨。

她把清潔用品收在工具室一個櫃子裡。櫃子裡有個箱子，裝滿海綿、刮刀和超細纖維布。最上層的架子上，放了一瓶瓶的去污劑、氨水、白醋，排得整整齊齊，宛如獎盃櫃。

以十二月來說，今天外面也算偏冷，我只穿了一件上衣，寒氣逼人。我深吸一口氣，喝了一大口咖啡。我對安娜說：「我一直在研究某間診所。」

我以為她會轉向我，說點什麼，但她繼續用手上的布擦窗戶。

「在捷克，一個叫斯拉德科夫斯基的醫師主持。」安娜的臉抽搐了一下，最微乎其微的鼻子抽動。我有種感覺，她就要打斷我的話了，我必須趕快把話說完。

「安娜，我知道你對這件事是怎麼想的，但請你聽我把話說完。」

「聽你把話說完？」

「呃，我知道你對治療方式的想法跟我不一樣。」

安娜又繼續擦窗戶，瞄準靠近地上的一個點。「我可能不會歸納出這個結論，」她說：「不過我很樂意聽你說。我們要一起做決定，對吧？」

「對。好，這是布拉格的一間診所——我印了一些資料給你看——專門做一種免疫工程療法。我對它做了不少研究，看來似乎很有理論依據。重點是，好多孩子的病情在這間診所好轉，甚至是得了腦瘤的孩子。我一直在跟論壇裡一個叫涅夫的人通信。他兒子，賈許，也得了膠質母細胞瘤，就在斯拉德科夫斯基的診所接受治療。他的病情已經緩解三年了。」

「對，涅夫。我看過他的貼文。」

「你看過？」

「對，在**希望之地**上。我看過他那些關於斯拉德科夫斯基醫師的貼文。」

「啊，我都不知道……」

安娜嘆口氣，說：「我也會去看那個論壇。」

「你是怎麼想呢？」

「關於那間診所？」

「對。」

「我其實沒想太多。我前一陣子看過那個網站，那些見證之類的東西確實令人印象深刻。可是後來我在論壇上看了關於它的一些意見，Quackwatch[6]上也有一篇文章，說沒有多少科學證據能支持斯拉德科夫斯基醫師的說法，也完全沒有證據能證明免疫工程有用。」

我看過她說的那篇Quackwatch的文章，冗長而語帶嘲諷，拿同儕審查大做文章，批評斯拉德科夫斯基醫師漠視正統的科學方法。我記得我很討厭那名記者的裝模作樣和賣弄知識，就像討人厭的影迷在熱賣電影中挑劇情的漏洞。

「我知道，我知道，我也看過那篇文章。可是也許有用。也許那個地方真的有點神。確實有人——別的孩子——好起來了。我不認為那些見證的人說謊。」

安娜聳聳肩，那個動作激怒我，就像一個不肯道歉的固執小孩。

我說：「我只是覺得值得試試看。」我的聲音破碎。「不然我們現在還能做什麼？」

她不以為然地看著我——就像戴大墨鏡的賈桂琳．歐納西斯。

「你不認為如果真的有希望，我不會為了傑克去做嗎？」

「我知道。我不是那個意思，我真的不是那個意思……」

安娜說：「還有，不管真假，錢怎麼辦？講這種事真的很可恨，但你看過治療費要多少錢嗎？就算我們想去，我們要怎麼付錢？」

我說：「會有辦法的。我們盡可能湊，總會湊到錢。」

安娜嘆氣。「錢在哪裡？羅伯，錢在哪裡？我看了網站，治療可能花費數十萬英鎊。我不懂你怎麼會認為我們付得起。史考特要把公司賣掉了，羅伯，他賣定了，而我現在沒有工作。所以……那又怎樣？我們沒有任何收入。」

「我們會找到錢，我可以跟史考特借。」

「老天，羅伯。」安娜說著，抓起抹布和水桶。「史考特沒錢。他根本就破產了。」

她回屋裡去，我跟著她走進客廳。她說：「對不起，我真的辦不到。」她在沙發上坐下。「講到錢讓我覺得自己很噁心，讓我只想死。如果我認為治療有用，我會賣掉一切，房子、車子，統統都賣掉。為了弄到那筆錢，我會去求、去借、去偷。」

安娜哭了，我攬住她。羊毛衫底下的她，感覺冰冷而枯瘦。我說：「我知道，必須討論這種事，很糟，真的很糟。但我確定我們會找到辦法，就算治療會有用的可能性微乎其微……」

安娜大叫：「你可以閉嘴嗎？你真的看過布拉格那間診所的治療資料嗎？」她說得咬牙切齒，同時努力壓低聲音，免得把傑克吵醒。「是你的朋友涅夫跟你說的？因為你知道嗎？羅伯，我真的把那該死的論壇從頭到尾都看過一遍，有很多家長去了斯拉德科夫斯基診所，他們的經驗跟涅夫完全不一樣。你也看了他們的故事嗎？你應該看的，那樣你可能就會從不同的角度來看涅夫的說法。」

---

6 專門監督醫療詐騙的非營利組織。

「涅夫的說法？你認為涅夫說他兒子好轉，是在說謊？你看。」我把筆電塞到她面前。「這是涅夫寄來的，你讀一下。三年持續緩解。三年。賈許最近才做了一次掃描，結果乾乾淨淨。」

「拜託你不要那麼凶好嗎？」

我深吸一口氣，試著冷靜下來。「抱歉，我不是故意……我只是想讓你看到治療真的可能有用。」

「我們不知道是不是真的有用。」

「你這是什麼意思？他本來得了跟傑克一樣的腦瘤——膠質母細胞瘤——現在都沒有了。安娜，都沒了。」

安娜說：「對。可是我們怎麼知道那跟這間診所有關係？羅伯，我們看不到其中的科學。他們沒有發布臨床試驗的結果。只有大家的見證而已。」

「所以你現在成了科學家了，安娜？醫學專家。你要知道，醫生並不是無所不知。」

「天啊，你現在連口氣都開始像涅夫。如果真有涅夫這個人……」

「如果真有他這個人？你這是什麼意思？」

「我不知道，只是**希望之地**上有些人那麼說。說也許他拿了診所的錢什麼的，替診所拉病人。你怎麼能那麼確定，他真的是他說的那個人？羅伯，他只是個使用者名稱。」

「啊哈，我懂了。說得太天花亂墜，絕對是詐騙。」

安娜聳聳肩。「我想這也不是太奇怪的事。鎖定情急的父母下手。我覺得說得通。」

我滑動涅夫的信，找到賈許的照片，說：「看，你看這個。」

我把筆電推到她的鼻子下，她說：「你要我看什麼？」

「涅夫的兒子，賈許。」

「我知道，羅伯，你跟我說過了。他經常在論壇上貼他兒子的照片。」

我在安娜的臉上尋找一絲一毫的情緒，但什麼都沒有。別人說安娜很冷，那些都是不了解她的人。我記得她念大學時的臥房，記得裡面幾乎沒有多餘的東西。沒有毛茸茸的抱枕，沒有貼著跟朋友們出去玩樂的照片的軟木板。只有一張桌子、一張椅子，還有架子上幾本薄薄的精裝書。她的床單是素色的，沉悶的綠色。

這都是受到她父親的影響嗎？她從來沒談過，但我知道她感覺自己被拋棄。她不願意談起他突然去非洲的事，連孫子的面都沒見過。她說，他就是那種人，然後就不再提起了。

我打開涅夫最近一封來信，說：「你看。」我點開影像檔，賈許做的Minecraft城堡。「這是Minecraft遊戲，賈許做給傑克的。」

安娜不敢置信地看著我。「你講得好像他們認識一樣，羅伯。好像他們是朋友。你連這個人都不認識。」

「我沒見過他，並不代表我就不認識他。」

安娜搖搖頭。

我提高聲音說：「你要的話，我現在就可以打電話給他。」

安娜說：「隨便你。」

我們坐在沙發上，沒有肢體碰觸，身體也偏離了對方。這屋子從來沒有像此刻這麼安靜、這麼冰冷。

我說：「我們是怎麼回事？我們甚至再也無法正常對話。」

她說：「我們的兒子快死了，就是這麼回事。」才多久，安娜的用字已經跟我不一樣了。我連安寧照護這樣柔和、令人困惑的字眼都很難說出口，安娜已經自在地用起「末期」或「快死了」這些字。

我試著不帶怒氣地說：「對，我知道這一點很可怕——這是天底下最可怕的事——但這件事我們並沒有站在同一邊。」

安娜說：「站在同一邊？你幾乎好幾天沒跟我說話。我感覺你甚至都不再看我了。羅伯，你太執迷了，對這個叫涅夫的人，對這個……你緊抓不放的虛妄希望……」

安娜繼續擦露臺窗戶，想把髒污擦掉。那一刻，我唯一想到要做的事是打電話給涅夫。不只是為了安娜，也是為了我。是的，他並沒有跟我要錢（「只要二十五英鎊就能把癌症踢到天邊去！」），也沒有要我訂閱他發行的全方位醫療電子報，但我仍然有疑慮。有些小細節不太對勁。我問過涅夫關於他的太太或另一半，但他沒回答。另一封信裡，我問他住在哪。沒反應。

還有別的事情讓我懷疑。涅夫非常公開支持斯拉德科夫斯基醫師。他在論壇上很活躍，可是在斯拉德科夫斯基診所的網站上，卻看不到他的見證。一名得了膠質母細胞瘤的男孩子痊癒，那是極具侵略性和破壞性的兒童癌症。為什麼斯拉德科夫斯基醫師沒有拿賈許來大肆宣傳？

某天晚上，為了讓自己安心，我做了些研究。我不會像寂寞而被誘姦的青少年一樣上當。我在谷歌上用賈許的照片進行反向搜尋，但都只找到涅夫的相簿。我用自己寫的程式碼處理那些照片，抽絲剝繭，分析影像的後設資料，看能不能找到拍照的時間和地點，但什麼都沒找到。沒有資料，什麼都沒有。

「喂？」我可以聽到對方的聲音，北方口音。「我是涅夫。」

一時半刻，我說不出話，懷疑揮之不去，也許安娜是對的，所以我沒想到有人接電話。

「喂？」那聲音又響起了：「聽得到嗎？」

「有，聽到了，你好，我是羅伯。」

停頓。

「哈囉，羅伯，很高興接到你的電話。」我知道涅夫是北方人，因為賈許曾在普雷斯頓醫院接受治療，但我很驚訝他的口音那麼重。我可以聽到在他身後好像有孩童在玩樂的聲音。

涅夫說：「等我一下。」然後：「把鞋子脫掉好嗎？」遠處有模糊的人聲，砰一聲。「抱歉，剛從公園回來。羅伯，你好嗎？最近怎麼樣？」

我說：「還不錯。」這樣說很怪，怪異的陳腔濫調。「其實，傑克現在不太好。」

又一次停頓。線路感覺很弱，彷彿我們打的是長途電話。「唔，我只能說，我會時時惦記你們。我還記得那種時候有多糟糕。」

「謝謝。」我努力尋找適當的話。「是這樣的，我打電話給你，是我剛剛跟我太太說到布拉格那間診所的治療……」

安娜生氣地看著我，搖搖頭。她很快站起來，走出客廳。

「她不太願意，她看到很多篇那間診所的負面文章。」

涅夫沒說話。

「你還在嗎？」

涅夫說：「嗯，我還在。」他聲音裡的暖意不見了。

「我不是說，呃……」我詞窮了。

涅夫說：「不不，沒關係。我知道有很多人這樣想。我瞭解。其實，羅伯，我不是醫生，我本身是工程師。我不能說服你，說那間診所一定適合你們家傑克。你得自己決定。我永遠不會說服你或勸你——或者任何人——去做什麼。我只能跟你說發生在我兒子身上的事。我能做的就只有那樣。」

電話安靜了一秒，我可以聽到背後似乎是兒童卡通節目的聲音。

「謝謝，那樣我就很感激了。就像你懂的，我們現在很不好過。」

我抬頭，看到傑克慢慢下樓，安娜牽著他的手。他的腳步有點不穩，手臂裡緊緊抱著小熊。我不知道還要跟涅夫說什麼。說什麼都顯得很可笑。賈許就在旁邊看卡通，我難道要問他是不是騙我他兒子很健康？

「真的很抱歉，涅夫，不過我得掛了。傑克剛剛醒了。」

涅夫說：「當然當然，羅伯。」他的聲音又溫暖起來。「很高興跟你聊兩句，羅伯。還有，如果你還想談——談什麼都可以——隨時打給我。一定喔。」

「謝了，涅夫，我由衷地感激。」

我等他掛掉，等著聽那一聲喀噠，但一直沒聽到，就那麼幾秒鐘，我聽著涅夫在電話另一頭的呼吸聲。我正要把電話放下時，聽到後面有個孩子的聲音：「爹地，爹地。」然後涅夫大喊一聲：「來了，寶貝。」我停在那裡，仔細聽那含糊的聲音，東西移動的聲音，最後才掛電話。

我走進臥室時，寂靜濃得要將人吞沒。安娜在看書，我上床時，她沒看我一眼。跟涅夫通過電話之後，我們還沒講過話，在屋子裡都盡量避開對方。

我說：「對不起，我不該那樣對你，我有點失控了。真的對不起，好嗎？」

安娜把書放下，伸手順了順床單。「我也不對。我處理得不太好。我知道你想幫助傑克，我懂，但我只是認為……」

她打住，不想重蹈覆轍，然後小心翼翼地看著我，幾乎像個闖禍的小孩。「光是這樣說我都覺得好丟臉，因為感覺很自私，可是我感覺我快要失去你了。」

我瞭解那種羞愧的感覺。現在這種時候，想到我們自己，想到我們的關係，似乎有點荒謬。

我轉向她，揉揉她的腿，說：「你沒有。為什麼要說那種話？」

安娜聳聳肩。「我們最近好疏遠。我不是怪你。我也一樣。我想這是很難避免的結果。」

我低頭看著羽絨被的花紋，拉起一小條線頭。我說：「是啊。」

安娜說：「我們以前無話不說，不是嗎？你記得我們幾次流產之後，都會熬夜聊那件事嗎？聊到凌晨一、兩點。流產很難過，很悲慘，但能夠說開來，感覺很好，因為我們一起受苦，我們互相瞭解。我感覺我有好多話可以說。可是現在，這件事，傑克的病，我就是說不出口，我不知道要說什麼。」

房裡很暗，只有安娜的檯燈幽暗的燈光。感覺像旅館房間，不是我們的房間。

我說：「我知道，我也有同樣的感覺。」

安娜說：「我不想失去你。因為很多夫妻……就是這樣。」她欲言又止，然後重新整理好思緒。「我不希望我們變成那樣。」

我知道她的意思，知道她沒說出口的話。因為很多夫妻在孩子死去以後，就變成那樣。我們在電影裡看過。安娜在她的小說裡讀過。我們知道那些可憐的夫妻最後變成怎樣。每次他們看到對方，聽到對方的聲音，就會想起他們失去了什麼。一度將他們綁在一起的孩子，現在把他們拉開了。

安娜哭了起來，即使我們都很熟悉對方的眼淚，這一次那些眼淚卻是新的、不為彼此所知的，跟我以前聽過的哭聲都不一樣，彷彿來自另一個地方，另一個年代。

我把她拉過來，她的臉上淌著眼淚和鼻涕。

「是我的錯，我知道是我的錯。」她說了一遍又一遍。

我把她抱得更緊了，因為我擔心她會想傷害自己，用拳頭打自己的臉。「那不是你的錯，你不要說這種話。這些事怎麼會是你的錯呢？」

安娜很快止住眼淚，就跟開始哭一樣突然。她的聲音很堅定，平靜得出奇。「是我的錯，我知道是我的錯。」

「老婆，怎麼會是你的錯？什麼意思？」

安娜嚥了一口口水。「流產。」

「安娜，不是的，你不要以為……」

她說：「我留不住他們，也留不住傑克。是我的身體。它排斥我們的寶寶，現在它又排斥傑克了。」

我說：「不，安娜，不是的。」我也哭了。「不是那樣的，你知道不是那樣的。這兩件事沒有關係，你很清楚。不要這樣為難自己。」

我無能為力，說什麼或做什麼都沒有用。看著別人粗魯地對自己開刀，還沒有麻醉，實在太可怕了。我可以抱著她脆弱的身體，讓她的眼淚和鼻涕滴在我身上。我可以把她拉過來，撫摸她的頸項和背部，但這些都不夠。

我說：「我愛你。」現在這句話感覺很苦澀，充滿罪惡感。

她說：「我也愛你。」我們靜靜地躺了一會。我想說話，想移開我們之間的芥蒂，但我不知道該說什麼，彷彿在一群人面前嚇得說不出話來。

再度擁她在懷裡，感覺很奇怪。我們很久沒有碰觸對方了。曾經，我們只想互相碰觸。當年在劍橋，我是那麼快就熟悉她：她的每一吋肌膚，身體的每一個曲線與凹凸；每一種氣味，她臉上和背部的每一個酒窩、每一顆痣。

我們的默契不需要學習；打從一開始，就在那裡。我們之間沒有學習曲線，也沒有能力測試。那是我們共同的母語。

這些年來，我們一直保持著這樣的默契，每一次碰觸都帶來快感。當初那感覺來得那麼快，此刻也迅速消失。我們又成了陌生人，我們的身體只講效益，敷衍馬虎，只是靠它活著，卻未加以探索。

所以我才伸手探進羽絨被下，開始撫摸安娜的腿，然後小心翼翼地移向她的大腿根處。我想要找回某種東西，我們失去的東西。我以為她會抗拒我，因為現在當然不是時候，可是她沒有，反而調整自己的角度迎向我，微微抬起一條腿。我可以感覺她在我的手指觸摸下漸漸濕潤。

我親吻她，然後往下挪，把頭埋在被子裡，像小朋友在玩遊戲。我拉起她的睡衣，把頭埋在她的身上，感覺到她突然的震顫。她的雙腿往前一蹬，夾住我的頭。

主旨：回覆：傑克
傳送日期：二〇一四年十二月十二日（週五）上午十點四十二分
寄件者：羅伯
收件者：涅夫

親愛的涅夫：

謝謝你提供診所的資訊。我打了電話給他們，提起你的名字，他們非常熱情。他們說有幾種付款方式，我想我們應該辦得到，至少前幾次治療沒問題。

我立刻給我們一家三口訂了去布拉格的機票。我還沒跟我太太說。我們談過這件事好幾次，但她清楚表明不讓傑克去布拉格接受治療。我還在努力讓她改變心意。

時間越來越少了。我從傑克的眼裡看得出來。我們就好像踩在水裡，知道自己一定會溺水。有新的狀況再告訴你。

羅伯

醫院盡最大的努力，讓化療病房充滿歡樂，尤其是在耶誕節之前。病房四周擺放好幾棵耶誕樹，布置得十分專業，樹下環繞著一堆捐贈的禮物。護士戴著紅鼻子和耶誕帽，清潔工和廚工則打扮成耶誕老公公的小精靈。

我看著護士扭動傑克插管上的活門。他畏縮了一下，但坐著不動。現在他很會坐著不動。

「爹地，史蒂芬今天在嗎？」

「他今天應該沒來，美人兒。」

傑克說：「喔，他可能跟他的媽咪和爹地在一起。」

我摸了摸傑克的手，說：「對，也許下次就會碰到他了。」

史蒂芬得了白血病，經常跟傑克同一時間治療。他們很快成為朋友，坐在病床上交換東西，玩具、貼紙簿之類的。護士不在時，他們就會互相鬼吼鬼叫、扮鬼臉。

某天下午，我們有機會跟史蒂芬的父母說上話，等兩個孩子小睡時，一起去醫院的餐廳喝咖啡。我想，史蒂芬的父親知道傑克病得很嚴重，所以講話很有技巧，只跟我們提了一點點他兒子的診斷和治療。

但是我知道。我知道。史蒂芬應該會完全復原。他的治療重點不在延長生命，不在多爭取幾個月的時間。他的白血病是可以醫治的。

到底為什麼史蒂芬的腫瘤會沉睡，潛回原來的血液和血漿中，而傑克的腫瘤卻會擴散、在大腦裡蔓延？我不知道。是因為我和安娜的基因嗎？在我們的身體裡只是一項瑕疵，一道裂縫，但是在傑克的身體裡，卻成了致命的缺陷。我們兩人的產物：從我們的結合中產生的變異。我們打造出來的缺陷。

我很高興史蒂芬今天沒來，因為每次看到他，我都希望那個人是他。我希望他們的處境可以交換，這樣在醫師的眼裡，傑克的癌症就會只是暫時的狀態。為此，我願意接受交換條件。我會很樂意，毫不猶豫地接受，不，不只是接受，而是歡迎、懇求，把腦瘤給史蒂芬，善良、體貼的史蒂芬。

泵浦再次啟動，那節奏讓我想到《火車頭艾弗》。傑克很安靜，一邊用我的筆電看卡通，一邊喝果汁。我靠坐在椅子上，用手機看信。有一封涅夫傳來的新訊息。

主旨：回覆：傑克
傳送日期：二〇一四年十二月十四日（週日）上午八點十七分
寄件者：涅夫
收件者：羅伯

親愛的羅伯：

我知道你們時間緊迫，所以我就直說了。如果當初我聽了醫師的話，今天賈許就不在這裡。我認為你要去布拉格，是很明智的決定。對，無法保證，但至少有機會。

我不想給任何人壓力，也尊重每位父母的選擇。但有時，我必須出聲。這些生命，有多少能救回？我就像每天都看到飛機墜毀，而飛機上載滿不必赴死的孩子。我不能眼睜睜看著這種事發生。

你真的不能說服安娜試試那間診所嗎？你要的話，我可以跟她談談。如果這太強人所難，我道歉。我只是想幫忙。

涅夫

P.S. 隨信附上我和賈許拍給傑克的一段影片。希望他喜歡。

我點開影片，畫面中涅夫和賈許坐在廚房桌子旁，分別打扮成蝙蝠俠和羅賓。兩人對著鏡頭揮手，同時說：「哈囉，傑克。」接著涅夫用濃厚的北方口音說：「傑克，我們知道你最近不太舒服，所以我們兩個，蝙蝠俠和羅賓，想跟你說，早日康復。」

賈許大喊：「快點好起來。」這時他的羅賓面具滑掉，我看到他的臉，自信、充滿生氣，校服的領結微鬆地繞在脖子上。

兩人一起說：「傑克，下次見。」賈許單手揮動，另一隻手把羅賓面具往上拉。接著羅賓向前靠近攝影機，然後螢幕就空白了。

我說：「嘿，傑克，你看。」我把手機伸過去，開始播放影片。

「那是誰？」

「是賈許，記得我跟你說過賈許吧？城堡的照片就是他做給你的。」

「跟我一樣受傷的男生？」

「對。」

「他現在比較好了？」

我說：「對。」我伸手攬住他，小心不碰到他的插管。

「可以再看一次嗎？」

傑克又看了幾次影片，然後碰了一下我的手臂，看著我。「爹地，今天晚上我是睡在自己的床上嗎？」

「對。」

「在我們家？」

「對，美人兒，在我們家。」

「媽咪會在家嗎？」

「會。」

「爹地也會在？」

「對。」

「大家都在？」

「大家都在。」

他累了，眼皮開始往下掉，沒幾秒鐘就睡著了。我把毯子拉到他的脖子上，看著他的胸膛隨著呼吸起伏。我還是無法理解。傑克怎麼會快死了？一定是哪裡出錯，我確定。

我看著他放在托盤架上的手。他是那麼真真切切地存在。他的手指，有骨有膚，抓著托盤的白色塑膠邊。他細瘦的雙腿，陷進座位的軟布裡。要是我湊過去，可以感覺他的氣息吹在我的脖子上。這一切怎麼可能不存在？

那天晚上，從醫院回家後，傑克在床上吐了。我把癱軟的他抱到一張椅子上，然後把床單拉掉。他在發抖，他的牙齒開始打顫，所以我用毛巾把他包起來。

我看著坐在椅子上的他。他的眼白已經不是白色的。他的皮膚變得乾癟，像老人的皮膚。他的頭髮又細又軟。化療正在一點一滴吞噬他，讓他變得空洞，像一具用漂白水洗過的身體。他一邊發抖，備受摧殘的身體又一陣痙攣，把最後幾滴水分都吐出來。

我從椅子上抱起他，抱回乾淨的被單下，他很快就睡著了。我記得有一次，我跟父母開著露營車去康瓦爾度假。那時我十四歲，有天晚上我跟幾個當地的小孩出去玩，喝醉了回來。我吐了，吐在馬桶裡，還吐得廚房滿地。我媽氣極了，把我臭罵一頓，說她不是為了這樣才來度假。

早上，我一臉慚愧，媽又訓了我一次。她氣呼呼地洗碗，同時說，你應該謝謝你爸爸。為了確定你沒事，他一整夜沒睡。為了怕自己睡著，他定了鬧鐘，十五分鐘叫一次。

安娜過來換班後，我清醒地躺著，直到三個鐘頭後鬧鐘響起。這時傑克已經熟睡，我看著他，很高興他至少暫時舒服一點。

他的寧靜沒有持續太久。我聽到他的胃咕嚕幾聲，接著是他又開始反胃的聲音。我搖醒他，把桶子放好，他吐了一次又一次。他的胃漲大，他的身體是那麼殘破而虛弱。

他在發抖，雙唇乾裂脫皮，眼睛陷入陰暗的眼眶，而他還在反胃，只是已經吐不出東西，吐出來的只有膽汁和唾沫。我把他抱在懷裡，我如此美麗的孩子，除了倒掉一桶又一桶他的嘔吐物之外，我什麼也做不了。

抱著他再度躺下來時，傑克緊靠著我，我可以聞到他口氣裡的嘔吐味。他看著我的眼睛，非常清楚地說出一句話，清楚到我知道我一定不能辜負那句話。

「爸，拜託，我不想再生病了。」

★

室內電話打破寧靜，以這個時代來說，是罕事。我們聽著鈴聲在屋子裡迴盪。

安娜擦了擦眼睛，走向玄關桌。「漢普斯特德二七〇—六二九六……對，我就是安娜·寇茨……」

我看著安娜聽電話，她的臉色變得蒼白，嘴唇微微移動。

「天啊……那她……」

現在她的臉白得跟鬼一樣，她伸手撐在櫃子上，穩住身體。

「好，當然……謝謝通知。」

安娜放下聽筒，她的臉又白又憔悴。她說：「是我媽。」她凝視著窗外，沒看我。「她心臟病發。」

「老天，那她……？」

安娜立刻說：「她還活著。」她的聲音開始顫抖。「但還很危險，情況不樂觀。醫院認為我最好過去一趟。」

「她在哪家醫院？我可以載你去。」

「她在諾里奇。」

「諾里奇？」

「對，剛剛是她的朋友辛西亞打來的。我媽去找她玩，結果在火車站病發倒地。」安娜的腳晃了一下，於是立刻坐下。

「你還好嗎？」

「沒事，抱歉，我只是有點無力。」

我到廚房去幫她倒了一杯水。她的臉稍微恢復血色。

我說：「你應該去。」

她抬頭看我，她的眉毛沉重，眼裡含淚。她說：「我怎麼能現在走開？」

我說：「只是一、兩天而已。我知道現在時機不對，但你不會原諒自己的，如果你沒有去跟她說……呃，你知道的……」

安娜低聲說：「說再見。」我走過去，抱她入懷。我可以感覺她的心臟在我的胸膛上振動。我知道她必須現在就走，不然就太遲了。但那不是我撫摸著她的頭髮時想的事。我想的是傑克。

七姊妹巖

因為變天了，你很冷，媽咪開始擔心了，
所以我們到室內去避風躲雨，也避開翻騰的大海噴濺的水花。
坐在第七座山山頂的咖啡館裡，
我們玩剪刀石頭布暖和身子。
你自創了炸藥，你說炸藥最贏，所以你就一直贏一直贏，
笑得好開心，笑得臉頰紅通通，像火中餘燼。
那天下午我們在那裡待了好一陣子，
喝著加了棉花糖的熱巧克力，
快樂地享受溫暖而愜意的環境。

17

「爹地，我們要去哪裡？」
「去度假，美人兒。」
「媽咪會去嗎？」
「她沒辦法去。」
「為什麼？」
「因為她去見外婆了。」
傑克穿著保暖大衣和帽子坐在玄關，他的海底總動員背包掛在雙肩上。最後一次的每週例行化療已經代謝完畢，所以他現在的狀態稍微好轉，我也讓他吃了幾顆強效止痛藥。不過他還是很蒼白，身體孱弱無力。他走得很慢，緊緊抓住我的手，後腦杓因積水而突出的腫塊明顯可見。
「我們不去外婆那裡？」
「對，暫時不去，外婆現在身體不太舒服。」
傑克沒說話，正在思索我說的話。「我們要開車嗎？」
「我們要搭計程車去機場，然後搭飛機。」

「真的嗎？我們可以從窗戶往外拍嗎？」

「當然可以。」

「酷。」他眉開眼笑地說：「我們要去哪裡？」

「去布拉格。」

「布拉格在海邊嗎？」

「不是的，布拉格跟倫敦一樣，是城市。」外頭的計程車又響了一聲喇叭，我一把抱起傑克走出去。

關門前，我把一個寫著安娜名字的信封放在玄關桌子上。

傑克喜歡搭飛機，一路上都沒拿 iPad 或書出來看。他坐著，身體偏離我，鼻子黏在窗戶上，看著外面的雲和一望無際的天空。我們在燦爛的陽光中落地，四周的原野都被雪覆蓋。

機場乾淨明亮，我們很有效率地通關，行李早就在等我們了。走出機場，我做好跟計程車司機討價還價的心理準備，不過外面停了一排鮮黃色的車，還有個會說英語的派車員。

計程車離開航廈時，傑克問：「媽咪有打電話來嗎？」

「沒有。你別忘了，媽咪跟外婆在一起，外婆現在身體不太好。」

「外婆也跟我一樣受傷了嗎？」

「對。我們現在就是要讓你的傷好起來。」

傑克沒聽懂我的話。「媽咪什麼時候來？」

「媽咪這次不來，傑克。她得陪她的媽媽。」

「她的媽媽？」

「對，外婆就是媽咪的媽媽。」

傑克說：「喔。」

計程車快速穿過布拉格外圍整齊的郊區街道。我以為會看到一排又一排的單調公寓和塗鴉的公車候車亭，那是我幾年前去卡托維治出差留下的印象，不過布拉格的這一邊看起來像奧地利，立體派的大型別墅，廣闊的花園，外國大使館的旗子在風中飛揚。

計程車司機在講電話。我聽著他說捷克語，跟我聽過的語言都不一樣：好像沒有母音，但是仍然柔和而精確，聽著對方說話，彷彿自己正在接受輔導似的。傑克開心又專注地看著窗外，一直拍雪地的照片。

我們經過一座小城堡，還有幾個沒營業的小吃攤位，然後，座落在幾棵樹後面的，就是斯拉德科夫斯基醫師的診所，一棟現代化的組合屋，有巨大的藍色磁磚和大型方窗。

天氣很冷，大約零下三度，不過陽光很燦爛，診所像個高級水療中心一樣閃閃發光。幾個病人坐在外面，裹著大衣和毛毯，看書和雜誌。走近入口時，我可以看到花園，花園裡有個結冰發亮的小池塘，還有一條蜿蜒的步道，網站上說那是赤腳走路用的。

診所內部以玻璃和軟木裝潢搭配出溫馨的氣氛。等候室裡有像半球一樣的綠色椅子，和柔軟的長方形大沙發。

傑克說：「爹地，這裡是哪裡？」

「我們來這裡看醫生，傑克。這個醫生可能可以讓你的一些傷口不見。」

傑克拉住我的手，我看到害怕從他的眼裡一閃而過。「爹地，他們不會給我吃藥吧？化學藥？」

「不會的，傑克，你不用擔心。」

我跟接待員報了姓名，然後我們各別坐進球形椅裡。等待看診的病人不少，不過涅夫跟接待員的關係還不錯，動用了關係，讓我們插隊。隔著一張玻璃門，我看到一間咖啡廳，幾個病人聚在那裡。他們看起來很憔悴，看他們的穿著，還有披在肩上的昂貴披肩，看起來都是有錢人。

傑克說：「好像太空椅喔。」他露出兩條腿盪啊盪。

我說：「你看起來像烏龜。」

傑克笑了：「你才是烏龜。」

醫師的辦公室裡有黑色皮沙發，書架上放著大部頭的醫學書籍和古董手術器具。牆上掛著浮雕獎牌和證書，旁邊還有幾張醫師的照片。斯拉德科夫斯基去打獵；斯拉德科夫斯基與好幾位名人顯貴握手；斯拉德科夫斯基在山中健行，身後是一片雲海。

醫師從側門進來，看起來比我預期的還要年輕。他的臉上有一片健康的紅暈，留了小鬍子，將嘴唇遮掩成兔唇。他穿了一件訂製的白外套，左胸口上繡了他的姓名簡稱，斯。他的臉色有點不自然，有種塗了蠟但塗得不均勻的感覺，彷彿有一部分的臉上了電視妝。

「寇茨先生，你好嗎？」斯拉德科夫斯基醫師熱情地跟我握手，他的手感覺異常地乾燥。

「你一定是傑克了？哈囉，傑克。」傑克笑得極淺，坐著往我這裡縮近。

「傑克，你喜歡去球池玩嗎？」

傑克緊張地點點頭。

「那真是太好了，我們那裡有個很棒的球池。你要不要跟蘭卡去玩？她可能還會給你幾顆糖果喔。」

我抬頭，看到一個高䠷的金髮女從側門走過來。蘭卡笑著伸出手，傑克還是坐在位子上，不確定要不要去。

我說：「傑克，沒關係，你就跟這位漂亮阿姨去玩吧？」

傑克小心翼翼從座位上滑下去，把手放進蘭卡的手裡。

傑克和蘭卡離開之後，醫師說：「寇茨先生，謝謝你過來。」這時我第一次注意到他的斯拉夫口音，聽起來很慈祥，像個年老的波蘭鐘錶師傅。

「我們很高興你們能過來這裡。謝謝你寄來的資料。我仔細看了傑克的病歷和掃描片，雖然他的病進展得很快，侵害力很強，但我想還是值得試一下。」

他微笑，露出沒被小鬍子遮住的上唇，這時我才注意到他的上唇有多薄。

「寇茨先生，我想你大概瞭解這裡的治療是怎麼進行的吧？」

「是，我看了很多資料，還有涅夫——他兒子在這裡治療過腦瘤——也跟我講了很多。」

斯拉德科夫斯基說：「是啊，賈許，真是個乖孩子。上次我聽說他狀況很好。他們都會把他的掃描片寄給我看。」我注意到他說某些字時有點含糊，是刻意矯正多年後殘留的痕跡。他摸著下巴，低頭看文件。

「我想你應該跟我們的醫師在電話中討論過，就傑克的狀況來看，我們可以提供一套完整的免疫工程治療。我們也會想做進一步的基因檢驗，看他還能接受哪些別的治療。我們在傑克這樣的病人身上，有過很好的成效。」

我說：「你說很好的成效，具體是指什麼？傑克會痊癒嗎？」

他盯住我的眼睛，很快說：「是的，痊癒。」

「你是指得了膠質母細胞瘤的孩子？」

「對。」

「像傑克這樣，很嚴重的膠質母細胞瘤？」

「當然。」

斯拉德科夫斯基醫師如此熱切地看著我，我都以為他的手會伸過來握住我的手。

「寇茨先生，我當醫師這麼久了，從來就不覺得這種病情諮詢很容易。你的孩子，他確實病得很嚴重。我可以說這讓我很心痛，但是我不會讓自己沉溺在情緒裡。我努力保持專業的距離，不過有時還是很難辦到，因為我自己也有孩子。」他雙手互扣，我注意到他的右手上有一顆很大的印戒。

「我坦白跟你說。我遇過患了膠質母細胞瘤的孩子來找我，結果活下來，但也有很多沒能活下來。我沒辦法保證傑克一定會痊癒，如果我那麼說，就太缺德。別的腫瘤醫師會……怎麼說呢？放棄病人，但是我不會那麼做。所以我只能說——請你原諒我的英文不太好——如果你決定讓傑克在我們這裡接受治療，那麼雖然我無法給你保證，但至少可以給你們機會。」

我說：「我能問一件事嗎？」

「請說。」

「你會讓你的孩子接受免疫工程療法嗎？我是說，如果他們罹癌的話。」

他說：「會。毫不猶豫。我會讓他們優先接受治療。他們是我的孩子，我願意為他們做任何事。哪個父母不是這樣？」

斯拉德科夫斯基用筆輕敲桌面。「只有你來嗎？傑克的媽媽也來了嗎？」

「還沒，不過她會來。我岳母剛好病得很嚴重。」

我想到安娜回家，看到玄關桌子上的那封信，背部微微出汗。

「好。你考慮一下。如果你們決定要讓傑克在這裡治療，最好盡快開始。另外，讓你知道一下，這次諮詢不收費，如果你們決定不留下來……」

我突然說：「會痛嗎？」

斯拉德科夫斯基皺起眉頭。「你是說免疫工程治療？」

「對。傑克因為化療、手術後復原，受了很多苦。我不想讓他再痛苦了。」

醫師說：「老實說，治療對每個人的影響都不太一樣。有些病人幾乎沒有副作用，我們發現這種現象在孩童身上更是常見。不過基於醫學倫理，我必須告訴你，可能有三成的病人會出現副作用，有些比較嚴重。嘔吐、盜汗等等，很多都是化療可能有的副作用。我必須說，我們很習慣控制這些副作用。我們有很多、很多新藥。傑克在英國還有安排做化療嗎？」

「有，下星期。」

「相信我，不會比那個更嚴重。」

斯拉德科夫斯基桌上的電話響了。「抱歉，等我一下。我恐怕得接這通電話。」他拿起聽筒，講了幾句捷克話後，把桌上一本便條紙拉過去。我看著他聽電話，點頭，不時用筆尾碰一下嘴唇。我記得**希望之地**上有人叫他低級醫生。他們說他太刻意用高級西裝、學究味的領結以及上層階級的英語口音來營造形像。但是我現在看著他在空白頁面上記下數字，整齊的白色外套透出學術氣息，一派沉著冷靜，別無其他。

「那麼，你決定了嗎？」

「我們什麼時候能開始？」

斯拉德科夫斯基醫師看著我，抓了抓下巴。「我很高興你願意開始治療，不過還得先做幾項檢查，看傑克適不適合。」

我說：「當然。」

他說：「這是標準程序，沒什麼好擔心的。我們必須遵守歐洲的醫療法，確定不會對傑克有害。」

「是，當然了，我瞭解。」

我跟著斯拉德科夫斯基醫師走出辦公室，沿著走廊來到一個有個玻璃屋頂的中庭，傑克正在那裡跟蘭卡玩丟接球。

醫師說：「哈囉，傑克。」傑克緊緊抓住我的褲管，沒回以笑容。

「那麼，我要帶傑克去檢查了。蘭卡，現在有空套房嗎？」醫師問那名接待員。

蘭卡笑著說：「當然有。傑克，你要不要跟我來？」

傑克問：「我現在要吃藥嗎？」

蘭卡愣住了，不知道要說什麼。

我說：「不用的，傑克。」我伸手攬住他，帶著他離開中庭。「只是做幾項檢查，都不會痛，我保證。」

傑克說：「好。那裡有電視嗎？」

蘭卡說：「有，有一部大電視。」

蘭卡帶我們到一間單人房，讓傑克躺在床上。一名護士進來，驗傑克的心率，又抽了血。護士把針刺進去時，我握住他的手，他沒退縮。等著醫師過來的同時，我想起在倫敦傑克開刀前做的檢查。好幾份問卷，沒完沒了的醫事檢驗，還有術前評估。這裡完全不一樣。一切都是那麼快速。一次簡單的血液檢查真的就能評估傑克適不適合治療嗎？

過了一會，斯拉德科夫斯基醫師進來，看了看傑克的檢查報告，然後要我跟他到外面去。我感覺到一股熟悉的害怕，身體一陣戰慄，因為我想起看煙火那一夜，跟安娜坐在倫敦冰冷的等待室時的感覺。

他說：「一切都很好，可以繼續。他的生命徵象都好極了。他是個堅強的孩子，我認為他非常適合進行免疫工程。」

我說：「謝謝。」這幾乎就像是他在跟我說傑克的癌細胞已經不見了。

「很好。現在只需要你簽幾份文件。」斯拉德科夫斯基說著，帶我沿著走廊走進一間忙碌的辦公室。「祕書會拿同意書及付款資訊來給你。我現在要去忙了，不過如果你有任何顧慮，或者有任何事想跟我談，請跟蘭卡說，我會找時間跟你碰面。」

我說：「謝謝你。」然後我們握手。

我看了文件，文件上有診所的標誌。內容主要是一些法律術語，重點摘要歐洲醫療法案的各個章節。如果安娜在這裡，她一定會把那些小字都仔細看過，逐一核對法條內容。

現在已經太遲了。這是傑克唯一的機會。我在文件上簽名，填寫付款資訊。治療很貴，但我有好幾張信用卡，也已經申請結清一個儲蓄帳戶。一定有辦法籌到剩下的錢。我們可以把房子拿去重新貸款，或者動用安娜的退休計畫。總會有辦法的。一定要找到辦法。

一名護士來幫傑克抽血後，我說：「傑克，你看這些雷射槍。」在傑克即將進行第一次注射的單人房裡，放了一些白色的器具，看起來像太空砲的機器，但是傑克沒看那些東西。他低頭盯著大腿。

「爹地？」

「嗯？」

「我要吃藥嗎？」

我遲疑地說：「是不一樣的藥。不過這種藥會幫助你好起來。」

傑克沒說話，看起來並不相信。

斯拉德科夫斯基醫師進來時，我正要給傑克看iPad上的東西。他走到一輛推車旁，拿起一個瓶子搖出一顆藥，放在小藥杯裡。

他說：「現在，如果可以的話，我們想給傑克吃一點輕微的鎮定劑。不過我們需要你同意才行。這只是讓病人在治療過程中更放鬆而已。可以嗎？藥效很快。」

我說：「當然可以。」

「很好，傑克，請你把這一顆小藥丸吃下去好嗎？」醫師說著，把藥杯和一杯水遞過去。

他說：「好。」然後訓練有素地把藥丸放在舌頭上，很快喝一口水把藥吞下去。

醫師說：「哇，真是很會吃藥的孩子。」傑克自豪地笑著。「好，現在我們要開始了。傑克，你願意的話，可以當我的助手。不然，也可以你當醫師，我當你的助手。這樣好嗎？」

傑克聳聳肩，看著我，彷彿我會告訴他答案。一名護士進來，在他的手臂上放了插管。傑克盯著牆上的月曆，月曆上有泰國的沙灘美景，一名穿著白色長洋裝的女子凝視著大海。

我看了一下手機，看安娜有沒有打電話或者發簡訊來，不過什麼都沒有。也許我應該現在告訴她，而不是讓她發現放在玄關桌子上的字條。

「好了，傑克，最痛的部分已經過去了。現在你甚至不會感覺藥流進去。」斯拉德科夫斯基醫師拿掉手套，說：「就這樣。」

他轉向我。「首先，我們要注入一點血液。」

我說：「這是經過疫苗處理的血液？」

「沒錯。」

「就是之前護士抽走的血？」

「對的。我們不想一直給他扎針，所以就使用準備測試時抽的血。」

我說：「這……這真的……實在是好快。」我確定曾經在**希望之地**上看過，有人說這間診所接受病人的速度很快。

斯拉德科夫斯基醫師聳聳肩。「我們每天治療超過一百個病人。這對我們來說是很平常的事。」

一名護士推著一臺點滴架過來，上頭掛了三大袋尿液色的液體。

「還有這個是第二部分。」斯拉德科夫斯基醫師說著，把推車拉靠近他。「這是各種化合物和礦物質，讓血液安定並均勻擴散。」

我說：「這麼多的液體。」我無法想像那些液體全部注入傑克的身體。

「是的，不過你別擔心。我們發現把它稀釋後，病人比較能接受。傑克開始注射後，你會發現他必須常常去上廁所……傑克。」醫生說著，從一個冷卻容器裡拿起兩管裝滿血的注射器。

「那是我的嗎？我的血？」

「是的，這會讓你好起來。可能會有點冷，但我保證，不會痛。」

斯拉德科夫斯基醫師將第一管注射器插入插管時，傑克興奮地說：「哇，好酷，血是冷的。」

「會痛嗎？」

傑克說：「不會。」

醫師說：「看吧，我就跟你說不會痛。這跟討厭的化療不一樣。」

傑克很快就睡著了，我聽著泵浦的聲音，想像著他的T細胞聚集在一起，準備進行最後一場戰鬥。

我又看了一次電話，安娜還是沒有消息。我不確定等她知道這件事後，她會怎麼做。我希望她會來布拉格，而不是報警或讓大使館介入。不過，把事情鬧大、受到矚目，不是她的風格。

我還能怎麼辦？談了那麼多次，我知道她不會改變心意。但如果她被我逼著來到這裡，她就會見到斯拉德科夫斯基醫師，她會知道這間診所是怎麼運作。在倫敦，這種治療方法太抽象，她不可能考慮。

我先不告訴她。我要再等一下。我需要更多時間，讓傑克順利開始治療。我再看一次手機，現在是布拉格的七點，英國晚一個鐘頭，於是我傳簡訊給她：

這裡一切都好，傑克心情很好，現在去小睡一下了。你媽怎麼樣了？（啾）

我等待回覆，沒收到。這一直是我們之間的笑話：安娜多快回覆簡訊。她會說，幹嘛等？只會忘了回覆。傑克還在睡，我用手機收信，有一封來自涅夫的訊息。

收件者：羅伯

寄件者：涅夫

傳送日期：二〇一四年十二月十六日（週二）下午一點〇五分

主旨：回覆：傑克

親愛的羅伯：

簡單跟你問好。希望你們平安抵達布拉格，而且一切都按計畫順利進行。我跟賈許說傑克去布拉格治療，結果他畫了一張圖給他。我把圖掃描存檔，隨函附上。好好保重。有我能做的，隨時告訴我。

涅夫

我點開附件。畫裡，一個小男孩坐在醫院病床上，頭上纏著繃帶。他旁邊有兩隻穿著護士服的恐龍，手上拿著一個托盤。背景是在戶外的草地上，頭上有顆炙熱的黃色太陽。

晚上傑克留院觀察。他們說新病人都這樣，是為了謹慎一點。昨天晚上安娜打過電話來，我把傑克的病房門關上，以免她聽到外面走廊傳來診所陌生的聲響。我說傑克上床睡覺了，這並不是謊言。

第二天早上，我在床邊的椅子上醒來，睡意未消，全身僵硬，看到斯拉德科夫斯基醫師站在傑克旁邊，將一顆藥丸推入傑克的舌頭上。

醫師說：「早安。我正在給傑克吃早上的藥。」

我轉頭看傑克，他帶著笑意，坐在床上，手臂上還繞著血壓計的袖套，旁邊一個托盤架上放了一盤吐司。我說：「美人兒，你今天覺得怎麼樣？」

傑克說：「很好，我吃了乳酪吐司，可是不是特製乳酪吐司。他們這裡沒有特製乳酪吐司。」

「太好了，傑克，你做得很好。」

就在這時候，我的手機噹了一聲，是安娜傳來的簡訊。

媽還在加護病房，對外界沒什麼反應。我好想傑克，好想回家，可是我目前無法離開。他好嗎？晚點打電話。（啾）

我緊盯著傑克。好久沒看到他精神這麼好。他的臉頰紅潤，頭髮恢復光澤。他說話時，眼裡閃閃發光。

一直忙著填傑克的資料表的斯拉德科夫斯基醫師轉向我，壓低聲音不讓傑克聽到。他說：「我確實有好消息要跟你說。雖然現在還有點早，看來傑克對治療很有反應。他的蛋白質標記非常好。我們已經很久沒有看到這種狀況。」

醫師拿出一張紙，用手指劃過一個圖表上的線條。「你看，他的GML和CB－11，都非常好。」

我說：「這些都是血漿蛋白吧？」

「對，血漿蛋白，沒錯。這是很敏感的指標。這是我們用來追蹤治療成效的其中一種辦法。簡單來說，這是衡量他的免疫系統抗癌成效的方法。」

我喘不過氣，頸背的汗毛都豎起來。跟傑克的眾醫師諮詢了那麼多次，我們從來沒有聽到過一丁點好消息。

「我……我……我不知道可以這麼快就判斷治療有沒有效。」

「其實，寇茨先生，這就是我本來要跟你談的。是這樣的，免疫工程就像騎在浪頭上，重點就在於設法把浪頭極大化。你懂我的意思嗎？」

「抱歉，我聽不太懂。」

「該道歉的是我，請原諒我英文不好。我再換個方式解釋。傑克的身體正在激烈奮戰。非常激烈。你看他紅色的臉頰，看他的精神變得比較集中。唔，那是他的身體在加班工作，我們稱之為免疫反應。這是很好、非常好的現象。從之前的病人累積的經驗，我們發現現在是乘勝追擊、再給他注射一次的好時機。」

我再度看著傑克，他在玩iPad上的遊戲，那是他一個星期前不想玩的遊戲。斯拉德科夫斯基醫師說的對。情況有了改變。他變得更敏銳，跟他之前的樣子完全不同。傑克抬頭看著我，露出笑容，眼睛跟飛碟糖一樣又大又甜，下面的黑眼圈幾乎不見。

「你是指繼續下一階段的治療？」

「沒錯，寇茨先生。本來是預計三天後進行下一輪，但我們建議今天就做。這表示他今天要留在這裡觀察。」

「我瞭解。」說著，我拿出手機。「不過，請等我一下，我需要確認一件事。」

醫師說：「當然了。」我登入手機的銀行程式時，他把視線挪開。儲蓄帳戶已經轉帳成功。

我說：「好，就這麼辦吧。」斯拉德科夫斯基醫師微笑，向護士點了點頭。

護士遞給他一個寫字板時，醫師說：「好極了，不過，我需要你再簽一份同意書。歐盟法律對劑量有一定的規範和程序，若要縮短用藥間隔，我們必須取得你的同意。」

在表格上簽了名後，我到外面走廊去，走廊上掛了一排被斯拉德科夫斯基救活的病患照片。我感覺一股刺痛從脊椎往上爬。要是傑克真的好轉呢？對賈許有效，為什麼對傑克會沒效？

我知道我必須打電話給安娜。要是她來這裡，看到他，她會改變想法。我想要她看看他臉頰的顏色，看他跟著《火車頭艾弗》朗讀。我要她看到，好幾個星期以來，他第一次快樂又心不在焉地吞下一片吐司。

安娜接起電話，說：「嗨，親愛的。」

「嗨。你媽怎麼樣了？」

「她好多了。本來很危險，看來她是奇蹟似地好轉了。」

我說：「啊，那真是好消息。」我知道我必須現在跟她說。

「是啊，她正坐在床上，叫護士做東做西。他們認為她應該會完全復原。」

我說：「啊，真好。」

安娜說：「那傑克呢？」我感覺心跳加快。

「他很好，正在玩 iPad。」

「真的嗎？那很好，他最近都不太玩 iPad 不是嗎？」

「對啊，其實，那就是我想跟你說的……」

我打住，我的嘴巴突然變得很乾。

「羅伯，沒事吧？傑克沒事吧？」我可以聽到她聲音裡的驚慌。「羅伯？羅伯？你快說。」

「安娜。有件事我必須跟你說。」

「天啊，不是傑克吧？」

「安娜，他很好，只是……只是……」

「只是什麼？羅伯？發生什麼事了？」

「我們在布拉格。」

「你們在布拉格。」她說：「你在說什麼？我聽不懂。你們在布拉格是什麼意思？」

線路裡一片靜謐，深吸一口氣。接著是停頓，窸窣聲，然後是椅子拖過地板的聲音。

「啊，羅伯，拜託告訴我你們沒有在那間診所。」

「安娜，請你聽我說完。」我在走廊上來來回回，我的聲音在顫抖。「我知道我不該帶他來。這樣不對，但請你，請你聽我說。他的臉頰有了血色，他在說說笑笑，跟之前完全不一樣……太神奇了，你一定要看看他。」

「等一下，什麼？我不敢相信你現在跟我說的話。你是說，他接受治療了？拜託告訴我他沒有，羅伯，拜託告訴我這不是真的。」

「對不起。我知道我應該跟你說的。他才剛開始接受治療，可是他們已經看到效果——這麼快。他們說作為指標的蛋白質數量大幅增加。真的很神奇，光看他的外表就看得出來，他的身體正在奮戰。安娜，拜託，你一定要來，你自己親眼看。我很抱歉我瞞著你帶他過來，但那是唯一的辦法，而且真的有效，安娜，真的有效果。」

安娜問：「羅伯，這是真的嗎？」她的聲音像冰冷的刀一樣切過來。我聽得出唾沫與怒氣。

「我不敢相信你會這麼做，我不敢相信……」

「安娜，我知道你很生氣，你絕對有權利生氣，可是拜託，拜託，我求你來一趟。請你來看看他的狀況有多好。」

安娜沒說話，我聽著她急促的呼吸聲。「我不知道要說什麼。你本來應該好好照顧兒子的，結果你綁架他，你綁架我們快死掉的兒子。」

「安娜，拜託你來，你必須來。」

「你不要跟我說我該做什麼。我應該報警，可是你當然清楚，我永遠不會那麼做。你計畫這件事多久，羅伯？一星期，一個月？我敢說你一定不敢相信自己那麼走運，我媽剛好這時候生病了……我不准你同意進一步治療，羅伯，你聽到沒？你有沒有在聽？我不准。我搭最早一班飛機去帶傑克回家。」

我想說話，她打斷我，她氣得連聲音都在顫抖。「羅伯，我永遠不會原諒你。」說完她就掛上電話。

我感覺胸口緊繃，深吸一口氣，回病房去看傑克。他帶著笑意，正在看iPad上的東西。安娜此刻應該打開筆電訂最早一班飛機。我看著傑克，他餓得把一塊塊香蕉塞進嘴裡。等她看到他，我知道她會瞭解的。

傑克在窗邊等，看到外面安娜搭著計程車來了。那天晚上我們住在一間跟診所相連的公寓，診所給了我們一個緊急號碼，萬一傑克出現副作用，可以聯絡他們。公寓乾淨、明亮，就像一間高檔的市區旅館，現代化的白色裝潢，太空風格的廚房，還有一臺平面電視。

我們一開門，傑克就喊：「媽咪！」

「小傑克。」她說著，伸手抱住他。「啊，我好想你。來吧，我們到裡面去，外面冷死了。」

上樓時，我問：「飛行順利嗎？」安娜沒回答，她不肯正眼看我。

她環顧公寓，彷彿在檢查，然後跟傑克一起坐在沙發上，傑克給她看我們在機場買的火柴盒小汽車。

安娜唸了一個故事給傑克聽，之後傑克睡午覺，她回到客廳，坐在角落的塑膠椅上。

她輕聲說：「我現在非常氣你。」我從沒聽過她用這樣喘不過氣來的語氣說話。「你帶生重病的孩子搭飛機到布拉格，而且沒跟我說。我不敢相信你會做這種事。」

「我很抱歉沒先跟你說，可是……」

「羅伯，你是白癡嗎？我可以報警。我絕對有權利那麼做。而且，你沒考慮過傑克嗎？你沒想過這對他的健康會是多大的衝擊嗎？」

「我說了，我很抱歉。但我這麼做是為了傑克。我做了我認為對的事。」

「對，這一點你說的很清楚了。」

「你看到他了嗎，安娜？你有看到他看起來多好嗎？」

「對，他看起來確實很好，我很高興。但他每次完成化療後看起來都很好。」

「老天，安娜，你看他。等他醒了，你好好看看他。」我稍微提高聲音，惹得安娜去確認傑克的房門有沒有關好。「自從他來到這裡之後，簡直就像變了個人。各方面都進步。他的胃口變好，他講話更清楚有力。醫師說這兩點都可能是腫瘤縮小的徵兆。他……」

「可以告訴我他到底接受了什麼樣的治療嗎？」

「呃，就像我在電話裡說的，他做了兩回免疫工程。」

安娜把頭埋在手裡。「我還是不敢相信，羅伯，你怎麼會做出這種事？」

「可是他的反應非常好，比對化療的反應好多了。沒有副作用，完全沒有。」

「所以你現在是醫生了？誰知道他們到底給他打了什麼？」

我深吸一口氣。「哎，我們這樣吵不出結果。我再說一次，我很抱歉瞞著你把他帶到這裡。但我只是不知道還有什麼別的辦法，你又拒絕討論。」

「拒絕討論？這間診所的事，我們討論過很多次，非常多次。我們一天到晚討論。事實上，這是你唯一想討論的事。你走火入魔了。」

「對，我走火入魔。」我走到角落櫃去，給自己倒了一杯我在免稅店買的威士忌。安娜瞄了一眼杯子，立刻轉開視線。「就像我說的，我們的想法不一樣。我在情急之下，做了我認為對兒子好的事。」

「哎，拜託，不要在你做了這種事之後，又扮演絕望的爸爸，想要讓我同情你。羅伯，你經歷的每一件事，我也正在經歷。你以為我想丟下傑克，去照顧我媽嗎？你能夠想像把他，我的小寶貝，這樣丟下，我是什麼心情嗎？」

「我只請你，安娜——我懇求你——跟斯拉德科夫斯基醫師見一面。他說也許有機會能治好傑克的病。他們以前對得到膠質母細胞瘤的孩子有過很好的結果。」

「喔，我相信他真的這麼說了。」

「安娜，不是那樣的，相信我。」我說：「真的，他說很多患膠質母細胞瘤的孩子在他的照顧下還是走了。」

我的聲音破碎了，我氣急敗壞地哭了，就像小時候最討厭的冤屈：說實話卻沒人相信。「他不是製造奇蹟的人，安娜，他只說他可以給傑克一個機會。」

「是啊，他每次都這麼說。」

「他每次都這麼說？這是什麼意思？」

「羅伯，網路上到處都看得到。有幾個論壇專門在討論斯拉德科夫斯基的診所。你都沒看過，還是你只看那些發光的見證？」

安娜從她的登機箱裡拿出一個資料夾。「我怕你不相信我，所以我帶來給你看。」

安娜遞給我一些列印資料，是從一個叫「斯拉德科夫斯基的其他病人」的網站印下來的。我翻了一下，沒有認真看內容。「幾張從某個胡言亂語的部落格上印下來的東西，這樣就想說服我？」

「你連看都不看嗎？網路上跟斯拉德科夫斯基有關的東西你都看。你用這種東西轟炸我好幾個禮拜，結果我要給你看可能跟你的說法不一樣的東西，你就不想聽了。」

我坐在沙發上，開始讀幾則病人的見證。那個網站看起來有點眼熟，我想我之前一定看過。娜塔莉．P，彼得．R，艾咪．T——都是孩子，姓氏看起來像是日耳曼語或奧匈語。

他們的故事一開始都一樣，熟悉的情節，我已經讀過好幾次：令人心碎的診斷，所有治療方法都沒用。可是這些孩子在斯拉德科夫斯基醫師的治療下，並未好轉。他們的腫瘤又回來了，而且擴散得比之前更快、更凶猛，欠了成千上萬英鎊或美元之後，他們回家，看著孩子死去。

我把那幾張紙丟在沙發上，說：「那又怎樣？我之前應該就看過了，那不代表什麼。斯拉德科夫斯基一再說並不是每個人都對免疫工程有反應。有些人有效，有些人無效，他並沒有說他清楚原因。對這一點，他從一開始就毫不隱瞞。老天，連我們要簽名的責任聲明書上都寫得很清楚。這種療法對這些孩子沒有用，我懂，我也替他們、替他們的爸媽難過，可是它確實對別的孩子有效。」

「對，賈許。」

安娜在她的袋子裡翻找別的東西。

「什麼意思？」

「意思是對賈許有用這一點，我有所懷疑。」

我不敢置信地搖頭。「你在說……」

「你看。」安娜說著，把另一份列印資料塞進我的手裡。「這是從**希望之地**上印下來的。你可能從來沒看過。」

涅夫
作者：Chemoforlifer
時間：二〇一二年十月十九日，週五，上午六點〇三分

論壇所有成員請注意：

很多希望之地上的人一定都看過我偶爾會跟涅夫意見不合。關於這一點，我想給你們看一封信，這是一位論壇成員寄給我的，對方希望保持匿名。

Chemoforlifer你好，我在瀏覽論壇貼文時，看到一件有點奇怪的事，是跟一名論壇成員涅夫有關。我想你應該知道，在大衛的人生接近盡頭時，我們去了斯拉德科夫斯基醫師的診所治療。從那時候開始，我們就很常在「斯拉德科夫斯基的其他病人」這個社團活動。看到涅夫貼文說斯拉德科夫斯基醫師救了他兒子賈許的命，我很驚訝。我們跟涅夫同一時間去了那間診所，我也記得賈許。我們看到他時，他的狀況不太好，幾乎已經處在生命的最後階段。

這件事我記得很清楚，因為我在診所跟涅夫聊過，如果他兒子死在布拉格怎麼辦，他要怎麼把他的屍體送回國。

當然，我們帶大衛回家時，涅夫和賈許還在那裡，所以有可能賈許的病真的好了，可是就

我們對這種可怕的病的瞭解，似乎不太可能。

希望你不介意我寫這封信給你，但我一直放不下這件事……

我一直在想該不該公開這封信，不過最後決定這樣最符合本論壇的利益。

管理員ChemoForLifer

「老天，這太可笑了。這只是論壇的是非而已，不能證明什麼。人與人之間總是有各種陰謀與紛爭。這傢伙，連名字都不敢公開的傢伙，是另一個病人群組的一員──他本來就跟診所有過節。事實上，他說的事完全沒有跟涅夫的說法互相矛盾。完全沒有。他自己也說賈許去斯拉德科夫斯基診所時病得很嚴重，後來好轉了。更重要的是，安娜，我看過賈許。我的筆電裡有一段影片，還有很多他的照片。」

安娜舉起雙手。「我就知道，這些都沒用。誰跟你說什麼都沒用，是吧，羅伯？那也不重要，但你到底為治療花了多少錢？」

「我用信用卡付的。」

「好極了。剩下的呢？你打算怎麼還錢？」

「安娜，我們有好幾個辦法。我可以跟史考特借。退休計畫、儲蓄帳戶，有很多……」

「所以我們就是把全部的錢──全部──丟進去，去資助一場詐欺，一場騙局？」安娜哼了一聲。「你好像覺得我們根本不需要錢。」

「喔，我們需要嗎？」我開始顫抖，低聲哭了起來，因為我知道現在傑克最後的機會正在溜走。「現在我們需要錢做什麼？」

安娜沒回答，而是走到沙發來，蹲在我旁邊。她壓低聲音，幾乎只發氣音，好確定傑克不可能聽到。

「你有概念嗎？你知道這些事要花多少錢嗎？」

「什麼事？」

「死亡啊，羅伯。」她說得很小聲，我可以聽到她的聲音裡面柔軟而壓抑的怒氣。「讓傑克盡可能舒服一點，不管要花多久時間。支付最好的私人安寧病房，請二十四小時的看護，好讓他可以平靜度過最後的日子。這些都要花錢，羅伯。那是我現在最在乎的。其他的我都不管。」

我們聽著外面一輛警車呼號。

她說：「我來這裡只為了一件事，就是帶傑克回家。等他醒來，我就要打包我們的東西，帶他搭下一班飛機回倫敦。」

德國上空某處

傑克，你搭飛機的時候，就像被施了定身術，
整張臉黏在窗戶上。
神奇的是，你對我們怎麼飛上天、
怎麼落地的機械原理一點也不感興趣，
你只想拍窗外的照片。
我記得你拿著相機的樣子，就跟爹地教你的一樣，
兩隻手緊緊抓住相機，慢慢轉動，
確定把所有的東西，雲朵，夕陽，
數不盡的深藍色漣漪，統統都拍進去了。

18

耶誕夜前一天，我們三個坐在沙發上看《雪人》。客廳一塵不染，我們的耶誕樹掛著閃亮的燈，安娜用紙編出複雜的紙鍊，一路掛上樓梯和樓梯間。耶誕卡太多了，沒地方擺，於是安娜把它們吊起來，玄關上，客廳牆壁上，掛得到處都是。

今年大家的卡片寫得特別用心。不是只有「班森全家祝您耶誕快樂！」，而是願我們平靜與堅強，說他們時刻惦記著我們。沒有人提到新生兒、即將來臨的婚禮、愛丁堡公爵獎。

這是傑克第一次看《雪人》，我從來沒見過他看得這麼專心，蒼白憔悴的臉被螢幕上的雪花照亮。在看動畫的過程中，我感覺到一點小小的驕傲，因為我小時候喜歡的片段，傑克也喜歡。他開始坐立不安的地方，他看我一眼、拿著襪子動來動去的地方，是剛開始沒多久，雪人試穿衣服、戴假牙，還有爬進明亮的冰箱裡時。那些片段總是讓我覺得很無聊，看到傑克也有同樣的感覺，讓我很高興。

吸引傑克的，似乎是悲傷的片刻：耶誕節還沒到來時的無聊與不耐；想去外面玩雪的迫切心情；還有最後，雪溶了，第一抹新綠冒出來時，那奇怪而稚嫩的失落感。

這是我們第七個、也是最後一個耶誕節。我們好幾個星期前就在準備了：耶誕餐桌、放在傑克襪子裡的禮物、樹下的禮物。安娜列了清單，派我去買紙巾、餅乾、調酒要用的柳橙汁。物品細節不是隨便寫的：超市切片全麥麵包、玩具店的廉價賓果組、超大盒巧克力。她想要重現我爸以前在羅姆福德的家過的耶誕節，最後一次。

《雪人》演到最後時，我緊盯著傑克。雪融化了，地上只剩下雪人的帽子和圍巾。鏡頭從蹲在地上的小男孩身上移開時，傑克一動也沒動，迷失在白茫茫的風雪中。

那天晚上，安娜和我送傑克上床睡覺時，他問：「爹地，雪人去哪裡了？」

我不知道要說什麼。我不想說錯話。我想到那一小堆雪，留在地上的圍巾和帽子。

我說：「他回北極去了，傑克，去看其他雪人。」

傑克想了想我說的話，把頭轉到旁邊去。

他說：「他在跟其他雪人開派對嗎？」我想到幾個雪人圍著火堆跳舞的畫面。

「就是這樣，傑克。他們會玩得很開心。」安娜說著，把他頭旁邊的燈調暗。

傑克似乎滿意。他伸手，開始一張張摸著他的照片：艾菲爾鐵塔、帝國大廈、臺北一〇一。

「你跟媽咪今天晚上都在家裡睡覺嗎？」

我說：「當然啦，美人兒。我們每天晚上都在這裡睡覺。」

傑克停頓了一下。「爹地，你為什麼睡在樓下？為什麼你沒有睡在媽咪的床上？」

安娜和我心虛地互看一眼。我說：「喔，爹地最近睡不好，不想吵到媽咪。」這句話只有一半是真的。

傑克想了想我的話。「就算我睡著了，你們兩個也會在家裡嗎？」

安娜說：「當然會啊。我們一直在這裡，如果你需要什麼，喊一聲，我們就會過來，好嗎？」

「那要是我出去了，你們也會跟我一起去嗎？」

我說：「一定會。我們永遠跟你在一起。」

「就算我去北極看耶誕老公公？」

「對。」我把被子塞在他的身體下，確定他的兩條腿沒露在外面。「去北極一定很好玩。只不過我們一定要穿得很溫暖。」

傑克幾乎自言自語地說：「舒服得不得了。」

我跟著說：「舒服得不得了。」

傑克含笑窩進枕頭裡。我以為他就快睡著，他又開口了，稚嫩的聲音說得清清楚楚：「我們死的時候，會去哪裡？」

他的口氣非常平淡，我不知道他指的是所有的人，還是在問自己的命運。

在黯淡的燈光中，安娜和我看著彼此。傑克知道自己快死了嗎？這個問題，我每天要問自己千百次。是蜘蛛人來看他時，還是他收到1A全班同學寄來的一大疊手工卡片時，他突然明白了？

我們看過該跟將死的孩子講什麼的說明書。我們跟弗拉納根醫師和哈里街診所的輔導員談過。他們說，傑克這年紀的孩子很麻煩，剛好處在分界點。雖然他會對死亡有一定的想法，但他所理解的概念又是原始而粗淺的。他們說，就照我們的感覺去做吧，就好像決定要不要跟孩子同睡一張床一樣。

安娜輕快地說：「這個嘛。」這時我知道了，她早就準備好面對這個問題，所以她知道該說什麼。「我們死的時候，會去天堂。」

傑克說：「天堂是什麼樣子？」

安娜說：「天堂，是天底下最快樂的地方，你的家人和朋友都在那裡，而且你想玩什麼、想做什麼，都可以。」

傑克笑了。「那裡有ＰＳ嗎？」

她愉快地說：「當然有啦。那裡有ＰＳ，還有你最喜歡的玩具和你最喜歡吃的東西，全部都有。」

「那裡有麥當勞嗎？」

安娜哈哈笑。「那裡絕對有麥當勞。」

傑克笑得咧開了嘴，但接著臉色又轉為嚴肅。「你跟爹地也會在那裡嗎？」

我試著照安娜輕快的語氣說：「我們當然會在哪裡。」我伸手握住安娜的手，我的身體圍成一個小小的繭。「我們會一直跟你在一起，所以你永遠也不會孤單。」

傑克鄭重地點頭。我又補上一句：「不過別忘了，小麻煩，我們會一直盯著你。」我輕輕地彈了一下他的耳朵，把被子拉到他的身下塞好。「確定你有寫功課，沒吃太多漢堡。」

傑克咯咯笑。「我要吃一百萬個漢堡。」

「一百萬個？」

他得意地點頭，說：「真的。」他累了，他的眼睛開始顫動。「爹地。」傑克說著，又從枕頭上坐了起來。

「嗯，美人兒？」

「我們之前不是講到特別的事嗎？」

「對。」

我們之前問傑克，他有沒有什麼特別的事想做。他的心願總是很小。不是去迪士尼看米老鼠；不是去佩佩豬樂園，也不是去白金漢宮看女王。都不是，他很堅定。他只想去麥當勞吃冰淇淋。

「我們可以再做一件事嗎？」

「都可以，傑克，你想做什麼都可以。」

「我們可以再上去一次倫敦眼嗎？我想到最上面去。」

主旨：回覆：傑克
傳送日期：二〇一四年十二月二日（週二）上午十二點〇五分
寄件者：羅伯
收件者：涅夫

親愛的涅夫：

我之前寫了封信給你，但沒收到你的回信，希望你一切安好。正如我跟你說的，儘管傑克的情況明顯有改善，我們還是停止了在斯拉德科夫斯基診所的治療。我們一回到倫敦，傑克回去做化療之後，他的情況又惡化了。

我還沒能完全接受這一切。現在什麼都沒有了。沒有指望了。我希望我可以說，我不怪安娜，可是有一部分的我確實怪她。他本來已經好多了，那是我親眼看到的。對你所愛的人有這樣的想法，很可怕，但這是事實。

我們沒提那件事——傑克快死了的事。我們現在什麼都不說了。我們只假裝沒那回事。我還不敢相信事情會變成這樣。我不敢相信很快我就會失去我可愛的兒子。

希望你和賈許一切平安

羅伯

我們把自己裹得緊緊的，對抗寒意，抬起傑克的輪椅，放在車廂邊，然後開始慢慢上升，迎向夕陽。一升到泰晤士河上方，城市的燈光在水面上閃閃發亮，傑克立刻拿出相機，開始拍照。

我們繼續爬升。亨格福德橋、南岸中心，從一堆毫無特色的灰色煙囪中冒出來，這些傑克都認得，所以我指給安娜看。對岸，空軍紀念塔在陽光中閃著微光，守護著懷特霍爾宮和國防部。繼續往上，還可以看到聖詹姆斯公園、綠園，還有再過去的海德公園，一路延伸深入城市。

這是史考特安排的。傑克提出要求後，我打給倫敦眼的預約專線。倫敦眼在耶誕節當天不開放，而隔天的票都賣完了。我懇求預約人員，我說傑克病得很嚴重，問她能不能幫個忙。她要我在線上等，她去請示主管，可是不行，她很抱歉，他們無能為力。

我打給史考特。我們這陣子幾乎沒講話，只交換了兩、三封簡訊，在我去布拉格那時候他寄來一封信，說他想到我，有什麼他能做的，一定要跟他說。

所以我找上他。我說，史考特，你認識很多人，你常誇口說你認識倫敦所有執行長。所以請你幫幫忙，因為我們可能沒多少時間了。

史考特一個鐘頭後就回電了。他幫我們安排了最佳時段——耶誕節隔天節禮日的日落時分，而且我們可以獨享整個車廂。

我們爬到更高的地方時，安娜問傑克：「要不要幫你轉個方向，這樣看另一邊更清楚？」他說：「好。」其實他並沒有真的在聽，而是拼命拍照，像個怕漏掉精彩畫面的狗仔記者。

我們知道他剩沒多少時間。他的語言能力有了變化。他會忘記要講什麼，重複同樣的話。他很虛弱，若是要出門比較久，就需要輪椅。就像醫師警告過的那樣，他越來越心不在焉。他做每件事都很慢，很小心——走路、拿起湯匙、吃一片吐司。就好像看某人赤腳走在潮池裡。

隨著摩天輪繼續往上升，安娜說：「傑克，你看，大笨鐘。」我們轉頭去看國會大廈，從底下點了燈，四面大笨鐘掛在空中，像幽靈球。坐在輪椅裡的傑克轉身，又拍了好幾張照片，一會拉近，一會拉遠，轉換相機的角度，直的橫的都拍。

製造回憶，**希望之地**上的人這麼說。我從來就沒懂過這四個字。那會是我們，我和安娜的回憶，不會是傑克的回憶。

「這裡好高啊。」我們已經在車廂的每個角度，看遍下面的景色。金絲雀碼頭、碎片大廈、聖保羅大教堂周圍那小巧可愛的街區。

傑克把相機放在膝上的毯子上，喊了一聲：「爹地。」他的聲音聽起來異常清晰——是我記憶中幾個星期前的傑克。

「很高吧？你喜歡嗎？」

傑克點頭，露出笑容。「等我好一點，我們會去爬更多高樓大廈嗎？」

「當然會。」

「巴黎的艾佛鐵塔[7]？」

我摟住他，說：「會。」

「還有雞籠坡那個。」

安娜輕聲笑了，把手放在傑克的肩上。「會，小乖，吉隆坡。」

「對。」傑克低頭看著泰晤士河。「吉隆坡。」

「還有杜拜那個？因為那是全世界最高的大樓，爹地。」

我頓了一下，把眼淚逼回去，因為我不會讓他看到我在哭。我說：「全部都可以去，傑克，每一個都去。」我的聲音開始破碎了。

「因為啊，爹地，到這麼高的地方，會穿過雲，那就好像搭飛機一樣，接下來就可以看到太空船、太陽還有星星……」

傑克的話還沒說完，一道來自落日的光芒點亮車廂，宛如遠處無聲的爆炸發出的閃光。我們蹲下來，摟著傑克的肩膀，聽著齒輪的鏗鏘聲，凝視夕陽餘暉。這時，傑克突然慢慢把自己從輪椅上撐起來。他晃了一下，抓住扶手穩定身子，又開始拍起照片來。城市微弱的燈光映照在暗紅色的天空上。山峰與谷地，發光的雲海。他每個地方都沒放過。

我們決定艾許伯恩之家是適合傑克靜養、死去的地方。我們挑選這個地方，就跟挑選傑克的學校一樣慎重。我們先看了介紹手冊，再去參觀設施。我們討論員工的各項優點、遊戲間大小、餐廳的選擇。

雖然那是一棟維多利亞時期的建築，但並沒有給人不祥的印象。它的磚石明亮，帶點紅色澤；花園照顧得很好，種滿奇花異卉；迴廊明亮、空氣流通，用院民的藝術作品裝飾，寬敞得足以讓好幾張輪椅輕鬆錯身而過。我們的房間裡有一張雙人床，巧妙地用活動式隔板跟傑克的床分開來。我們一家人睡在同一個房間裡，就像傑克剛出生時那樣。

傑克多半時候都無法跟外界交流。腫瘤壓迫了大腦重要部位，讓他變得更疏離，更無法表達情緒。現在不做化療了，他的頭髮長了，又有點不聽話了。他的眼裡有種不安、遙遠的神色，一種永遠不該出現在孩子身上的眼神。

美術課、吵醒大家的卡拉ＯＫ、超級英雄日，這些傑克都渾然不覺。他甚至不再認得那些照片：摩天大樓、我們貼在他的床周圍的全景圖。那速度快得讓我震驚。他自己的身體就這麼輕而易舉地背叛他。

---

7 因為傑克口齒不清（Ivor Tower），其實是指艾菲爾鐵塔。

接著，傑克的腦部又起了變化。腫瘤轉移，長大，或者入侵新的腦葉，雖然我們認為他還是聽得懂我們說的話，但傑克突然無法說話了。現在他只是一直睡覺，他的身體已經被死神收管。

這樣看著死亡漸漸接近，看到傑克的皮膚變得蒼白，不管我們如何擦洗，他的頭髮依然油膩打結。所有身體外顯的衰敗跡象──他的口氣發酸，皮膚乾燥脫落，指甲上出現橫紋──在在提醒我們，恐怖的現象正在他的體內肆虐。

多久？還有多久？我們這樣問醫師，問護理長，問任何可能知道、願意聽我們說的人。然而問這個問題，讓我感覺我們是在背棄他。

我不知道我是怎麼知道那一刻要來了，但我就是知道。我們兩個都知道。我把頭放在傑克的胸膛，雙手抱住他小小的身軀，然後我感覺安娜的手臂抱住我，也可能是安娜先抱的，我們的身體就像保護雛鳥的翅膀，我們就這樣抱了十分鐘、二十分鐘、三十分鐘。

我很想這麼說，傑克伸手過來撫摸我的手，劃過指節、我的拇指和食指之間的曲線，又或者用滿懷愛意的眼神看著我，可是並沒有。他的手就像濕冷的冰塊。他的眼睛呆滯、渾濁，已經不屬於這個世界。

接著我們聽到輕輕一聲粗嘎聲，我們把他抱得更緊，然後屏氣等待，等著，希望能聽到他的呼吸聲。我們繼續等待，既希望他還有呼吸，又希望他不再呼吸。我仔細聽了又聽，然而這次我知道不會再有呼吸聲；這次我知道他已經走了。

我從傑克的身體上退開，環顧四周。很多人堅信臨終故事，看到靈魂離開房間的溫馨神話。可是在艾許伯恩之家，一切如常。沒有光束，窗戶沒有輕微顫動。外面天色還是灰白的。傑克的小小兵水壺還裝滿了水放在桌上。我可以聽到遠處響起醫院的鐘聲，有那麼片刻，我以為那鐘聲的頻率和音調有點不一樣。我又聽了一次。不，是一樣的。

在寂靜的病房裡，我的呼吸聲突然變得很大聲。安娜還跟傑克一起躺在床上，雙手抱住他的頭頸。他來自她的身體，她要盡可能陪著他。

我看著傑克。有人說，人死後身體看起來很空洞，因為少了靈魂而失去生命力，就像蛇褪去的皮膚。但它仍然是他；這副身體仍然是傑克。他看起來並沒有很安詳——那只是生者的幻覺——他的臉幾乎沒有表情。真要我分類的話，我只能說，那個表情就是他。那是他；仍然是他。

之後，我按了緊急呼叫鈴。是為了安娜，而不是為了傑克。因為她勉強自己離開傑克的身體後，膝蓋一軟，幾乎跌下去，我還抱住她，就像我們兩個之前摟住傑克一樣。可是她掙脫我的懷抱，用頭去撞牆，一次又一次，撞到鼻子出血，滴到黃色磁磚上。

氣球是蘿拉建議的。告別式後，日落前，大家聚集在院子裡，讓手上的氦氣球飛上天。每個人都用彩色簽字筆把獻給傑克的話寫在氣球上，然後數到三，大家一起把那些話送到天堂去。

我一點也不喜歡這個建議。我覺得有點浮誇，甚至有點假。以為每個死去的孩子都得有個東西來定義他——彷彿傑克對氣球的喜愛，就是他最後會被記得的方式，彷彿一顆氣球，就是他這一生的總結。

傑克一定不會贊成。他會覺得很討厭，很不恰當。氣球不是拿來寫字的。

我跟安娜說：「也許不要在氣球上寫字吧。要不然去跟**手機倉庫**拿一些也可以，他一向很喜歡他們家送的氣球。」

安娜說：「那只是氣球而已，從哪裡來的並不重要。而且我覺得在上面寫字是很好的主意。」

我悶悶不樂地閉嘴。

傑克的葬禮。我對那天記得的不多。無聊的人群，不斷來握我的手。安娜的母親，輪椅上的幽靈。我記得我很討厭看到她，還活著的她，我恨她得到了第二次機會。

那一天在鎮定劑和威士忌包圍的濃霧中過去。山丘上的教堂——「可愛的環境，好像傑克，非常適合傑克」——除了老人，大家都要穿鮮豔的顏色出席，因為「傑克會想要那樣」。蜘蛛人主題出場時，一陣笑聲。在小男孩的葬禮上笑。「他會喜歡的，啊，傑克一定會喜歡的」、「你們家的傑克，真的很愛笑，不是嗎？」他們都錯了。他們一點也不瞭解傑克。他很吝惜笑容，彷如他認為笑容是限量的。他並不是看到人就笑。

我們選擇土葬傑克，因為我們受不了看到他被火燒。火葬適合老人，但不適合年輕人。而且他一直很怕火。他很小的時候，我們就教他要害怕爐子上滾燙的鍋子，他一直很聽話。裝在他房間裡閃著紅燈的煙霧警報器，讓他很安心。

我看著他被放入地裡，泥土覆蓋住他。我滿腦子都在想，躺在那口木箱裡的是傑克，穿著他的蜘蛛人睡衣，小熊、手電筒，還有他全部的寶可夢卡都在他身邊陪他。永遠不應該有那種尺寸的棺木才對。

回家的路上，安娜在車上說，我們收到一些很感人的卡片。粉彩色、淡藍色、深紫色，老太太的開襟毛衣的顏色。他們在卡片裡都說傑克是勇者，是鬥士。天堂裡的天使。活聖人。他們說他感動人心。大賣場裡一英鎊二十分就能買到的美工紙。

啊，他們就愛裝，是吧？他們以為我們沒看到他們的臉書貼文嗎？他們寫，今晚抱抱你的孩子，睡前多花幾分鐘陪他們。然後他們貼了傑克的照片。我們的傑克。

他們說，這件事讓人明白，生命有多寶貴，務必珍惜所有。他們沒想到這些話隱含什麼嗎？他們的孩子還活蹦亂跳，他們今晚可以擁抱他們，呼吸他們的氣息，等他們醒來後聽他們唱歌。他們說，可憐的小傑克。他去了更好的地方。但他沒有啊。跟我們一起在這裡，才是更好的地方。傑克只是走了。天上沒有遊戲聚會。他不是鬥士，不是看顧我們的天使。傑克做了他能做的，從沒抱怨。他靜靜地承受病痛，那種堅忍刻苦的態度，是我從未想到會在小孩子身上看到的。

回到家裡，大概還有二、三十個人在那裡，親朋好友，幾個年紀比較大的孩子。安娜做一些傑克愛吃的東西，還有蛋糕。有幾個人帶了小點心來。傑克的照片在大電視螢幕上循環播放。

到了放氣球的時間，外面下起雨，風變大了。等大人都寫好訊息，孩子們都畫好圖之後，我們一起倒數，然後放開氣球，讓它飛上天。我用黑色簽字筆寫：

傑克，我們永遠不會忘記你，愛你的爹地。

我用這句冰冷、粗糙的話表示不以為然。我非常生氣，一名外人竟然告訴我要怎麼記得我的孩子。我不知道安娜寫什麼，我也不想看。

我站在安娜旁邊，站得很近，但沒有碰到她。有人，不是我，給她披上一件外套。氣球沒飛很遠。有幾顆一直沒飛上去，就在後院地上彈來彈去。有一些卡在車庫屋簷下。一顆氣球刺到蘋果樹的樹枝，啪一聲破了，我忍不住微笑。傑克會喜歡的。

★

我喜歡想像傑克是以另一種方式死去。在希臘時，中午吃完飯，有時我跟他去散步。我們從旅館出發，沿著隱藏在長草叢裡的步道往海邊走，步道蜿蜒如溪，我們一直走到第二個沙灘，那裡有船，還有總是逗傑克笑的魚販。

有一天，濱海步道空無一人，陽光毒辣，所以我們躲在一棵樹下，喝塑膠瓶裡的水。傑克開始想睡覺，把頭靠在我的肩上。

我們就這樣坐了一會，聽著風以外的聲音。蟬聲，遠處有一艘遊艇的桅桿咻咻響。新鮮的味道。絡石草。暖熱的灰塵。火烤羊肉。終於傑克漸漸睡著。他的眼睛先闔上，接著頭慢慢歪向一邊。這就是我喜歡想像他死去的樣子。緩緩入睡。柔風的親吻。大海的聲音。

19

沒帶孩子的男人在兒童遊樂場附近逗留，並非明智之舉。所以我很小心選擇位置。不正對遊樂場、部分被樹木遮住的長椅。某個在康登的休息區，白領男女會坐在那裡吃三明治，對面就有彈跳床和溜索。

不過，我最喜歡的地點，是議會之丘的遊樂區，不只是因為我常跟傑克去那裡，也是因為那裡有間咖啡館，一個人坐在那裡，沒帶孩子，不會顯得奇怪。現在安娜回去上班，我的日子變得空洞。公司給了她喪假，但她說她需要事情讓自己分心。

我把筆電放在面前，坐在那裡看著一個玩盪鞦韆的小男孩。他大約五歲，爸爸正靠在樹上，一隻眼睛看著他，一隻眼睛在看手機。還有一個瘦瘦的男生，十歲、十一歲左右，以這年紀來說長得算高，害羞的表情讓我想到傑克。他正在玩足球，不時把球打到牆壁上。

我每次去那間咖啡館都點健怡可樂。我會在櫃檯買一瓶，然後把我袋子裡的那一瓶拿出來調包——我事先準備的那一瓶，裡面裝了半滿的伏特加。我開始越喝越多，因為我睡不著。我會清醒地躺在安娜身邊，氣她的呼吸那麼平靜均勻，氣她如此輕鬆入睡。我看著樹枝在檯燈光線中舞動；我聽著鄰居的狗悲傷嚎叫。於是我開始起床下樓，穿著睡衣踮起腳尖，跨過會嘎吱響的樓梯，悄悄拉開酒櫃的門扣。剛開始喝兩大口威士忌就夠了，可是後來變成四、五口。沒多久我會在白天打開酒櫃喝酒，就像我十幾歲時，晚上則是先開家裡的邊櫃偷喝幾口酒才出門。

下雨了，大家陸續離開遊樂場。我需要再買點伏特加，於是走下山到超商去。我直接走到酒品區，不讓自己的眼睛亂看。我再也沒辦法逛穀片區，也沒辦法靠近兒童雜誌區。我學會在經過馬麥醬和芭比貝爾乳酪時把目光轉開。有一次，看到傑克愛吃的小瓶優格，我哭了。

回到家時，安娜在家裡的某個地方。我們像兩個鬼魂一樣走動，很少說話，在樓梯上遇到時默默錯身而過。我們各哭各的，洗澡時，在車上時，看到一隻知更鳥站在傑克最喜歡的樹上時。

我們確實試過要回到彼此身邊。我們試著週末時一起用餐，彷彿冰島扇貝或一塊熟成肋眼牛排會幫助我們忘掉餐桌上傑克空出來的位置。有一次，週六，我們一起去看電影，可是看了一部兒童電影的預告片之後，安娜就不得不離開了。

走廊上放了一些箱子，本來放在傑克房裡的東西，我想是她想清掉的東西。不該那樣的。因為孩子死了，你應該讓他們的房間保持原樣。緬懷往日的祭壇。想安靜一下時的聖殿，而這種需求，現在頻繁得令人心痛。你可以去那裡，聞一聞他們的衣服，躺在他們的小床上，一遍又一遍收拾他們的玩具。

我跟她這麼說，問她為什麼要清理他的房間，可是跟她講道理一點意義也沒有。所以，有一天，她去上班時，我拿走他剩下的東西——他的背包、相機、貼紙簿——藏在客房的櫃子裡。

我躺在客廳沙發上，很高興安娜在樓上，這樣我就可以安靜地喝我的伏特加。現在我多半時候待在這裡，用筆電、滑手機、盯著牆壁。史考特最終還是賣掉公司，我也沒了工作，反正也不

首相是誰，或者上一屆的世界盃是在哪裡舉辦。我不知道。想不起來。我不再活在現世了。重要了。我像隻受傷的昆蟲，蜷縮成一顆球。有一次，我在心裡考了自己一下，看我能不能記得

我在沙發上醒來，發現安娜盯著我看。

「羅伯，我們必須談一下。」

我說：「好。」伏特加瓶還放在茶几上。

「我們不能這樣下去。你不能這樣下去。」

「這樣是怎樣？」

「喝酒。你這是在糟蹋自己。」

我一時沒說話，好不容易才開口：「對不起。我只是用這種方式來捱過這段時間。我不會有事的。」

「我知道。」安娜說著，一隻手放在我的大腿上。「這段時間很辛苦，但你不能一直這樣下去。你必須開始做點什麼。也許再工作，開始新的計畫……」

我說：「安娜，我沒辦法像你一樣，立刻回去工作。」

傑克的葬禮過後不久，她就回去上班。兩、三個星期後，我坐在廚房聽廣播裡的新聞，安娜的聲音突然在廚房裡迴盪，正在講升息的可能性。我聽著她的口氣，她的音調。那不是剛失去兒子的人會有的聲音。

「所以，羅伯，因為我回去工作，就表示我不在乎嗎？我應該跟你一樣嗎？整天喝酒，無所

事事。」

我說：「謝謝你又提了一次。」我把頭轉開。「你要我說什麼？對，我喝太多了。我知道這樣不太好，但那是我對付……」

「羅伯，看著我。你不是晚上多喝一點威士忌而已。你以為我沒注意到那些伏特加的瓶子嗎？有時我下班回來，你幾乎站不住。那天晚上你還躺在沙發上尿濕褲子。」

我以為我都掩飾好了，編了個藉口說我把酒灑了，但也許她看到，或者注意到我丟在洗衣籃裡的濕內褲。

「你在說什麼？我跟你說過了，我灑了酒。」

「老天，羅伯，我看到了。我夜裡下樓來看你有沒有事，結果你尿褲子了。我親眼看到。」

一股羞愧，然後惱羞成怒。尿褲子。那是跟小孩子才會說的話。她就喜歡這樣，逮住機會就要羞辱我，揭我的瘡疤。

她嘆氣，咬了一下唇，彷彿在考慮什麼。

「你可能不記得那天你做了什麼，是吧？」

「我相信你會跟我說。」

「你醉醺醺回家來，走路跌跌撞撞，然後去了後院，在我種的花上到處尿。」

很奇怪，我竟然感覺鬆一口氣，彷彿我以為會更糟。我笑了，主要是出於緊張，不是別的。

「你覺得很好笑？」

我聳聳肩，別過臉不看她。

「那是我的向日葵，羅伯。我的向日葵。」

我開始理解到，我的所作所為，代表了什麼，又有多殘忍。

「你總是那麼完美，安娜。」

她搖搖頭，嘆口氣。「我當然不完美，老天，差遠了。」接著她蹲跪在我旁邊，一手放在我的胸膛。「羅伯，我跟你說這些，不是為了羞辱你。我並不覺得有趣。我覺得你遇到問題，我只是想幫助你。」這些話讓我想到她媽媽，她對她想要拯救的遊民就是這樣說的。

「可惜你並不想幫助傑克。」

「什麼？」

「你聽到了。」

外面一隻喜鵲從露臺走過去，我可以聽到牠的叫聲和刮擦聲。

她起身，所以現在她站在我的上方。「你怎麼可以說這種話？你怎麼可以這麼想？」她哭了起來，我伸手拿伏特加，給自己倒了一杯。我可以跟她說嗎？現在我可以跟她說了嗎？說我每天都想到這件事。要是，要是？要是涅夫和斯拉德科夫斯基醫師對傑克的判斷是對的呢？因為涅夫比任何人都知道怎麼拯救一條生命——賈許就是活生生的證明。可是安娜不肯聽，安娜以為自己最懂。

我說：「我很抱歉，但我不能假裝沒有那回事。我知道你不想聽，可是不管你喜不喜歡，那都是事實。傑克本來有機會的，對，是很微薄的機會，但總比沒有好。那是他唯一僅有的。」

安娜無可奈何地深吸一口氣，用衛生紙擦了擦眼睛。「羅伯，我不想再跟你爭執那件事了。

但我可以問你一件事嗎？你認為我沒有想過嗎？你認為我沒有半夜清醒地躺在床上，想著也許我做了錯誤的決定，也許事情本來會不一樣嗎？」

我聳聳肩，喝了一口伏特加。

安娜說：「如果你要知道的話，我每天都壓想。」她的聲音沙啞。

我喃喃地說：「你是應該這麼想。」

安娜說：「你說什麼？」我把視線挪開，像個鬧脾氣的孩子。

「不，你說，告訴我你剛剛說什麼。」她邊說邊用手指戳我。「如果你這麼了不起的話。」

「我說你是應該這麼想。你應該覺得愧疚。」

安娜突然抓起伏特加的瓶子，衝進廚房。我從沙發上跳起來，追過去，腳趾頭撞到茶几，在廚房地磚上滑了一下，又撞向冰箱。她打開伏特加的蓋子，把瓶子拿到水槽上。

她的胸口和臉都很紅，她咬著牙，說出口的話幾乎只剩氣音。「你居然說得這麼難聽。這是你對我說過最難聽的話。你好大的膽子，竟敢批判我。你好大的膽子！你爸爸會覺得你讓他很丟臉。很丟臉，羅伯，因為你連他的一半都做不到。」

我把安娜手上的伏特加抓過來，瓶子從我手裡滑出去，砸到廚房地上。我們看著伏特加在磁磚上漫開，玻璃碎片在午後的陽光下閃閃發光。

安娜的話說得既平靜、又清楚，我知道她說的一定是真的。她說：「羅伯，我恨你。我恨死你了。」

也許這是醉話，但你以為你認識某個人，其實你從來就沒真正認識過對方。你把不好的地方埋起來，眼不見為淨。我記得我第一次注意到安娜的冷淡是什麼時候。那是在一封群組信。就在我們搬去倫敦後不久，他們家養的狗死了，她寫了一篇十分彆扭、沒有感情的悼詞，彷彿她寄那封信，只是出於責任感，因為她認為那種時候就該那麼做。

這些年來，我見過幾次同樣的冷淡。她奶奶死後，她生硬又絕決地說：「我們一向不親。」她堅持不給乞丐錢，因為有慈善機構做那種事。儘管有時她的缺乏同情心會讓我困擾，但從來不是針對我，我也就沒那麼在意。

安娜從不妥協。規定都是有理由的。她每次都這麼說。規定都是有理由的。因為在安娜的世界裡，凡事都有適當的做法。不要想逃稅，連停車費都不要想躲，因為，倘若每個人都那麼做還得了？在影城，只付一次錢，就不要溜去看第二部電影。不要去捷克共和國找沒有登記的癌症診所，就算你快死掉的兒子有機會活下去。

我把廚房的碎玻璃掃乾淨，從背包裡又拿出一瓶伏特加。從落地窗看出去，安娜正在院子裡，拿著一支鐵鍬拚命挖花床。我看她低著頭，用鏟子挖起泥土，往身後甩。

「我們可以談一下嗎？」安娜穿著直條紋套裝，頭髮綁在腦後，一副要去上班的打扮。自從我們吵架已經過了兩、三天，之間我們幾乎沒說話。我點點頭，腦子有點糊塗，想不起來昨晚發生了什麼事。我的前臂有一大塊紫色瘀青。

「我幫你倒了一杯咖啡。」說著，她把一個馬克杯放在桌上。

「謝謝。」

「我想趁你現在清醒時，跟你談。」她深吸一口氣。「我沒辦法繼續這樣過下去，我要走了。」

我不覺得生氣，反而鬆一口氣。我再也不必藏酒瓶，可以坐在客廳安靜喝酒。

我說：「好。」

她說：「我們應該討論一下事情該怎麼處理，透過律師吧，我現在沒辦法應付那些事。」

我說：「好。」安娜咬著嘴唇，似乎還想說什麼。我躺在沙發上，聽到她提了一個行李箱下樓，輕輕地關上大門。

一個半月後，在我喝完家裡的葡萄酒、清空酒櫃之後，我也走了。我再也無法留在那間屋子裡。安娜把一切都帶走了。門邊沒有小鞋，走廊上沒有讓我不小心踩到的恐龍或樂高玩具。我再也聽不到傑克洗澡時唱歌的聲音，也聽不到他的小腳踏上樓梯的聲音。

我把家具和安娜沒帶走的東西打包好。搬家工人把我的東西送到康瓦爾的租屋處。我選擇那裡，是因為我小時候去那裡度過假，而且那裡似乎夠偏僻。

我走的那一天，家具都搬走之後，我坐在空蕩蕩的廚房地板上，喝最後一杯。喝完杯中的伏特加後，我又把健怡可樂瓶裝滿，準備帶到火車上喝。就在離開前，我去了日光室，檢查落地窗是不是都上鎖。朝外面的花園看最後一眼時，我注意到它。第三朵向日葵在風中搖曳。

III

第三部

1

我穿過長草叢往漢普斯特德墓園後面走去，雨水浸濕了我的褲管。從教堂旁邊的入口走到傑克的墓地，有條穿過最古老園區的捷徑。這裡的墓碑立得歪七扭八，任風吹襲，搖搖欲墜；草長得太長了。

我的鞋子沾了爛泥，但我迎著風，繼續跋涉。總有某個墓碑會吸引我的目光，讓我停下腳步，靜靜佇立片刻。一個小女孩的石雕像，瘦得不得了，遮著臉，彷彿正躲著死神。

接近傑克的墓地時，我站在一棵楞樹後面。這種樹跟別的東西擺在一起，總顯得很不協調，彷彿它應該獨自佇立在小熊維尼的山丘上，等著閃電打下來。我從樹後面探頭看安娜在不在，不過墓地空無一人。我知道她也會來這裡，因為有時會有花。

傑克的墓石小小的，不是直立式，而是橫躺著。

傑克．寇茨
二〇〇八年八月十日—二〇一五年一月二十日

陽光經過，陰影落下
愛與記憶比這一切都長久

我不喜歡在上面刻字。我覺得那樣太老套，但安娜說總得刻點什麼。它讓我想到我們收到的慰問卡，盡是些陳腔濫調、空洞的感情。我本來也不想要墳墓。有墳墓，就等於接受他走了。天還沒亮搭早班車過來，傍晚時分回到康瓦爾，已經成了我每個月的例行公事。我蹲下，把墓石上的葉子撥掉，但是風一直把葉子吹回來。我在地上坐了一會兒，喝著隨身酒壺裡的酒，在雨中顫抖。

我看一眼錶。雖然還很早，但我不想冒險遇到安娜。我親吻自己的手，用手指輕摸墓石，然後沿著石子步道走回入口，避開長草區。這樣更可能遇到安娜，但下著雨，我又很冷，我想找間咖啡館吃點早餐，在那裡等酒吧開門。

在咖啡館吃了個三明治後，我去了以前常跟史考特去的酒吧，「船艦」。我把筆電線插在牆上的插座上，連上無線網路，開始寫程式。這陣子我一直在幫馬克工作，就是史考特在布魯塞爾雇用的程式設計師。工作很無聊，但讓我有錢付帳單。我工作兩、三個鐘頭，啤酒一杯接一杯，等到離開時，我已經醉了，腳步踉蹌。我不想走以前我們住的那條街，我繞遠路，從漢普斯特德森林公園另一邊的池塘繞過去。我腦中浮現「我們的天空」這幾個字。我一個人時，常會想到這句話。我往山上去，每走一步，就自言自語唸一次。我們的天空。我們的天空。

到了議會之丘山頂，我把背包放到地上，拿出隨身酒壺喝了一大口，遠眺倫敦。遠處的天空有一團冷酷、無情的雲牆，作勢威脅。漢普斯特德森林公園很荒涼。偶爾幾聲烏鴉叫，忙得像挖墳人，從樹上飛到垃圾桶，再飛回樹上去。

三腳架和相機都調整好之後，我對準海格池拍下第一張。眼前的景色很悠閒，有點英格蘭風情，山丘上三三兩兩的房子，聖安妮教堂的尖塔睥睨樹梢。雖然我常跟傑克上來議會之丘，但從來沒有從這裡拍過全景。

我最近很忙。「我們的天空」獲得某個攝影獎提名，所以我拍的全景圖越來越多。我的行蹤遍布全國各地，越跑越遠。七姊妹巖、三崖灣、切達峽谷。有時開車，不過多半搭火車，坐一等艙，在餐車喝可倫堡啤酒和伏特加。

我慢慢轉動相機，山丘漸漸變成市區，觀景窗裡突然出現金絲雀碼頭，像堡壘，被矮胖的隨從包圍。我旋轉鏡頭再拍一張，捕捉小黃瓜大樓，接著是碎片大廈，宛如石筍佇立在天際線上。

看到那個眼熟的人時，我正站在帕丁頓車站的出發看板下。我愣了一下，認識對方的感覺一閃而過，我們應該在哪裡見過，也許是我在網路上聊過天的女人。

她吸引我的注意時，我覺得她一身波西米亞味，散發精緻的藝術氣息，像個有錢的藝廊老闆。我試著想起到底在哪裡看過她，這才恍然大悟，原來是蘿拉。

有一瞬間，我們考慮假裝沒看到對方，那只是兩個陌生人的視線好奇地相會。但心念一轉，我朝她走去。

我說：「哈囉，蘿拉。」一開口，我就發現自己有點口齒不清。

她說：「啊，嘿，羅伯，沒想到會在這裡遇到你。」

我說：「你好嗎？好久不見了。」

她有點慌張地說：「對啊，真的好久不見了。我昨晚參加了一場開幕式，搞到很晚。」

她跟我記憶中的樣子一模一樣，一身亂七八糟的創意，正是她細心營造的形象。說話的音調和抑揚頓挫，聽起來總是像在隔空親吻。

我說：「我很好。」

「那你呢，羅伯？」她特別強調「你」這個字。

「你在做什麼？」

「正要搭火車。」

「傻瓜，不是，我是問你這陣子。」

「喔，也沒做什麼。我現在住在康瓦爾。」

「對，安娜說過。」

「所以你們還是朋友？」

「當然啊，為什麼我們會不是朋友？」

我知道我在胡言亂語，而且我突然感覺醉得很厲害，像個回到家必須假裝很清醒的青少年。

蘿拉說：「我們現在住得很近，在格拉茨克洛斯。」

格拉茨克洛斯？我知道這只代表一件事：安娜再婚了。我可以想像她跟一個年紀比她大很多的男人住在一起，離過婚，跟前妻生的孩子已經十幾歲了。

我說：「那樣很好。」我想問安娜好不好，但我不知道該怎麼問。

「你還好嗎，羅伯？」

「我很好。」我說得很慢，想把每個字都說得清清楚楚。

「你剛剛吐了嗎？」

「什麼？」我低頭看了一下外套，上頭有顆粒狀看起來像嘔吐物的東西。我努力回想，但不記得自己離開議會之丘，甚至不記得自己是怎麼來到帕丁頓車站。

蘿拉對著我微笑，彷彿我是她不想收養的流浪狗。「安娜說你有點……」

她沒把話說完，不過也沒這個必要。我知道安娜什麼都跟她說，從她的角度說明一切：說我如何綁架傑克，置他於險境。說我是個酒鬼。她一定沒有跟蘿拉說在布拉格發生的事，說她拒絕讓我們的兒子接受可以救他一命的治療。她不肯給他一個機會，只是打打字找資料、讀犯罪小說。

我正要開口叫她滾時，我的錢包掉了，零錢散落一地。我彎下腰想撿起來，卻一個踉蹌，膝蓋一彎，下一秒我就躺在地上看著車站的天花板。

我可以感覺蘿拉來到我身邊，手臂繞住我的肩，想幫忙我站起來，但我看不清楚，手腳無法協調。我停下動作，低著頭坐了一會，最後才搖搖晃晃起身，東倒西歪地經過月臺上了火車。

我的外套是濕的，我想是因為我在廁所想清掉沾到嘔吐物的地方。我還帶了一瓶葡萄酒，還有一個裝滿啤酒的購物袋。我找了個座位，伸長了腿，看著外頭匆匆而過的天際線。

我三不五時會在網路上搜尋安娜的消息，從來沒看到她再婚的跡象。她開始跑馬拉松。起先我不敢相信。自從打過那次半途而廢的壁球之後，安娜對運動毫無興趣這件事，就成了我們之間樂此不疲的笑話。但我點擊那個連結，確實是安娜沒錯。安娜穿著跑步背心的照片，出現在一份白金漢郡的地方報紙上。她在這場公益路跑獲得第三名。我記得標題寫著：「勇敢的媽媽為兒子而跑」。

有一次，藉著酒意，我試著駭入她的信箱和臉書帳號，試過所有我能想到的密碼組合，都沒能成功。我早該知道。安娜對這種事一向很小心。

我醒來。此刻火車剛過艾克希特幾哩路，沿著河口的路徑繼續前進。我把酒灑在桌子上，靠近我的一對男女起身換位，走的時候還不以為然地嘖兩聲。火車從隧道裡鑽出去，突然間我們看不到陸地，衝向大海。火車貼近海岸行駛，感覺車身一斜，接著我們墜入海天一線的大池裡。

我從袋子裡拿出傑克的相機，翻看他拍的照片。通往杜德爾門的步道上那明亮的白色燈塔；一張他最喜歡的知更鳥的模糊照片；他在希臘那個露臺上臨時拍的全景照。安娜或許清空了他的房間，把他的東西都拿去丟掉，但她沒有拿到這臺相機。因為他死去的那一天，我就把他放在床邊的相機偷偷拿走，而且從此沒有讓它脫離我的視線。

我想，我是手裡拿著傑克的相機，就這麼昏睡過去了。等我再醒來，我發現我已經坐過站，而我的褲襠溼了一片。酒精讓我充滿欲望，我考慮要在下一站下車，設法到廷塔哲去找酒吧那個女人，可是現在已經太晚了，於是我在臉書上搜尋蘿拉，瞇起眼睛好看得更清楚。我找到一張她披著一件外衣在海邊的照片，頭髮上有珊瑚。我翻閱她的照片，希望能找到她穿著比基尼或緊身小禮服的照片，好讓我回到家之後可以利用，但她的隱私設定都是不公開的。

從彭贊斯搭計程車回到家，我就拿著一瓶伏特加癱在沙發上，打開電視看新聞。俄國還在轟炸敘利亞，巴基斯坦遭地震侵襲，接著是跟減稅有關的消息，我也漸漸睡著了。

我不知道是聽到他的名字，還是看到他的臉，喚醒了我。我彷彿從惡夢中驚醒，突然從椅子上跳坐起來，感覺心臟快從胸膛裡跳出來。

斯拉德科夫斯基醫師，那張臉比我記憶中的更鬆垮，正從一間別墅被人帶出來，進入一團閃光燈裡。

我醉得太嚴重，過一會才清醒，但我終於設法將新聞轉到開始，從頭看起，同時不確定自己到底看到了什麼。

「這些指控令人震驚。」記者說：「調查人員說斯拉德科夫斯基醫師給病人注射一種含有人體血漿的物質。」

隔天上午，我伸手去拿床邊的那瓶伏特加。人體血漿。我是作夢夢到的嗎？喝茫了的大腦產生的扭曲幻想。我抓起床頭桌上的筆電，發現那條新聞就在ＢＢＣ的首頁上。

〔布拉格〕捷克共和國一名備受爭議的癌症醫師遭控醫療過失被捕。

茲德涅克．斯拉德科夫斯基於五月十二日遭捷克警方逮捕，他位於布拉格的診所每年吸引成千上萬名病人慕名而來。

檢方指控斯拉德科夫斯基在備受爭議的免疫工程療法中使用人體血漿，並在病人不知情的情況下施打未核准藥物。他們還指控斯拉德科夫斯基不實推銷抗癌產品，違反歐洲藥物法規。

捷克檢察長辦公室發言人揚．鄧德表示，他們已經調查斯拉德科夫斯基五年了。鄧德說，在美國食品藥物管理局收到大量跟斯拉德科夫斯基的治療有關的投訴後，捷克共和國和歐盟的調查人員就開始跟美國的執法機構合作展開調查。

根據調查結果，歐洲藥品和醫療產品監管署已經禁止使用他的免疫工程產品，也暫時撤銷了斯拉德科夫斯基的醫療執照。

鄧德說，警方突襲診所時查扣一千多劑藥物。他們說斯拉德科夫斯基拒絕對該項指控表示意見，但十分配合調查。

斯拉德科夫斯基醫師昂貴又未經檢驗的療法，一直備受爭議。儘管有許多他以前的病人聲稱這名醫師治好了他們的病，但也有很多人公開批評這間診所……

我的背上冒出一片冷汗，我感覺一股驚慌湧上來，心臟狂亂跳動，左手臂有種麻木感，讓我想要把自己的拳頭砸碎，或者把眼睛挖出來。

我在網路上尋找更多消息，內容都跟ＢＢＣ的報導大同小異，於是我點開**希望之地**，看有沒有人討論這件事。

重新回到這裡，感覺很奇怪。那個網址收在我的最愛裡好久了，我每天都要上去五、六十次。我瞄一眼貼文清單，全都是不認識的名字：Motherofanangel、glioblsurvivor、strength、pleasegodhelpus。這個版的更新率很高。一旦孩子死了，他們的父母就不再回來。我滑動網頁，在下方看到一筆貼文。

斯拉德科夫斯基醫師被捕

作者：Chemoforlifer

時間：二〇一七年五月十二日，週五，下午七點三十九分

有些人應該已經看到這則新聞，斯拉德科夫斯基醫師被捕了。我把BBC的新聞連結貼在下面。

http ://www.bbc.com/news/europe-Sladkovsky-35349861k

我很生氣有那麼多人被這個人耍了。我很生氣孩子死在他的診所裡，那些孩子若是接受標準的醫療照護，會活得更久。

我很生氣，因為這些年來版上多次討論過斯拉德科夫斯基和他的療法。要是那些原本支持他的人現在能出面認錯就好了。他們不該支持這種治療，讓無數家庭耗費過多的金錢和時

間，而那些金錢和時間原本可以用在更好的地方。

Chemoforlifer

回覆：斯拉德科夫斯基醫師被捕

作者：TeamAwesome

時間：二〇一七年五月十二日，週五，下午九點十四分

好一則醜聞，不過很高興這個人被抓去關了。他怎麼有臉說自己是醫生？太恐怖了。希望這個消息終於能讓這裡的糾紛平息，讓**希望之地**繼續發揮最大的功能：給每個踏上這段可怕旅程的人提供支援與溫暖。

我還是不懂。人體血漿，醫療過失？意思是免疫工程沒用？那賈許這樣的孩子是怎麼回事？我繼續看**希望之地**上的貼文，看能不能找到更多控訴斯拉德科夫斯基的細節，但是沒有。只有憤怒、炫耀，以及一堆「我就說吧」。會發文的人，都宣稱早就知道斯拉德科夫斯基的治療太神奇了，不可能是真的。

可是涅夫在哪裡？他沒貼文，這一點很奇怪。因為每條跟斯拉德科夫斯基醫師有關的貼文，他都會發言，貼出一些學術論文或見證的連結，有時只是貼幾張賈許的照片。最近幾個月，我把他所有的來信重新看了一遍。總共將近五十封，儘管重讀很痛苦，但我努力在字裡行間尋找線索，解釋為何涅夫突然不再寫信給我。也許我先前遺漏什麼，也許他受夠種種攻擊和威脅，受夠罵他是騙子的人，不想再留在癌症世界裡，選擇向前走。

我在**希望之地**上搜尋涅夫的名字，結果是「閒置帳號」。於是我決定做一件很久都沒做的事：我駭進論壇。

用Perl程式應該可以輕易辦到。在劍橋時，喝多了酷樂瑪特和伏特加，情緒亢奮，我們會用它來駭進學校的留言板。不過我們從來不會太高調，頂多貼點匿名貼文，開幾個幼稚的玩笑。

我將我的Perl散布版升級，再把攻擊檔丟進主目錄。我開啟命令提示字元，嘗試破解涅夫的密碼。雖然他的帳號已經沒有活動，但我希望他的貼文和私訊都還有存檔。

```
ipb.pl http ://devasc/forum Nev
```

漏洞攻擊指令試探論壇，跑過一行又一行的程式碼。比我印象中花了還久時間，我擔心密碼可能被層層加密。這時，出乎我意料之外，一個簡單加密的密碼出現了。

```
4114d9d3061dd2a41d2c64f4d2bb1a7f
```

這種雜湊密碼用標準演算法加密，相對簡單。我在網路上搜尋雜湊密碼破解程式，找到一個我沒聽過的，叫 Slain and Able。不到十秒，它就給了我涅夫的明文密碼。

Grossetto。

我再度登入論壇，重新啟動涅夫的帳號，並且重設密碼。他的信箱裡有一萬五千四百六十二封訊息。

你能幫忙嗎？

作者：Htrfe

時間：二〇一〇年七月十日（週四）下午三點二十七分

親愛的涅夫：

我來自澳洲。二〇〇七年，我女兒確診換了髓母細胞瘤，已經擴散到脊髓去了。

我看了你在斯拉德科夫斯基診所的經驗，不知道你能不能幫我們預約。目前的候診名單顯然很長，我們沒有多少時間了。

我看了一下日期。二〇一〇年，七年前。我點開另一封信。

選擇
作者：BlueWarrior
時間：二〇一一年一月二十日（週一）下午三點三十六分

親愛的涅夫：

你好，我是住在美國猶他州的瑪琳。寫這封信給你，是因為我對你兒子接受的療程，以及布拉格斯的拉德科夫斯基醫師開給他的藥很感興趣。我的女兒最近確診得了……

一陣風吹來，讓房間裡變冷，我開始發抖。我逐一點開收件匣的信，掃視內容。信件來自世界各地：猶他州、馬德里、阿布羅斯、拉匹市、布拉提斯拉瓦。

我從床上坐起來，戴上閱讀眼鏡。治療真的有效嗎？這是大家都想知道的問題。他們聽到有關診所的負面傳聞——可是這時他們又看到賈許的事。因為，如果治療對賈許有效，那麼當然，應該，對某某人也會有效吧？

我繼續讀下去，快速瀏覽那些私訊，伏特加一杯接一杯地倒。涅夫每封私訊都回，跟他們說賈許、免疫工程、布拉格那間診所，寫了一頁又一頁。他跟他們說永遠不要放棄，永遠不要接受「不行」這個答案，那些醫生並不是無所不知。他問候對方的母親，問起小孩的學校，關心他們跟姻親之間的問題。他知道對方家裡的狗叫什麼名字，還有他們家草皮的狀態。

我繼續讀，天色很快就黑了，月光照亮房間。我點開各個資料匣時，有一樣東西吸引我的注意。他的草稿匣裡大約有二十封信，看起來像涅夫使用的樣本。他在其中一封裡介紹他自己，並講了賈許的事；還有一封是講斯拉德科夫斯基醫師和診所的細節。閱讀內容時，我注意到某些段落和句子很熟悉，我確定之前都看過。

瓊安，每天都像是看著飛機墜毀，而飛機上載滿了可以得救的孩子……

我只想讓你知道，凱文，我正想著你，並以最誠摯的心祝你好運。

還有希望，約翰，永遠都會有希望。我的朋友，絕對不要放棄。

我一直都知道我不是唯一的一個。我知道他也寫信給其他父母——這一點他跟我說過——但我回頭去看涅夫寫給我的信，找到一模一樣的句子，唯一的差別是我和傑克的名字。

我點開他的草稿匣裡的另一封信。

瑪蒂塔可能太小了，還不會玩Minecraft（當個創世神），不過賈許現在很迷那遊戲。他剛蓋了一座城堡，說他想送給瑪蒂塔，讓她心情好一點（我跟他說瑪蒂塔不舒服）。我寄了一張螢幕快照給你，希望瑪蒂塔喜歡。

那封信的附件是張八位元色塊組成的Minecraft圖，我記得很清楚：塊狀的城堡吊閘和砲塔，上頭的標誌寫著「瑪蒂塔的城堡」，不是傑克的城堡。

我點開草稿匣的下一封信，內容一片空白，只有一張圖。我開啟圖片，是一張畫，我一眼就認出來。那張畫應該還存在我的筆電裡。

畫裡有名小男孩，頭上纏著繃帶，坐在醫院病床上。兩隻恐龍打扮成護士，手上拿著一個托盤。我記得傑克好喜歡這兩隻恐龍。我記得他問我，能不能把他的床搬到外面去，這樣他也可以坐在黃色驕陽底下。

安娜一直是對的。涅夫是診所的誘餌，是靠絕望的人牟利的騙子。我上當了。

我還在床上，逐一閱讀涅夫的私訊。我把伏特加倒在漱口杯裡，一飲而盡。味道刺鼻，讓我一陣作嘔，我又喝了一杯，唯一能嚐到的是薄荷味的殺菌劑，接著就吐了。

現在回頭看，解開所有細節，一切似乎都明朗了。我從來沒有想到自己會陷入這種騙局：被一個螢幕上的名字、一個代號所騙，跟把一生的積蓄給了在網路上認識的異國新娘的傻瓜沒什麼兩樣。

我吸氣再呼氣，讓呼吸平穩下來。我現在真想衝進黑漆漆的夜裡，從懸崖邊跳下去，把臉砸在底部的岩石上。我可以感覺頸部有條血管開始顫動，但它在我體內藏得太深了，而我希望能抓住血管，將它切斷，碰觸那強勁的肌理，感覺心臟的搏動。因為悲傷的味道太像羞愧了，我已經分不出兩者的區別。羞愧的是我沒能救他，我做的不夠多。羞愧的是我讓垂死的兒子接受了人體血漿，還有天知道什麼東西。羞愧的是我還活著，沒有勇氣結束一切。

我努力回想傑克在希臘度假時的樣子，他濃密的金髮，還有他的蜘蛛人短褲。可是每次我試圖想像他的模樣，卻怎麼也想不起來他皮膚的質感、雀斑的分布，還有那雙眼睛的光芒和顏色。彷彿他是從我的記憶裡用電腦畫出來的，而他的身分像受虐兒一樣受到保護。

不過我記得那次度假的其他事情：服務生的那撮小鬍子；旅館房間保險箱的密碼；有氧運動教練臀部的凹凸曲線。我怎麼能想到這些？我怎麼能這樣背叛他。每一天的每一刻，我都應該臨摹他臉部的每一個線條、劃過他每一吋的蒼白肌膚才對。

人家都說，你永遠也不會忘記。永遠不會忘記。他們的碰觸，他們的手指是那麼細滑；他們的笑容，甜蜜得讓人融化；你在洗東西時，突然聽到一陣笑聲在屋裡迴盪。永遠不會忘記。

但事實是你會忘記，而且這一天來得比你以為的還要快。你為此感到羞愧——羞愧自己從未真正愛過，原來你只是個騙子。有時我想不出死去兒子長什麼樣子，但我確實記得，上一次跟我上床的女孩的胸部，記得每個生動細節。

「傑克，傑克，傑克。」我喊出他的名字，一次又一次，我從心底湧起另一股洶湧的眼淚，越過我的肋骨、肺臟、胸壁。彷彿眼淚正從我的心臟被抽出來。

「傑克，傑克，傑克。」我想打開窗戶，爬上屋頂，大喊他的名字，一筆一畫寫在天上。傑克。我美好的傑克。

我好像可以看到他就在我面前，跪在床尾的木製車庫旁，安靜地將一輛火柴盒小汽車推上斜坡。對，那一定是他。在窗戶照進來的微光中，我可以看到他幾撮不聽話的頭髮的側影。他把一根手指頭放在嘴裡，在專心中咬起嘴唇，就跟他學寫自己的名字時一模一樣。

「傑克。」我低聲說，可是他沒動，繼續轉動升高機的把手，讓車子在樓層間移動。

「親愛的，你聽得到我嗎？你聽到我說什麼了嗎？請你回答我，傑克，拜託你。」

我扭絞雙手，身體靠著床側搖動，繼續喊他的名字。我想找個人說他在睡覺時呼吸如何起伏，他醒來時一臉疑惑的表情，還有他坐馬桶時，總是把手放在眼睛上，表示我看不到他。

我想跟他們說，傑克在學數字時，總是沒辦法數到六，我試了很多方法讓他記住——把六畫得像條蛇，然後發出嘶嘶聲，讓他熟悉數字六的英文發音。我想跟他們說，他相信蝙蝠俠住在後院，晚上睡覺時總是碎碎唸哄自己入睡。我想跟他們說，傑克的優格還放在冰箱裡，我和安娜都不忍心丟掉，儘管過期已久，蓋子都膨脹了，我們還是一直把它留在最上層。

我打開筆電，在我的信箱裡找到一個叫「安娜」的資料匣。過去兩年來，我寫了很多草稿給她，但一封也沒寄出過。有些信寫得特別惡毒。我罵她賤女人，說她殺了我們的兒子。我逐條列出我對她的不滿：指責她拒絕讓傑克在斯拉德科夫斯基診所接受進一步治療，說她的自尊比兒子的健康還重要。

我渾身發抖，不是因為冷，而是突然發現自己不堪一擊，那感覺太不舒服了。你以為堅實的東西，是那麼容易就瓦解，像一張舊羊皮紙，瞬間碎成灰。安娜從頭到尾都是對的。一切都被她說中。她一直說斯拉德科夫斯基醫師是騙子，說涅夫不是表面上那個人。我卻為此罵她，踐踏她如塵土，因為我太自以為是，陶醉在自己的傲慢裡，不肯好好聽她說，自以為一切——甚至是我兒子的生命大事都可以靠駭客手段解決。

我活在憤世嫉俗裡太久了——身邊的一切都讓我看不順眼——現在我知道唯一該受我鄙視的人是我自己。

主旨：

傳送日期：二〇一七年五月十二日（週五）下午六點十八分

寄件者：羅伯・寇茨

收件者：安娜・寇茨

除了說我非常非常非常抱歉之外，沒有別的話可說。我知道我做的事不值得你原諒。我深深辜負了你和傑克。我真的覺得很丟臉，安娜我很抱歉。

倫敦眼

傑克，看著夕陽，我想跟你說更多天堂的事，
可是我太害怕了，怕自己說錯話。
我應該跟你說的，
但我真的不知道該怎麼說。
傑克，你知道你要去哪裡嗎？
我希望你不知道。
我希望你想像自己跟著雪人在夜空裡飛翔。
我希望你發現冬天的空氣裡充滿了愛。

2

我穿著四角褲躺在沙發上看美國脫口秀節目。少了平常的麻醉物，晚上我沒辦法入睡，於是我翻來覆去，滿腦子亂七八糟的思緒，熬夜到清晨。我想，酒癮我應付得來；這一點我早就料到了。我沒料到的是老是從我背部冒出來的汗珠、在皮膚下爬行的針刺，還有像老舊的雲霄飛車一樣翻騰跳躍的心臟。

我打了個寒顫，突然覺得好冷，於是拉了條毯子圍上脖子。我做了什麼？也許我記得的片段只是開頭。也許我喝醉了，拿安娜出氣，或者說了更多不該說的話。我記得有天早上醒來時，手臂上有塊瘀青，我不知道那是怎麼來的。

只是，比起我對傑克做的事，那些都不算什麼。人體血漿。非法藥物。「令人震驚的疏忽」。現在，新的恐懼讓我夜不成眠：斯拉德科夫斯基醫師的治療可能加速了傑克的死亡。

回覆：斯拉德科夫斯基醫師被捕
作者：羅伯
時間：二〇一七年五月十三日，週六，上午四點三十九分大家好，我好一陣子沒上來**希望之地**，我只是想回應Chemoforlifer的貼文，因為我的兒子也接受過斯拉德科夫斯基醫師的治療。

此刻我非常厭惡自己。我太太堅決反對去布拉格治療，但我不顧她的反對，帶著兒子，傑克，去了那裡。（傑克於二〇一四年春天確診，在我們離開那間診所後不久，於二〇一五年一月過世。）

我好愧疚，也好痛苦。自從傑克死了以後，我一直在酗酒，每天都喝到爛醉如泥。我現在已經不喝了，但我不知道自己能撐多久。

我恨自己對兒子和太太做的事。我覺得好丟臉，好想去死。那時的我，除了自己，根本就不在乎別人。對我傷害的每一個人，我真的好抱歉。

回覆：斯拉德科夫斯基醫師被捕

作者：Chemoforlifer

時間：二〇一七年五月十三日，週六，上午七點四十分

首先，羅伯，希望你沒事。如果你想找個人談談，歡迎私訊或者打電話給我（我的電話就在簽名檔）。請不要一個人受苦，別忘了你在**希望之地**的朋友都在這裡陪你。關於斯拉德科夫斯基醫師的事，其實，要把這件事說出來，承認錯誤，需要勇氣。每個人都在不斷學習。希望你找到平靜。

我正要登出**希望之地**時，收到一封私訊。

回覆：
作者：naws09
時間：二〇一七年五月十三日（週六）下午三點二十一分

你還好嗎？我不認識你，但我不喜歡看到有人這麼痛苦。請不要自殺。這個世界已經有太多悲傷。幾年前我失去了我的小女孩，露西，我很清楚你的感覺。我知道世界會變得有多黑暗，而那黑暗又會持續多久。總之，我只是想讓你知道，如果你想找個人聊一聊，我可以當你的朋友聽你說。

回覆：
作者：羅伯
時間：二〇一七年五月十四日（週日）上午八點四十五分

naws09，你好。非常感謝你溫暖的文字。老實說，我覺得自己像個大白癡。我寫那篇貼文時，正在戒酒，心情又非常沮喪。抱歉，我不是有意要嚇你的。

有那麼多像你這樣的陌生人寄私訊給我，支持我，說他們擔心我，真的讓我自愧不如。所以，真的很感謝你。這對我意義非凡。

我想，在我內心深處，那是我真正想要的——談那件事。因為我把一切放在心裡太久了。

我記得傑克死後，我太太跟我說我需要幫助，我知道我需要，但我就是辦不到。我想，應該是那時的我不夠勇敢吧。

希望你不介意我這麼問，但你是怎麼辦到的？我是說，繼續活下去。再次謝謝你溫暖的來信。真的十分感激。

祝安好

羅伯

回覆：回覆：

作者：naws09

時間：二〇一七年五月十五日（週一）下午七點〇六分

哈囉，羅伯，很高興收到你的回信，也很高興你現在心情好多了。對了，喝酒的事，不，應該說戒酒的事，你做得很好。

你問我是怎麼辦到的。呃，我當然沒有必勝絕招。我也不確定能給你什麼適當的建議。說起來沒什麼了不起，我讓自己保持忙碌：投入工作、跑步、去健身房。我盡量對各種事物保持興趣，像是新書、大家都在聊的電視劇之類的。

我不能說我很快樂，但我努力活著。不過這只是暫時的辦法，有好幾次我也跌到谷底。我曾經想折斷自己的手，想從橋上跳下去。我想過很多可怕的事，讓我羞於活下去的事。我曾經希望這件事發生在別的孩子身上，而不是我的孩子。

那就是我的故事。我還做了一件事，我想那件事對我幫助很大。我試著幫助「首次確診」版上的人。看到絕望的人痛苦，讓我的心很痛，我試著幫助他們，提供支持，當他們的朋友。在**希望之地**上開始做這件事時，我才注意到這個充滿支持的世界，這是我以前不知道的。這裡的人透過私訊聯絡，成為臉書上的朋友。大家悄悄地交流，不大張旗鼓，不為外人所知地建立了成千上萬的私人情誼。這是件小事，卻非常美好。我因此跟好幾個**希望之地**上的人成為非常好的朋友，這一點對我意義重大。我並不是個多愁善感的人，跟別人講心事，對我來說不容易。跟有同樣經歷的人建立友誼，給了我很大的幫助。

這不會讓你的小男孩死而復生……不過也沒有任何事能辦到這一點。

請保重，並保持聯絡。

我一邊跑步，一邊看著紅冠水雞和海鷗涉水走在泥灘上，看牠們從沙中的小水道裡飲水。我慢跑經過河口的遊艇俱樂部、獸醫診所和古老的衛理公會教堂，接著加速，沿著蜿蜒的河邊步道往上跑。

現在是春末，但太陽已經很火辣，比往年這個時候還要熱，汗水浸濕了我的背心和短褲。我加速跑上一個緩坡，穿過岩石鑿出的山洞，最後到達一座鐵道橋，是座跨越山谷的維多利亞時期高架橋。我俯瞰兩隻天鵝在下面悠閒划水，頭朝下在水面上尋找食物。

現在我每天都到這裡來，坐在高架橋下面的長椅上。也許是因為孤獨，加上紅色岩石能帶來安撫效果，不過在這裡，少了遮蔽一切的酒精，確實比較容易思考。

現在世界有了一定程度的清晰度，像晨霧，纖細而純淨，讓人不敢輕舉妄動。我開始注意到身邊的事物，看到以前沒看到的細節：玄關櫃子磨損的邊緣；陽光隔著燈罩，在地毯上形成一道彩虹光。因為現在，當我坐在鐵道橋下，靜下心來傾聽，感覺風的氣息，聞著河水中的鹹味，我透過有別於以往的超敏銳感官去感覺到、看到、聽到這個世界，彷彿塞在我耳朵裡的耳塞拿走了，我連一根針掉在地上的聲音都聽得到。

我應該聽我爸的話。他喜歡喝一杯，但討厭酒鬼。他說，兒子啊，那些無聊的老混蛋，講來講去都是自己有多厲害，沒完沒了。那些都是聰明的想法，兒子，可是那傢伙根本站不起來。因為酒就是會讓人變那樣。讓你以為世界任你宰割，實際上，是世界宰割你。

我回到家，坐在安靜的廚房裡，喝了一杯水。最近常跟我聊天的女人——naws09——說得對。保持忙碌很有幫助。之前，我一整天都讓酒主宰、分割，也靠酒支撐著，像教堂的柱子，或是禱告的鐘聲。這陣子我必須找別的事情來取代它，多半是家務瑣事：將抽屜裡的湯匙依大小整理好；準備複雜的午餐；為我的筆電花一整個星期時間在各個評論網站研究最好的喇叭。我也跟馬克多接了一點工作，多過負荷，但我知道必須讓自己有事忙，讓自己不去碰酒。

我開始記起來的事還有點模糊。我無法確定記得的事到底是不是真的。因為記憶會愚弄你，這裡揭露一點，那裡揭露一點，就像一場想像中的細雨，你永遠不確定是真是假。

我記得安娜跟我說我尿在她的向日葵上。那是我們對未出世的孩子的記憶，而我尿在上面了。我不寒而慄。這不是情有可原的事，再怎麼責罵都不夠。這只代表鐵錚錚的事實，我真的太糟糕了。

數天來第一次，我感覺一股無法壓抑的衝動，想要喝酒。我可以開車出門，不用二十分鐘就能帶著新鮮補給回家。我想不到有什麼事勝過打開一瓶伏特加或紅酒，聽著液體倒入杯子時的汩汩聲，宛如小狗咳嗽的咕嚕聲。

不，我不會喝酒。我會去洗個澡；我會去清洗碗機的濾網。我不會喝酒。想要彌補過去的錯誤，那就是我唯一能做的事。

回覆：回覆：

作者：羅伯

時間：二〇一七年五月十九日（週四）下午三點二十一分

naws09，非常感謝你的來信。

我一直努力聽從你的建議，保持忙碌，我認為真的有幫助。光是每天有事做，即使是整理櫃子之類的事，也很有用。

你提到幫助「首次確診」板上的人，我知道你說得對，如果能夠那樣幫助別人，我應該也會很喜歡，但我不確定我辦不辦得到。我不認為我能給別人什麼。而且，我帶了兒子去找斯拉德科夫斯基醫師，恐怕也不適合給別人什麼建議。

順便一問，你好嗎？我總是在講自己的事，對你的事卻一無所知……

回覆：回覆：

作者：naws09

時間：二〇一七年五月二十日（週五）下午八點五十分

你當然適合幫助「首次確診」板上的人。你經歷了一切，你比任何人都清楚箇中滋味。突然問我的狀況，呃，你真想知道的話，我最近過得不太好。好像每件小事都讓我生氣。我最近看了一集二十四小時急診室的紀錄片，片中有個母親，兒子出車禍，她急到抓狂，無法控制自己，而我有很深的罪惡感，因為我從來沒有那樣過，我從來不像那個母親。我相信，我本來可以做得更多，讓露西更好過一點，幫助她享受最後幾個月。有時我害怕得不得了，怕她知道自己快死了，她很害怕，而我沒辦法讓她不害怕。人生本來就起起伏伏，但我感覺自己讓她失望了。

我想，在內心深處，我覺得那是我的錯——是我活該，是我做了什麼，我的女兒才會遇到那種事。也許那只是我自己胡思亂想，但那就是我的感覺。不過還是謝謝你問我……

回覆：回覆：
作者：羅伯
時間：二〇一七年五月二十日（週五）下午十點二十三分

那當然是你自己胡思亂想。那當然當然當然不是你的錯，你也永遠不該那樣折磨自己。不過，問題是，我可以這樣說，我可以這樣建議你，因為你我都知道，客觀地說，那是明智的建議，但明知道那是自己胡思亂想，並不能阻止我有時也會這樣想，尤其是在那黑暗的時刻，是那麼難看到光，甚至無法想像光的存在。所以你那樣想是不對的，但我可以理解你的感覺，如果你看得懂我的意思的話。（還有，我知道我不認識你，但我相信你是個很棒的媽媽。）

回覆：回覆：
作者：naws09
時間：二〇一七年五月二十日（週五）下午十一點四十五分

謝謝你。你看，這就是我說的，你很會給人建議。你真的應該在「首次確診」板上幫忙。真的。

對了，我想問你一個問題，但請你別誤會我的意思，不過你為什麼會去找斯拉德科夫斯基醫師呢？在「首次確診」板上，有好多人選擇了悲慘的另類療法（比斯拉德科夫斯基醫師更糟糕），我想幫他們，勸他們打消那個念頭，但我一直不知道跟他們說什麼比較好。時間很晚了，晚安。

我坐在樓上的小辦公室喝咖啡。我今天一直試著工作，但總是忍不住想到安娜。我還是沒收到她的回信。我後來又寫了一封更詳細的信給她，向她道歉，求她原諒。我並不期待會有回音。我知道我不值得她理我。

只是，我渴望她，我想有一部分的我會永遠渴望她。那個興高采烈要我去豪華影城看整夜《星際大戰》馬拉松放映的安娜。那個在布萊頓海灘睡在我大腿上的安娜。還有我們打壁球的那一次。那件美妙的查爾頓風格短褲。被動物包圍時她臉上的表情。

我可以連續看安娜好幾個鐘頭，觀察她微小的表情變化。她在想事情時，下唇會突出一點點，像卡通版的「沉思者」。她說了自己不太確定的話時，眼睛會往下瞄——一時片刻的含蓄、不安——然後又往上看，繼續說下去，彷彿在片刻間因為大腦的些許活動而重拾信心。

我想看她的照片，可是全被我刪掉了。以前到處是她的照片。廢棄的數位產品，在近乎被遺忘的設備的記憶體裡沉睡。拍得不好的照片、拍得太遲的影片。可是在我搬到康瓦爾鎮不久，有天晚上，我喝了太多之後，全都刪掉了。我記得手機問我的問題：「確定要刪除嗎？」

我突然瘋狂地想要再看到那些安娜的照片。我下載了某個硬碟復原軟體，號稱可以找回多年前刪除的檔案，可是並沒有成功。我的硬碟覆寫過太多次，上頭的數位印記早就消失了。

這時我想起來了。我的備份。積習難改，我一向每週備份一次，而且非常講究地將電腦連接到外部硬碟去做備份。

我開啟備份軟體，瀏覽安娜和我以前共用的那臺筆電的舊版本。我從傑克去世後幾個月中選了一個版本，聽到風扇賣力運作，知道硬碟開始復原了。

我下樓去吃了一點午餐，等我回來時，復原已經完成。我開始尋找子目錄，終於找到我要找的東西。安娜在沙灘上，遮陽帽在她的臉上投下一片陰影；安娜在劍橋一間酒吧裡伸舌頭；安娜滿臉通紅，看起來很累，胸前緊緊抱著剛出生的小傑克。

她好漂亮，面對鏡頭時從來就沒有完全自在過，總是帶著一抹淺笑，彷彿知道什麼你不知道的事，但也不打算告訴你。

翻看那些照片時，我看到幾張賈許的照片，一定是我在漢普斯特德最後那幾天下載並存在桌機上的。我看了一下：賈許穿著曼聯的球衣；賈許在慶生會上；涅夫寄來的那段影片，賈許戴著羅賓面具。儘管我現在知道斯拉德科夫斯基的真面目，這整件事還是很奇怪。

涅夫和賈許不是機器人。他們不是斯拉德科夫斯基醫師的行銷部門底下一名捷克實習生創造出來的東西。他們是真的。我跟他們說過話，看過他們血肉之軀的照片。

我知道我必須找到他們，看賈許是不是真的死了。最近幾個星期，我挖了一輪，想找到涅夫的行蹤，還有一個辦法我一直想試試看。我開啟了一支Linux入侵測試程式，測試涅夫的部落格網址。

wpscan – URL [nevBarnes.wordpress.com]

程式跑出一行又一行的代碼，尋找漏洞和後門。涅夫用的是舊版的WordPress，沒有更新修補，漏洞百出。我尋找他的使用者檔案，那些檔案藏了起來，有密碼保護。

我猜「Nev」（涅夫）就是他的使用者名稱，嘗試用蠻力找到密碼。

wpscan – URL [nevBarnes.wordpress.com] wordlist [root/ desktop/Nev]<27<1

又是一行行代碼，接著出現一個計時器，一個小小的沙漏，程式碼正努力用成千上萬種組合破解他的密碼，每組密碼間隔就在毫秒之間。接著，游標出現，找到了。看到他用什麼來當密碼時，我發出一聲嗚噎。

Josh2606（賈許2606）

我登入涅夫的WordPress帳戶，直接找到他的付款資訊。在他登記的一筆信用卡資訊底下，有個地址。我在谷歌地圖上找到那個地方：一間位於普雷斯頓的房子。

3

路上的紅磚有一種光澤，彷彿最近才沖洗過。仿都鐸風格的房子，有著棕色的橫梁和浮誇的山牆，圍著這條死巷子繞了一個半圓。規劃的人試圖打破新建住宅的單調，為每棟房子都添加了特色：假山、攀爬的長春藤、鄉村風的木籬笆。

這裡比我想像的還高級，不是我以為涅夫會住的那種地方。這條路太中產階級，是給房地產仲介和行銷主管走的路，這裡的人看《每日郵報》和《泰晤士報》，送孩子上小型的公立學校。

把車子停在三十六號外面時，我已經累了。這趟路將近七個鐘頭的車程，比我預期的久，我很高興我預訂了晚上的旅館。

我踏上車道，腳下的碎石子嘎吱響，接著沿著一條清爽的水泥石板路穿過草地。我按了門鈴，一陣電子鈴聲響起，低沉的聲音在屋子裡迴響。我等了一會，沒有人來，我正想離開時，一個男人開門。有那麼一刻，我以為他就是涅夫——一個更瀟灑、更有錢的涅夫——不過我又看了一眼，發現這個男人年紀比較大，還戴了某種領巾。

他說：「哈囉？」聽起來是有錢北方人的口音。「有什麼事嗎？」他一臉狐疑地看著我，我才發現我一直死盯著他。

「啊，真是不好意思。」說著，我讓自己的口音多一點劍橋味。「我找涅夫・巴諾斯。我們是舊識，後來失去聯絡，我手上最新的地址就只有這裡了。」

我的掌心在冒汗，我可以感覺那個男人正在打量我，審視我的聲音、衣著，還偷偷瞄了一眼我身後的奧迪車。

他說：「哦，巴諾斯先生是前一任屋主。他們大約兩年前搬走了。他和一個孩子。」

他和一個孩子。我想著這句話。他和一個孩子。

我說：「這樣啊。」我想像涅夫和賈許開車離開的情景，車上裝滿行李，還有裝了好幾個垃圾袋的鞋子。「那他有給你地址，好讓你把信件轉過去嗎？」

「恐怕沒有。這筆買賣進行得很匆忙，他一直說他會再把地址寄給我，可是我從來沒收到。不過如果你需要的話，我有他的電郵地址。」

「不用了，沒關係，那個我有。」

他突然警戒起站在家門口的陌生人，一臉困惑地說：「好。」

「你知不知道他可能搬去哪裡？」

男人想了一下，還在權衡眼前的狀況。「我想他搬去里維斯國宅了，雖然不太可能。就在本鎮邊。」

「里維斯國宅？」

「對。」

「謝謝，你真是好心。我也許會過去看一下。」

他又盯了我一眼，還不確定要怎麼把我歸類。「唔，那地方很大，而且也不是你會想多待的地方。小心你的車。」說著，他朝奧迪點了個頭。

我笑出聲。「啊，我懂了。無論如何，謝謝你，我會再考慮一下。」

「是啊，是該三思。」他說：「對了，能不能幫我一個忙？我們累積了好多巴諾斯先生的郵件。看來你可能比我們更有機會把信轉交給他。能不能交給你？」

「當然好，我很樂意。」

他消失了一、兩分鐘，我尷尬地站在門階上。接著他拿了四個大袋子回來，裡面裝滿信件。他說：「就是這些，顯然你這位朋友人緣很好。」

我把那四大袋信件放在後車廂，然後開回主道路，那個男人一直站在門口看著我離開。主街上大部分商店的門窗都釘了木板，只剩下幾間外賣印度菜、叫車公司，還有一間破舊的辦公室，打著「贏了才收費」的法律服務廣告。

我開進一間酒吧的停車場，是間一層樓的小房子，左右都是二層樓的排屋。酒吧的一邊牆上有塊火燒痕跡，夾在那排房子裡，看起來像顆斷掉的黑牙。我在車上坐了一會，一邊看著手機上的地圖，一邊敲打方向盤。

我正在想該怎麼做時，有人敲了敲車窗。兩個瘦巴巴的孩子站在車子旁，輪流喝著一罐超強拉格啤酒。

窗戶搖下來時，比較小的那個男孩子說：「先生，要爽一下嗎？」

我回答：「不要。」我連他要我爽什麼都不知道。

「那你這變態幹嘛把車子停這裡？」

我說：「滾開。」

「你在這裡幹嘛，變態？」年紀較大的孩子開始竊笑，兩人互碰了一下拳頭，來來回回遞著啤酒。

「我在找人。你們可以幫我的忙嗎？」

較大的孩子往地上啐了一口，說：「我們幹嘛幫你？」

我說：「我會付錢。」

「多少？」

「二十塊。」

「滾邊去，當我笨蛋啊？那點錢我賣這些東西不用五秒就能賺到了。」

「五十。」

兩個男生看著對方，壓在棒球帽底下的眼睛互使眼色。

「好，先給錢。」

我拿出一張五十英鎊的鈔票，不讓他們碰到。「我要找一個叫涅夫．巴諾斯的人。認識嗎？」

「有可能。」

「別打糊塗仗。認識就是認識，不認識就是不認識。」

「愛信不信，我還真的認識。」較小的孩子說：「但是先給錢，不然我不說。」

我上下打量他。「那好吧。」說著，我把那張鈔票遞過去，不過兩個男生只是站在那裡，笑看對方，點起菸來。

較小的孩子隔著窗戶靠過來，他身上有廉價身體噴霧的味道。「我跟你說吧，朋友。」他壓低了聲音，幾乎成了耳語。「我一定會跟你說，因為我認識涅夫，真的。他們家孩子是我們學校的。他們兩年前搬過來。」

他們家孩子。他和一個孩子。我的手在顫抖，所以我抓緊方向盤。

「你看到那邊幾個少年嗎？」他指著馬路對面幾個年紀較大、正在玩特技單車的男孩。我點頭。「好，如果你不再多拿出一張五十，我就跟那些人說你給我五十塊，要我幫你吹喇叭。」

他笑得天真無邪，好像正在學校裡拍照，我知道我被耍了，但我別無選擇，於是又拿出一張鈔票，塞進他的手心。

他笑了，隨便把錢塞進口袋裡。「其實你已經很接近了。」他說：「就在那個路口。紅色圍牆，車道上停了一輛舊福特菲斯塔。」

「謝謝。」

「滾吧，有錢少爺。」他說完，兩人笑著走開，邊走還邊喝啤酒。

那孩子說對了，我只差半分鐘就找到人了。一大塊長方形草地，周圍全都是排屋。草地上放了一堆堆的垃圾，大型的工業容器，還有一團篝火，周圍圍了一圈黑色光暈。草地的角落有一塊磚塊圍起來的區域，有些位置的水泥顏色比較白，是原本放溜滑梯和攀爬架的地方。

我可以看到涅夫的房子，車道上那輛菲斯塔，殘破的紅圍籬，鄰居的窗戶上掛著一面英格蘭的聖喬治十字旗。我正停車時，幾個在草地上踢球的孩子停下來盯著我，看我想幹嘛。我瞪回去，虛壯聲勢，這樣他們可能會以為我是來討債的，不是他們惹得起的人。我正要轉身走進涅夫家的門時，就看到他了。

我立刻知道那是賈許。他正在玩球，身子一躲，迂迴轉身，球技出眾，金髮在他身後飄揚。其他孩子穿著連帽衫，略顯駝背，踢起球來拖泥帶水，他在其中顯得格格不入。他繞過三名球員，虛腳一晃騙過守門員，毫不費力地讓球滾進兩個汽油桶之間。

我看了太多次他的照片，很清楚他的髮色，他略成圓形的肩膀形狀。看著他走回隊友身邊，儘管長大許多，我仍認得他此刻羞怯的笑容，還有他的頭髮在臉上翻飛的模樣。

我看過那個笑容。涅夫和賈許站在北方天使旁的照片。我必須阻止自己，才不至於走到他面前，好好端詳、碰觸這個奇蹟男孩。我想要用雙手捧著他的臉，感覺他皮膚的溫暖潮紅。我朝他揮手，但是他沒看到我，沒對我揮手。

涅夫家的門壞了，必須抬起來才能打開。我按了門鈴，等著。門邊有幾雙孩童的鞋子、運動鞋和藍色雨鞋，鞋跟上都是泥巴。他和一個孩子。

我認得來開門的男人。那絕對是跟我講過話的涅夫，是我看過的照片和影片中的人，但那不是我記憶中的涅夫。他一臉憔悴，沒刮鬍子，嘴唇乾燥破裂，身形枯槁，就像個營養不良的酒鬼。身上那條牛仔褲鬆垮地掛在屁股上，灰色運動衫的手肘上有破洞。他看起來更瘦、更老，像個七十歲的老人，只是還穿著年輕時候的衣服。他拍掉肩上的頭皮屑。

「你好，有什麼事嗎？」

他的口音很重，比我印象中跟他講電話時還重。我注意到他的目光不時瞄向我身後草地上的那幾個孩子。

「涅夫？」

他愣了一下，我想我看到恐懼在他的眼裡一閃而過。

「我是，有什麼事嗎？」蘭開夏郡人拉長了母音的口音，提醒我離家很遠。

我輕快地說：「我是羅伯，傑克的爸爸。」他的臉色沒有變化，我不確定他是不是記得我。

「可以跟你談一下嗎？」

涅夫上下打量我。前廊有點霉味，像溫室，角落有幾疊免費報紙，以及一臺破爛的推車。

涅夫撐開門，說：「好啊。」

室內乾淨清爽，相較於外面街道就像個小綠洲。一張陳舊但乾淨的沙發，一個壁爐和壁爐架，沒有半點灰塵。角落整整齊齊堆著童書，而隔著通往廚房的門，我看到冰箱上貼了一張小朋友的畫作。

我坐在沙發上，涅夫在角落一張小硬椅坐下。我們一時半刻沒說話。他身後一個層架上有一組大理石白的天使和奔馬雕像，排列完美對襯，像一隊沉默的陶瓷軍。

涅夫說：「我不記得你……應該不記得，我想不起來。」窩在角落的他，看起來很小、很孤單，像是電影裡被戀童癖的獵人抓到的人。

「沒關係。我知道你跟很多人聊過。兩、三年前我們講過一次電話，我兒子叫傑克。」

毫無動靜，連一絲認出的微光都沒有。傑克的治療、我跟安娜的關係，我什麼都跟他說了。

現在感覺我是在跟另一個人講話。

我說：「我們去布拉格治療，可是我太太不想繼續。」我希望這能喚醒他的記憶。「我們回家後不久，傑克就死了。」

「啊，真是遺憾。」涅夫這麼說，但感覺他正在別的地方、聽別段談話。他的話斷斷續續，有點突兀。「你怎麼知道要找到這裡來？」

我說：「到處問來的。」涅夫正要開口，外面傳來一聲大叫，同時某種東西，我想應該是足球，撞到一扇前窗。涅夫留在座位上沒動，好像司空見慣。

「在外面踢球的那個是賈許嗎？」我問：「那個金髮男生？」

涅夫看了一眼窗戶，然後又在椅子上坐好。他好一會沒說話，彷彿說話對他來說很困難，彷彿他正努力克服自己的口吃毛病。我看到一張茶几上放了幾張廉價的傳單。「涅夫．巴諾斯，大小工作都接，油漆、園藝、各式零工。請洽：〇一七七二五三二六七六」。

過了一會後，他說：「那不是他。不過我知道你在說哪一個。瘦長的小伙子。」

我想到外面那個男孩，踢球射進油桶之間，撥開臉上的金色長髮。是賈許，我確定是賈許。

涅夫靜靜坐著。一尊天使暫時吸引他的注意，彷彿他注意到它的翅膀上頭有一點灰塵。

突然，他從椅子上站起來，朝我走了幾步。他變得很緊張，兩手敲著腿，一片紅色疹子在脖子上蔓延。

「先生，我不想太失禮，不過我能幫你什麼嗎？我……你兒子的事我很遺憾，可是我……我……我不確定我能幫你什麼忙。」

我說：「那賈許人呢？」我不是故意的，但這句話感覺像威脅。

涅夫又靠近一點，彷彿想帶我到門口去，但我沒讓步，繼續坐在沙發上。他更加焦躁了，在客廳來回踱步。

他說：「我不知道你為什麼來這裡。」他扭絞雙手，彷彿要將濕布扭乾。

我看著他的眼睛，說：「我只想知道賈許怎麼了。」

涅夫敲彈手指，扭壓指節，說：「賈許怎麼了？你問我兒子的事幹嘛？」他站在我上方，身上有汗臭味。「我認為你該離開了。」

我站起來面對他。他現在顯得小了一點，我比他高將近一顆頭。「賈許在哪裡？在學校？」

他看看我，又把視線移開。「對，沒錯，在學校，那孩子在學校。」他那口氣，恐怕連他自己都不相信。

「你在說謊，涅夫，我知道你在說謊。」

「說謊，你說什麼屁話……先生，我告訴你，他就在路口那間學校，他很快就會回來寫功課了。要不然就會去外面跟那些孩子玩……總要我喊他他才會回來吃點心，因為我的賈許，他很瘋足球……」

涅夫看起來不太好。他不再走來走去，而是一動也不動站著，抓著壁爐架支撐自己。他在發抖，眼神空洞，好像發病了。

我碰觸他的手臂，說：「你還好嗎？也許你應該坐下來。」我扶他坐回原來的椅子，他癱在坐墊上，試著平緩呼吸。

他突然說：「我的賈許五年前死了。」然後轉頭看牆壁。

我沒說話，涅夫搖搖頭。「他一直沒好起來，那可憐的孩子。他在那裡就死了，在布拉格。」

他往前坐，不再面向天使，而是面向我。「他也去了那間診所，斯拉德科夫斯基醫師的診所，接受治療，可是對他也沒效。我不懂。我看了那麼多人的見證，那麼多小男生小女生都好起來了。可是到最後對我們的賈許一點用也沒有。」

「你說……我不……那為什麼你說他活著，說他好起來了？」我頸背的皮膚開始發痛。

涅夫聳聳肩，我注意到他的左腳正瘋狂地敲打地毯。

「我不懂。你那些信，你寄來的賈許的照片。我們講過電話，我聽到他的聲音。我記得你要他把鞋子脫掉，我還聽到後面有卡通的聲音。還有你們兩個打扮成蝙蝠俠和羅賓。我真的不懂。那些照片裡的人是誰？」

涅夫的身子更垮了。「年紀比較小的那幾張，那是我的賈許。是他在診所那段時間拍的。但是你看到的年紀比較大的那些，是他的表哥提姆。他們同年，以前每個人都以為他們是親兄弟。那是我妹妹的孩子。」

我吞了一口口水，想把喉嚨裡那厚得像灰塵的東西趕走。剛剛對涅夫的同情已經消失無蹤。

「所以你讓表哥假裝是賈許？」

涅夫說：「不是那樣的。他當然知道賈許的事，也知道我常在癌症團體活動。所以我們打扮起來拍那些好笑的影片時，他以為他只是在幫助那些生病的孩子。老實說，他很喜歡那樣。他很高興能幫忙。聽我說，我不太會說這句話，可是，呃，我……對不起，我真的很抱歉。」

我說：「你很抱歉？」我往前坐在沙發的邊緣。「你看過最近的新聞嗎？你有看到那個人對那麼多孩子，對那麼多家庭，對我這樣的人，做了什麼事嗎？而你只是坐在這裡，好像那件事跟你一點關係也沒有，好像你是完全無辜的。」

「是，我看到新聞了。我對天發誓，我本來真的什麼都不知道。我相信他的治療有用，真的。因為我的賈許剛開始去那裡，接受第一次治療時，他們給我們看了數據，說藥效發揮了。那些蛋白質、GML、CB－11等等，他們說那是腫瘤正在死去的跡象。所以我們繼續治療，一回合接著一回合。可是你知道，治療很昂貴，我們沒那麼多錢，我到處借錢，然後借來的錢也花完了，我只好把房子拿去貸款。」

涅夫吸了吸鼻子，用手指擦了一下。「治療十二次之後，斯拉德科夫斯基醫師說效果很好，但是我們必須繼續。我……我不知道我要怎麼付那筆錢，但我又簽名同意再做四次治療，接著又再做三次。你說誰不會繼續呢？那是你的獨子，你必須那麼做，是吧？然後他們一直跟我說他好多了，治療有效，很有效，他們一直說，很有效。我真的以為我的賈許好起來了。因為他看起來完全不一樣，真的。他的氣色好很多，臉頰都有了血色，而他之前出現的問題，像是說話、走路等等，都改善了。就像煥然一新。跟他之前做化療時相比，簡直是日與夜的差別……」

涅夫的額頭閃著汗光，兩隻手在褲子上擦了擦。「我看過我太太的樣子，所以我不打算讓我的賈許遇到同樣的事。」

「你太太？」

「對，她在賈許發病之前幾年也得了癌症。事情發生得很快。」涅夫吞了一口口水，深吸一口氣。「有個週末，我們去荒原健行——我的蕾絲莉，很耐走——突然她痛得不得了，必須去急診室。結果，就是癌症，胰臟癌。醫生說她還有九個月，可是她只活了三個月。」涅夫對著天使和飛馬點個頭。「這些是她的。她收集的。」

屋裡很安靜，只聽到外面小朋友的玩鬧聲，還有遠處的警笛聲。

「老實告訴你，所以我才會去布拉格，耗盡家產，全都給了那間診所：存款、房子、跟朋友借來的錢。因為我無法忍受看到我的賈許下場跟我的蕾絲莉一樣。」

我想到某人在**希望之地**上寫的東西。我們是這一切的受害者。受害者。只能走著自己的路。為我們的孩子盡全力，這是任何父母都會做的事。

我說：「你太太的事，很遺憾。可是那不能解釋你為什麼要一直推廣你明知道沒用的治療方法。」

「我……老實說，剛開始我並不知道沒有用。我開始在論壇上講那間診所的事，推廣那裡的治療，是我以為賈許有好轉的時候。他們跟我說治療有效，我就相信他們了。我深信不疑，簡直開心得想放聲大喊。我開始說那間診所的好話，是因為我真的——羅伯，我發誓這是實話——想幫助其他孩子。」

我傾身往前靠，我一個字也不想漏掉。「賈許死了以後呢？」

「呃，剛開始我有點自欺欺人吧，還是認為那種治療確實有點效果，畢竟賈許確實活得比醫師預測的還要久。如果他能早點去那裡接受治療，也許就有用了。我就是那樣告訴自己的，我覺得都是我的錯。」涅夫低頭看著大腿。「不過也是為了錢，我承認。」

「錢？」

「對，錢。」涅夫抬頭看我。「我不會給自己找藉口。我知道我做錯了。我涉入太深了，真的太深了。斯拉德科夫斯基醫師行銷部門的一名員工，看到我在論壇上的貼文，就提議我每介紹一名病患去診所，他們就給我一定的佣金。你知道，我那時走投無路，真的走投無路。我欠了斯拉德科夫斯基那麼多錢，十萬英鎊都不止。賣了房子，還清其他地方欠的錢之後，還只能還他一半的錢。結果他們說，我可以替他們工作還債。

「剛開始我很遲疑，因為我知道我必須騙大家賈許還活著，可是他們提到引渡條約，威脅說要採取法律行動。那時我已經失去房子、失去一切，我真的很害怕，因為我還有克蘿伊要養，而現在這裡又找不到工作。這時斯拉德科夫斯基那邊開始有錢進來，而且是一大筆錢——實實在在的錢——我開始還債了，我們還能搬出我媽家，到這裡來……」

我說：「克蘿伊？」

「啊，抱歉，我說得太忘我了。克蘿伊是賈許的妹妹。」

門邊的小雨鞋，冰箱上的圖畫，電話那頭的卡通聲。他和一個孩子。

「我知道我那樣做不對，可是我不能讓克蘿伊失望啊。她沒了媽媽，又失去哥哥，我不想讓她看到爸爸去坐牢。我想讓她有個家、有自己的房間。」

雲遮住太陽，客廳的光線暗下來。

涅夫說：「你，呃，你要不要喝杯茶或咖啡什麼的？」

我沒回答，搖了搖頭。

「你說你兒子，傑克，去了斯拉德科夫斯基診所？」

「對，那時我們已經束手無策。傑克做了幾次治療就停了。」

我不知道我為什麼要拿出隨身放在皮夾裡的傑克的照片，遞給涅夫。

涅夫微笑著說：「啊，我想起來我在你寄來的信裡看過他。他是個帥小子，跟信裡的樣子很像。」

我把照片拿回來，再看一次。那是在攝政公園附近一個兒童遊樂場拍的，路口過去就是弗拉納根醫師位於哈里街的外科診所。

又一顆足球打到窗戶，我可以聽到玻璃顫動變形的聲音。涅夫連眉頭都沒皺一下。客廳一角有一疊折好的衣服，看得出來他正在熨燙女兒的校服。

我說：「那你為什麼停了？」

「你是說不再幫斯拉德科夫斯基做事了？」

「對。」

「你想聽真話嗎？」

「那樣當然好。」

涅夫聳聳肩，說：「我還清債務了。我自由了。他們撤銷了所有法律程序。」涅夫住了口，低頭看著膝上。「聽我說，我……對我所做的事，還有你們傑克的事，我真的很抱歉。」

聽他說傑克的名字，我覺得很刺耳。感覺是那麼不恰當，彷彿傑克這名字應該只在崇敬靜默中被提及，而不是從一名陌生人口中、從涅夫口中聽到。

「那也是用那筆錢買的嗎？」我朝角落那臺超大型高畫質電視點個頭。

「你一定會以為我在說謊，不過那是我抽獎贏來的，真的。」

「是啊，涅夫，因為你永遠不會騙我，是吧？你永遠不會做那種事。」

我在位子上動了動。襯墊的泡棉舊了，我陷進中間的一個凹洞裡。我看著涅夫講他賺人熱淚的故事，瘦弱的身體垂頭坐在椅子上。

「你知道你給了我多少希望嗎？不只是我，還有好幾百名同樣處境的父母。你不會記得這件事，涅夫，可是我記得。我記得當初收到你的來信時是什麼情景。那時我在倫敦家的露臺上。你那封信我大概看了有上百次吧。你說：『好消息，賈許的掃描結果又一次乾乾淨淨。』直到今天，我還記得你那句話，因為那對我來說太重要了。我一直把那封信叫出來看，用電腦，用手機，一次又一次重看……」

我停下來。沒什麼好說的了。我起身準備離開，涅夫還留在位子上，縮在角落，一動也不動。我朝他走過去，他以為我要打他，身體一縮，幾乎要陷進坐墊裡。

「你很可悲，涅夫，可悲極了。」我想打他，想一拳揍在他的臉上，可是我不信任自己，我怕自己會失控，我轉身走出去。大門在我身後關上時，我聽到他的哭聲。

屋外，本來在踢足球的孩子現在都圍在車子旁，我又看到他了，那個我以為是賈許的男孩子。拉近了距離，他看起來不一樣。他的金髮，之前看起來好像在發亮，現在顯得油膩而凌亂。他的唇邊長了皰疹，看起來好像吸了膠。

他說：「先生，你喜歡看小伙子踢足球是吧？」他比我原先以為的還要大，大概只比我矮半顆頭。他正在喝一大瓶黃色的精力飲料，朝地上啐了一口濃稠的唾沫。現在看著他，他看起來一點也不像賈許——他的臉比較尖，比較冷硬；他的頭髮色澤不一樣。

我說：「滾開。」

他學我的倫敦腔，說：「滾開。」大夥都笑了，繼續模仿我的南方口音。

他說：「你住的地方離這裡很遠吧，先生？」其他孩子笑了，我走向車子時，他靠得更近。

「蓋瑞，就是這個人給你一百塊要你幫他吹嗎？」

他們笑成一團，像癲狂的古希臘合唱團。在那一群人的後面，我可以看到那兩個跟我說涅夫住哪裡的男孩子，棒球帽壓低蓋在臉上。

關上車門時，那群男生一起靠過來，像支訓練有素的軍隊。我的手在顫抖，摸索著鑰匙，還得抓住方向盤讓雙手穩住。他們喊著：「變態，變態！」並且對車子一陣拳打腳踢、丟石頭，我快速開車離開。

4

回覆：回覆：
作者：羅伯
時間：二〇一七年六月二日（週五）上午十一點四十五分

哈囉，希望你一切安好，也希望你心情好點了。上一封信裡，你問我為什麼帶兒子去找斯拉德科夫斯基醫師。呃，簡單地說，因為我很蠢，因為我很急，因為我無法接受我兒子快死了。

我不是在給自己找藉口。我太太，安娜，看得出來斯拉德科夫斯基醫師是騙子。她一次又一次告訴我，可是我不聽。我對她很壞，可想而知，她再也不想跟我有任何牽連。真希望我能彌補她，彌補我對她造成的傷害，但是我想已經來不及了。

除此之外，我很好。再次感謝你聽我說話。你最近好嗎？

回覆：回覆：

作者：naws09

時間：二〇一七年六月二日（週五）下午一點二十七分

嗨，羅伯，我還不錯，謝謝，只是這幾天有點胡思亂想。（我除了工作、沒別的事時，下班回到空蕩蕩的家，就會這樣。）

我好希望能回到原本的生活。有時我會上臉書，看在這一切發生之前，三年前那一天我在做什麼。看到以前的日常生活，我總是好難過：室內遊樂場、我的有氧舞蹈課、全家人一起出去玩。一個本來那麼熟悉的世界，現在卻是那麼遙遠，感覺真的好奇怪。

我手上正拿著一張我女兒露西在浴室的照片。她戴著泳鏡站在那裡，因為她洗澡時喜歡戴著泳鏡，把臉埋在水裡吹泡泡。照片裡的她，表情好可愛，幾乎有點生氣，好像已經受不了我一直拍照。我忍不住一直拿出那張照片看。我好想摸著照片，爬進照片裡，再次跟她一起回到那間浴室。啊，真是不好意思，我說得太多太雜了，你可能看不太懂。

保重。

我下載了涅夫在**希望之地**上的所有私訊，整理成資料庫。這樣一來根據地點和傳送日期更容易一次瀏覽。我說不上來自己為什麼要看那些信。我知道我在找東西，可是找什麼呢？解釋我為什麼會上涅夫的當？為什麼會這麼相信斯拉德科夫斯基醫師？

我認得幾個在**希望之地**上看過的名字。湯馬斯．巴森。約翰．史蒂文森。穆瑞爾．史蒂凡諾維克。佩莉雅．達維多夫。他們的孩子多半都死了。我在地方報紙上看到他們的訃文，看到他們喜歡樂高、最喜歡毛茸茸的拖鞋、是萊斯特城足球隊的鐵粉。臉書上有悼詞，分享了上百次，說到他們的孩子一直到最後都是那麼堅強、從容、幽默。

我對**希望之地**的人從來就沒什麼興趣。我不在乎他們的人生。我只想從他們的貼文裡找出他們的孩子接受過那種治療、傑克適不適用。閒聊的貼文、他們的週末計畫、要開車去哪裡玩，還有他們偶爾玩的單字聯想遊戲，我統統沒興趣。

我想，我甚至有點瞧不起他們。他們烤糕點募款、加主題標籤。我以前都叫他們海豚泳客（dolphin swimmers）。那些人談自己有多好命、讚美每一次的日出、試圖說服世界——還有自己——他們的孩子得癌症，其實是禮物。

現在我想認識他們，這些絕望到對涅夫掏心掏肺的父母。於是我看了他們的故事，瞭解事情的發展過程：孩子沒食慾，在學校幾次頭暈，剛開始他們以為沒什麼，可能只是週末踢足球太累。他們說得鉅細靡遺，彷彿是在法庭上作證，我讀到他們的孩子確診的那一天：那天有沒有出太陽、路上有沒有塞車、掛號檯人員的香水味、他們濕黏的皮膚貼在候診室的皮座椅上的感覺。

我讀到他們全家去度假，他們喜愛的工作和賴以維生的工作、他們去湖邊小木屋玩。他們跟孩子做的事，在佩佩豬樂園玩一天，超級英雄主題的慶生會。我讀到他們的希望（臨床試驗、注射維他命C），也讀到那些希望消失得多快。我讀到他們失去信心，詛咒那個容許這件事發生的上帝。

他們經常提起「之前」。確診之前。這一切發生之前。傑米生病之前。因為現在描繪生活輪廓的東西不一樣了。不再是「我們結婚之前」，也不是「傑米出生之前」。現在有了新的之前與之後。我注意到他們多需要談談這個之前，重溫這段往日時光，因為那是他們想要回歸的世界。我瞭解他們為什麼跟涅夫說他們以前擁有多少——足球賽、運河船假期——因為這樣他或許能瞭解，他們必須失去多少。

他們跟涅夫說那麼多，還有一個理由。因為有時候，唯有說說自己的事，你才能活下去。

回覆：首次確診

作者：johnkelly

時間：二〇一七年六月五日，週一，上午八點〇五分

大家好。一切發生得太快了。我們剛得知這個令人心痛的消息，我們親愛的女兒腦幹上有個腫瘤。醫師還不確定腫瘤的性質，我們還驚惶未定。她才十歲，是學校足球隊的隊長。我們還沒跟其他家人說，也必須等醫師通知進一步檢查結果，可是我們想問問看，有沒有人遇過腦幹上的腫瘤？這通常會是那一種？可以治療嗎？這些答案好難找到。拜託，有誰能幫幫忙嗎？

約翰．凱利

回覆：首次確診
作者：羅伯
時間：二〇一七年六月五日，週一，上午八點三十分

親愛的約翰：

很遺憾你加入了這個沒人想加入的社團。回答你其中一個問題，只有病理檢查能真正知道腫瘤的類型和級別。關於腦幹腫瘤的問題，我恐怕幫不上忙，不過我確定會有別人提供意見的。

在清楚知道你們要對付什麼之前，請盡量不要驚慌（我知道說的比做的簡單）。還有盡量離搜尋引擎遠一點。腫瘤有很多種，其中很多兒童腫瘤都是治得好的。光是最近幾年，腦瘤的治療就已經有大幅進展。有太多希望了。

有我幫得上忙的地方，請告訴我。如果你想聊聊，隨時歡迎寄私訊給我。祝福你們。

羅伯

回覆：首次確診
作者：motherofdavid

時間：二〇一七年六月五日，週一，上午十點三十六分

實在不知道該怎麼開始，我就直接說了。一個多月前，我們家的小兒子詹姆斯確診得了第三級星狀細胞瘤。確診之後，看了這個論壇上的一些經驗之談，我們本來存有一些希望，還有一個臨床試驗，詹姆斯可能符合資格，可是這些希望都落空了，現在醫師考慮要停止治療，因為他們說已經無能為力了。

儘管在內心深處，我知道這一天終將到來，但這個消息還是徹底將我們擊垮。上帝怎麼可以如此殘忍，詹姆斯才七歲，而醫師說他可能還能活幾個月，甚至可能只有幾個星期。診斷結果出來時，我知道情況不太好，但我以為至少還有一、兩年。我想我先生一直都知道會是這個結果，但醫師來通知時，我從來沒看過他那麼傷心、那麼心碎。我們的生活都不成樣子了，我不知道如果我們失去他，我們要怎麼活下去。而且，好像沒有人知道，現在到底還有沒有辦法能幫上忙。我真的無法理解，我的心好痛。

回覆：首次確診

作者：羅伯

時間：二〇一七年六月五日，週一，上午十一點〇二分

親愛的motherofdavid：

很遺憾你們聽到這種消息，任何言語都無法安慰你們。我和我的兒子經歷過同樣的事之後，我認為這件事無法理解，最好也不要想理解，至少現在不要。你們現在能做的，就是珍惜相聚的每一刻——就像你自己說的，你不知道這段時間會是多久。

祝福你和你的家人。如果你想聊聊，歡迎隨時聯絡。我用私訊傳了我的聯絡資訊給你，我隨時在這裡聽你說。

羅伯

主旨：對不起
傳送日期：二〇一七年六月七日（週三）下午十二點〇五分
寄件者：涅夫
收件者：羅伯

親愛的羅伯：

現在也許太遲了，我也沒什麼能跟你說的，但我只是想要再跟你說一次，對我所做的事，我很抱歉。我那樣做真的太不應該了，傷害了你和無數其他人。

我正努力彌補，試著聯絡所有我欺騙過的父母。我主動去附近的警察局，陳述我在這整件事中的角色。我明白，在斯拉德科夫斯基醫師的起訴案裡，我有可能會面對刑事訴訟。對我所做的事，我會接受任何處罰，一切都是我咎由自取。我很擔心我的克蘿伊，不過我跟我妹妹談過了，她說如果我必須離開一陣子，她可以幫我照顧她。

我說過，我不期待原諒，但我真的希望你知道我有多抱歉，如果有任何方式能彌補你，我一定會做的。

祝福你

涅夫

回覆：回覆：

作者：naws09

時間：二〇一七年六月八日（週四）下午十二點〇五分

嗨，羅伯，我只是想跟你說，很高興看到你在「首次確診」版上出現了！我知道這沒什麼大不了，但當時真的幫助我很多。（我知道這樣聽起來很糟糕，那麼做當然是為了幫助其他人度過痛苦的時期，我不是故意要把這件事的重點放在「我們」身上，不過，希望你懂我的意思）。

容我暫時說點有深度的話，我想每個人都有付出、愛與分享的需求——一旦有了孩子，我們就有完美的管道滿足這個需求，有地方讓我們把所有的愛都交出去。我失去兒子時，突然那個管道不見了，那份愛再也沒有地方去了。我想那就是後來我去「首次確診」版上做的事。試著幫助別人，但同時也試著給我的愛找到一個安置的地方（我知道這樣說聽起來很自私）。

回覆：回覆：
作者：羅伯
時間：二〇一七年六月八日（週四）下午十二點十五分

謝謝。你說得太貼切了。我現在有事要忙，晚點我會再寫多一點，不過你這封信讓我有點困惑。你說你失去兒子時。除了露西，你還失去過另一個孩子？

回覆：回覆：
作者：naws09
時間：二〇一七年六月八日（週四）下午十二點十六分

我要是去當間諜一定很失敗。

回覆：回覆：
作者：羅伯
時間：二〇一七年六月八日（週四）下午十二點十六分

什麼意思？

回覆：回覆：
作者：naws09
時間：二〇一七年六月八日（週四）下午十二點十七分

我說溜嘴，洩漏身分了。
羅伯，是我，安娜。

比奇角

我們坐在太陽底下野餐，俯瞰下面的燈塔和岩石。
你一直在講那個盒子，中國餐廳的外帶兒童餐盒。
天啊，傑克，你簡直是愛死那個盒子了，
一刻也不讓它離開你的視線，
連睡覺都要把它帶上床，盒子裡還有蝦餅屑，油膩膩的。
最後在媽咪的堅持下，才讓我們拿去洗乾淨。
傑克，我知道你為什麼喜歡那個盒子。
因為上面畫了氣球、燈籠，
還有蜂鳥飛向燃燒的太陽。

5

講堂很暗，只有一盞聚光燈照在安娜身上。我正站在梅菲爾飯店一間會議室的後面，厚厚的胡桃木門將會議室與外面隔絕開來。觀眾各個坐得直挺挺的，一動也不動，像穿著西裝和亮面鞋的影子。只看得到安娜的臉。她距離我很遠，不過她的頭放大投射在一個大螢幕上。她看起來充滿自信與威嚴，頭髮整齊地梳在耳後。

我想起我們在一起的最後幾個星期。在拉起的簾子後面喝伏特加；漂白水的味道；永遠在運轉的洗衣機；安娜在另一個房間對她母親低聲說話。

我一邊聽，一邊往講臺靠近。安娜正在講「會計倫理」。安隆案[8]之後，這一行必須重新贏得大眾的信任。她換上另一張幻燈片，接著說，這表示不只要建立良好的行事作風，還要重拾原本的——也是現在不流行的——優良且穩健的會計基礎。

觀眾鼓掌，安娜走到講臺另一邊，跟旁邊的某人握手。現在燈光已經打開，與會的會計師拿著資料夾，開始依序離開，脖子上還掛著名牌掛繩。

安娜還在跟講臺邊的人說話，我看著她親了一個打扮俐落的年長女人的臉頰。她們慢慢往外走，靠得很近，但沒有碰到對方。她看到我時，向對方告退，往我這邊走過來。

她說：「哈囉。」她沒笑，不過也沒皺眉。介於中間的表情。

我說：「嗨。」我還臉紅了，彷彿這是我們第一次見面。神奇的是——因為太驚人了，我還偷偷看了第二眼——我發現她幾乎沒什麼改變，還是那麼漂亮。

她說：「你看起來很好。」

「你也是。」我想擁抱她，但我把手放在身體兩側，沒輕舉妄動。往大廳走去時，我又偷偷看了她幾眼。她的頭髮比我記憶中的要長，她變瘦了，也曬黑了，我想是因為跑馬拉松的關係。

「等我十五分鐘，我去跟幾個人打招呼好嗎？我等一下回來這裡找你。可以嗎？」

「當然可以。你確定十五分鐘夠嗎？我不介意等久一點。」

「羅伯，你參加過會計師大會嗎？」

「沒有。」

「我有。」她不帶笑容地說：「我們十五分鐘後見。」

我在大廳等她，我的手因為流汗而濕黏。剛剛好十五分鐘後，安娜穿著外套出現，肩上背了一個筆電包。

「我好了。你餓了嗎？」

8 Enron，二〇〇一年十月爆發的安隆案是美國史上最大的企業弊案，因不當審計，最終重創安達信會計事務所及多家投資銀行。

「有一點。」

「路口有間泰國菜還不錯。要去嗎？」

「很好啊。」

有一小段時間，我們安靜地往前走。過了一會，我說：「會開得怎麼樣？」

「喔，反正就是該做的事。」

「你現在在倫敦這裡工作嗎？」

「大部分時間是。我只是當顧問。你呢？還住在康瓦爾？」

「對。」然後我們就安靜地走路，因為，我突然不知道要說什麼了。

那間餐廳是我們住在倫敦時應該會來的地方，我們兩個都喜歡那種清爽、精緻的食物。我們在角落的雅座坐下，椅子是簡樸的木製長椅，牆壁像土窖一樣將我們包圍。

安娜說：「這麼久之後再看到你，感覺好奇怪。老實說，我有點緊張。」

「對啊，我也是。抱歉，我現在有點不正常。不過看到你真好。」

安娜說：「是啊。」她笑了笑，但我不知道這個笑容代表什麼。接著她低頭看著菜單。「你準備好要點菜了嗎？」

我說：「好了。」其實我根本沒怎麼看菜單。選菜時，我瞄了一眼她的手，發現她並沒有戴婚戒。

服務生幫我們點好菜之後，她說：「我很意外你不知道那就是我。」

「什麼意思？」

「跟你在**希望之地**上聊天啊。」

我說：「哦。老實說，我真的沒想到。」

安娜說：「真的假的？」因為她一向很喜歡玩室內遊戲，比手畫腳。「我以為你會猜得到，尤其是我提到在浴室戴泳鏡之後。」

「沒有，我真的完全沒想到。如果不是你自己說出來，我永遠也不會知道。不過，後來我想到你女兒的名字，露西，就很合理了。」

露西，是安娜幫我們失去的第二個孩子取的名字。

服務生把我們的飲料放下。安娜點了一杯紅酒，我點了一杯水。

服務生走了以後，安娜說：「我真的很高興你不再喝酒了。」

「我也是。」我嘴裡這麼說，但心裡刺痛了一下。不喜歡人家說他是酒鬼的酒鬼。一陣靜默，熟悉的靜默。傑克走了以後，在廚房桌子上蔓延的靜默。

我喝了一口礦泉水，第一次勇敢地看著她的眼睛。「那個，我知道我說過了，但我想當面再說一次對不起。我對你說了一些不可原諒的話，關於傑克，還有在布拉格的治療。不可原諒。因為酒，我真的失控了。我知道那不是理由，我也不期待你會原諒我。不過我真的想道歉。我真的非常非常抱歉……」

安娜一時沒說話，深深吐出一口氣，彷彿她一直在憋氣。「羅伯，謝謝你。聽到你這麼說，對我真的意義重大。」她的語氣很正經，還有一點冷淡。「所以，好，我接受你的道歉。」

「謝謝。你太善良了。真的。」

安娜聳聳肩。「人生太短暫啊。我們比任何人都還要清楚這一點。」前菜來了。一盤小春捲，紅蘿蔔絲從兩端冒出來。安娜低頭看著她的盤子，好像正在決定要從哪裡吃起。

安娜說：「我不想騙你，你說那些話時，我真的好難過。關於診所的事，你說本來我們可以救傑克，還有……」她停下來，用餐巾擦了擦嘴巴。「反正，抱歉，我們不需要重翻舊帳。我當然不是來罵你的。」

最近這幾個星期，有更多診所的內情浮上檯面。許多病人的父母和親戚出面說明，其中很多人要求賠償。有個之前在診所工作的護士，向媒體爆料員工之間稱為「加藥」的做法。他們會給病人少量嗎啡和類固醇，引發模擬免疫工程的臨床反應。我想到斯拉德科夫斯基醫師給傑克吃的藥——他帶來的小罐子，我看到他放在傑克舌下的藥丸。

我說：「很諷刺吧？我對你說了那麼多難聽的話，說診所多好，說它可以救傑克一命，結果，最後，有可能是我……」我嚥了一口口水，沒能把話說完。

「可能是你什麼？」

「呃，可能反而害了他，可能我帶他到布拉格去，反而縮短了他的生命……」

安娜玩著餐巾環，又喝了一口紅酒。她看著我，有那麼一刻，我感覺自己是她的客戶，正在聽取諮商意見。她說：「我瞭解你為什麼那麼想，但你不該有那種想法，真的，不要跟自己過不去。」

我說：「為什麼不？看診所目前浮上檯面的消息，那是很有可能的事。」

安娜搖搖頭，放下叉子。「過去這幾年，我花了很多時間折磨自己，想著我們可以為傑克做什麼，想著也許你對斯拉德科夫斯基的看法是對的，也許我們該去海外，去德國治療，或者更努力爭取馬斯登的臨床試驗。可是那些事有什麼用呢？羅伯，那時傑克快死了，不管我們做什麼，他都會死。全世界頂尖的專科醫師都這麼說了。不管去不去斯拉德科夫斯基診所，傑克都沒有機會。」

我吞了一口口水，喝點水，叉了一條春捲。

安娜說：「好笑的是，」我好像看到她的臉上有一絲淺笑，「其實傑克很喜歡那一次去布拉格的旅行，在機場和在飛機上他都很興奮。」

我笑了，想起他的小背包，對他來說背包太大了，可是他還是堅持要自己背。「他很興奮。他一直都很喜歡搭飛機。」

「你記得克里特島嗎？起飛前，他們讓他坐在駕駛艙裡？」

「記得。他真的好高興。」

安娜正要開口說話時，服務生端來主菜。加了香菜和龍蒿的小龍蝦漢堡。酸辣牛肉片。賣相十分精緻的青木瓜沙拉。安娜很安靜，幾乎像是覺得自己說得太多了。

開始吃時，我說：「可以問你一件事嗎？你為什麼會在**希望之地**上跟我聯絡？」

安娜咬了一口蟹餅，認真咀嚼吞嚥，然後擦了擦嘴巴。「唔，剛開始，我有點擔心你。我不希望你自殺。」她停下來，放下叉子，眉頭皺起來，就像她想不通填字遊戲的線索時那樣。「不過也沒那麼單純。如果你真要知道的話，我想有一部分的我，是希望你會開始罵你太太，或者說你前妻，反正就是我。到時候，我就會徹底明白你有多糟糕，那我就不會再想著你了。」

安娜笑著喝了一大口紅酒，有瞬間，感覺我們好像回到從前，在劍橋一間寬廣的餐廳裡，嶄新的人生在我們眼前開展。「天啊，蘿拉會殺了我。」安娜說著，自顧自地笑了一聲。「她總是說我太老實了……總之，問題就是，我的主計畫沒成功。因為你在私訊中從來沒說過我壞話。你只說好話，而且你似乎是真的很抱歉。

「不過，不只那樣。我喜歡在**希望之地**上跟你聊天。你敘述的方式，你解釋了一些事情，談到你自己的心情。你的信真的幫助了我。而那就是我一直愛的你，我們以前常常一聊就是好幾個鐘頭，躺在床上，聊到深夜。只有我們兩個。所以……就像我說的，我的計畫沒成功，所以我才會在這裡。」

我將手指扎入掌心，不讓自己哭出來。我說：「我真的好抱歉。對不起我以前對你太壞了。我那樣對你真的太可惡了。」

安娜說：「啊，羅伯，你不必一直說對不起。我瞭解，真的。」

「可是我想說。」說著，眼淚湧上我的眼眶。「我覺得我欠你一聲對不起。」

安娜嚴肅地看著我。「如果你再說一次對不起，我就走出去，把帳單留給你。」

我輕笑一聲。「謝謝你對我這麼好。我不值得。」

「對，你不值得。」她又嚴肅地看我一眼，接著轉為淺笑。我們坐著，吸口氣，喝著各自的飲料。

安娜打破沉默，說：「我能不能問，你記得發生了什麼事嗎？我是說傑克死後？」

我說：「記得不多。」她這話問得我一陣慚愧心痛，害怕會聽到更多我做的錯事。「老實說，有點模糊，只有零星片段。」

「你知道傑克死後，每天晚上我都把鬧鐘定在午夜或一點，起來去查看你的狀況嗎？」

我沒說話，也不敢看她的眼睛。

「每天晚上我都以為你可能會死掉，被自己吐出來的東西噎死之類的。」她停下來，評估我臉上的表情。「我說這件事不是為了羞辱你。你總是這麼想。不是的，羅伯，你那時生病了。你崩潰了，我不知道該怎麼辦。我想找人幫助你，去戒酒中心待一陣子，可是你不肯。

「所以，就那樣了。我不知道該怎麼辦，只好跟你一樣，縮回我自己的小世界。我加班工作，一直看書，看那些可笑的犯罪小說。然後你開始越喝越多，我們開始吵架，什麼小事都吵：吵斯拉德科夫斯基診所、吵我總是那麼冷淡、吵傑克的房間。天啊，我們一直在講房間的事，你指責我把他的東西都清掉了。我再也受不了了。」

我糊塗了，不知道說什麼。我記得堆在走廊上的箱子和袋子。「我以為我們都清掉了。」

她從桌子對面往前靠，堅定地說：「羅伯，沒有。我們沒有清掉。有一天，我把兩、三樣東西拿出來，因為我不忍心再看到那些東西，你開始跟我大吵，一直認為我要把東西丟掉。可是我沒有，我真的沒有。那些箱子和袋子，都是我的。是我要搬去蘿拉家的東西。傑克的東西我還收得好好的，羅伯。都放在我在格拉茨克洛斯那間房子的閣樓上。」

我試著回想，想找到一個立足點，可是滑啊滑的，什麼都抓不住。她伸手過來碰觸我的手臂。

「羅伯，我說這件事，不是為了傷害你，或讓你覺得丟臉，可是你醉到連自己叫什麼名字都想不起來。你不知道那天是幾月幾號，多半時候不知道自己走進某個房間是為了什麼。」

我覺得安娜快哭了。從她臉頰開始顫動，咬著下唇的樣子，我就知道，可是她忍住了，努力保持鎮定。

「我討厭看到那樣。我愛的男人，正在摧毀自己。我想幫你，因為我知道那不是真正的你，而且我覺得是我欠你的……」

「你欠我什麼了？」

安娜熱切地看著我，彷彿她一直在想這件事。「你記得傑克的動物園嗎？你是動物管理員，他是老闆，動物園的主人，所以他每次都指揮你做事。」

傑克的動物園。我們在他的床上一玩就是好幾個鐘頭。用枕頭和羽絨被圍成柵欄，讓老虎、猴子和大象在裡面排好隊。身為老闆的傑克，會告訴我要餵哪隻動物，然後他再一一詢問動物有沒有吃飽，並檢查牠們的屁股乾不乾淨。

我露出笑容，說：「我記得。」我記得傑克大喊「動物園開門！」的樣子，他房間的百葉窗將溫暖的陽光投射在地板上。「他很好笑，對一些事情有特定的堅持。動物園一定要放在床上，唯一的例外是……」

「獅籠。」安娜接著把我的話說完。

「沒錯。不知道為什麼，有了獅子，他才覺得可以把動物園放在地上，用兩個枕頭當獅子的籠子。」

安娜從包包裡拿出一張衛生紙，擦了擦眼睛。我還是不懂她為什麼提起這件事。為什麼她會覺得她虧欠我？

我說：「他每次玩那個遊戲都很開心。玩好幾個鐘頭都不膩。」

「那你還記得洗澡時間嗎？等他擦乾身體、穿上睡衣，你就會躲起來。他會去找你，然後你再跳出來，傑克覺得那樣很好玩，所以一直要再來一次。你們兩個可以那樣玩好幾個鐘頭。」

安娜的臉沉了下來，抑鬱地看著桌面。「我知道那從來就不是我的強項。」她說：「我一向不太會搞笑。即使是小時候，玩遊戲、在地上滾，這些對我來說都不是天生就會的事。可是，羅伯，這就是我為什麼覺得我欠你的地方，因為你在這方面很厲害。你讓傑克的日子過得好精彩。你讓他在這個家裡過得那麼開心，充滿了歡樂與笑聲，充滿喜悅。天啊，你發明了好多遊戲：扮裝秀、火箭船、超級英雄傳奇，在後院玩你愛不釋手的直升機。

「或者，你會假裝自己是鱷魚，趴在地上，他則是在床上朝你丟枕頭和小熊。我試著跟他玩過一次，勉強撐了十分鐘，我的膝蓋就痛了，可是你可以那樣玩好幾個鐘頭。就是辦不到，沒辦法跟你一樣。我覺得很慚愧，希望自己不是那樣。可是你，羅伯，你每天都會讓他笑好幾百次，時時刻刻逗他笑。傑克是那麼崇拜你，你讓他的生命變得那麼特別，比我做的要好太多太多。一直到最後，他都是最幸福的孩子，而那是因為你，羅伯，我永遠、永遠也不會忘記這一點。」

安娜停下來看著我。「對不起，我並不想惹你哭。」

我低頭一看，才發現自己在哭，眼淚滴到盤子上。安娜從她的包包裡抽出一張面紙給我，暫停片刻，等我把眼淚擦掉。

她說：「我還是每天想到他。如果他還在的話，現在可能在哪裡，在做什麼……」

我說：「他很可能在他的房間裡，是吧？看書，或者玩玩具。」

安娜露出悲戚的笑容，說：「每次聽到癌末的孩子去迪士尼樂園或者跟名人見面，或是他們的父母安排了一場快閃舞蹈，我就覺得好愧疚。我總是想到傑克，在最後那幾個月裡，坐在房間裡獨自哼歌。」

我說：「可是就像你說的，他很快樂。我記得你在一封私訊裡說，你擔心你這個媽媽做得不夠好，不夠在乎孩子。呃，這真的是想太多了。安娜，對他來說，你是個非常棒的媽媽。你記得那次生日派對，你花了大半夜時間幫他做了一個蜘蛛人蛋糕嗎？他好喜歡。那天他好開心啊。」

安娜難過地說：「是啊，他好開心。」她低頭看著空盤子，然後說：「要不要叫個點心？」她顯得有點遙遠，似乎覺得自己坦露太多心聲。

那天晚上接下來的時間，我們吃著點心，安娜又點了一杯紅酒，我們沒再談傑克——我想我們是刻意不談傑克的——而是談老朋友，談朋友的孩子、離婚、新戀人。我們結了帳，我陪安娜走回她下榻的旅館。因為不清楚我們會不會再見面、何時會再見面，那一刻感覺很奇怪。

我說：「保持聯絡。」我們尷尬地擁抱，她比我記憶中還要嬌小，因為她突出的鎖骨壓在我的皮膚上，感覺很明顯。我想哭，可是感覺我身體裡的水分已經都絞乾了。我說：「我知道你不准我再說對不起，可是我真的很抱歉，對不起我傷害了你。」

她說：「沒關係。」我們還抱在一起，但我感覺到她想抽身了。

正當分開之際，安娜轉身面對我，彷彿剛剛想起一件事。「對了，我看到你的網站了。『我們的天空』。你拍的那些照片，令人驚艷。真的好漂亮，看到那些我們去過的地方，感覺很好。」

「你看到那個網站了？你怎麼會看到？」

「呃，網站上有你的名字啊，羅伯。我在網路上搜尋你。很聰明吧？」

「真是沒想到。」

「不用太吃驚。就像我說的，那些照片很漂亮，也讓我想起很多快樂的回憶。其實，不怕你知道，我就是靠那個網站留意你的動態，啊，除了你喝醉酒寄給我朋友的那些臉書私訊之外。每次你貼了新照片，我就知道你沒事。每次我都跟自己說，你不再貼新照片時，我就去找你。可是你沒停。你每星期都貼，沒一次漏掉，我就知道你很好。你還活著。你可能不知道，我每張照片都會留言。」

神祕的追蹤者。每次全景照上傳，我就立刻收到第一個留言通知。**好漂亮。真美。保重**。

「你就是swan09？」

安娜說：「是的。不過我也不純粹只是為了瞭解你的狀況。我很喜歡看到你貼的照片，因為那就是我愛上的那個男人。會創造東西的人。好了，我說太多了。」說著，她退後一步。她看了看錶，還是原來那只粗獷的卡西歐。「我得走了，明天還得早起。」說完她就走了，消失在旅館大廳裡。

6

玄關櫃前面放了那四個裝滿涅夫信件的大袋子。我把袋子拿出來，走進客廳。有些信件用緞帶綁在一起，我想是涅夫那間舊房子的現任屋主整理的。其他的就隨意塞在裡面。信封上都是灰塵，有些放了好幾年，紙張乾燥褪色。有些比較新、比較白，信封上的筆跡比較清楚。

我拆開一封信，動作有點遲疑。我想我知道信裡面寫了什麼。絕望的父母為瀕死的孩子懇求一線生機。希望涅夫提供資訊、求他幫忙在候診名單上插隊。我該怎麼處理這些信？交給涅夫？寫信給所有人，跟他們說涅夫是騙子？

肯特郡北班斯塔普
實木農場路雪松樓

親愛的涅夫：

寫這封信給你，是想看你能不能幫我們的忙。我的孫子安東尼最近確診得了惡性腦瘤。我們很想到斯拉德科夫斯基醫師的診所接受治療……

我又看了一下日期。六年了。我從中間抽出另一封信，上頭有個精緻的印度郵戳，一頭長了翅膀的大象飛在河灣上。

親愛的巴諾斯先生：

先生，很抱歉打擾你，但這封信是為了家父工程師巴格特寫的。家父病重，真的很嚴重。我們聽說……

我又讀了幾封，內容大同小異。我並不生涅夫的氣，只是覺得時間與生命就這麼浪費了。我繼續翻看，感覺手裡染上了一層灰。看了一陣子之後，我發現有些信封上的筆跡是一樣的。字跡很工整，看來認真學過書寫體。我過了好一會才明白那是涅夫的筆跡。那是涅夫寫的信，寄給世界各地的人，只是沒寄到收件人手中，退回原址。

我拆開其中一封，一張賈許的照片掉了出來。雖然我知道那不是賈許，但感覺他還是賈許，我也好希望那就是賈許。信很長，我從頭到尾看完了。涅夫跟對方敘述他們去動物園玩的情景，可是信裡的賈許大概是七、八歲，一個他從未活到的年紀，做著年紀比較大的男生會做的事，自己坐纜車、交換足球貼紙。涅夫詳細寫到賈許有多喜歡大猩猩、如何央求爸爸幫他在禮品店裡買一本書。從動物園回家以後，涅夫又寫到他們一起看夕陽，賈許在他的懷裡睡著了，那本大猩猩的書就放在他的大腿上。

在另一封信裡，涅夫寫到賈許的九歲慶生會，說好多人來參加，他收到好多禮物，有曼聯的球衣，奧爾頓塔主題樂園的門票，賈許高興得不得了。我又拆開好幾封信，內容都一樣，一頁又一頁地描述賈許的生活。一頁又一頁描述一段不存在的人生。

那不只是詐騙。我現在知道了。Minercraft；他們一起去看的足球賽；日落時分走在懸崖邊。涅夫寫那些信，是因為這樣會讓賈許活著。那些信乘載了涅夫的愛。在這一點上，涅夫跟我沒什麼不一樣。

主旨：哈囉
傳送日期：二〇一七年六月二十二日（週一）上午十點〇五分
寄件者：羅伯
收件者：涅夫

親愛的涅夫：

謝謝你的來信，也感謝你能道歉。我很高興你試著彌補大家，我想你那樣做是對的。不管你相不相信，我真的能理解。我知道傷心可以把人折磨成什麼樣子。老實說，我也沒有比你好多少。我深深傷害我的妻子，安娜，我對自己的行為感到非常慚愧。我認為你做錯了，但我真的瞭解你為什麼會那麼做。你走投無路，做了你認為對家人最好的事。你以最悲慘的方式失去了兩個親愛的家人。永遠沒有人應該經歷那種事。事實是，你在傑克快死時，幫助我很多。在我需要時，你聽我訴說，儘管後來發生了那些事，你對我來說仍是個好朋友。

下週末我會到離你家不遠的樹林去，去鴿岩燈塔拍幾張照片，如果你想一起喝杯咖啡的話，你再跟我說。我會很高興跟你見個面。

希望你和克蘿伊一切安好

羅伯

跟別人一起走在漢普斯特德墓園，感覺很奇怪。我們靠得很近，手臂相碰，而我們的步伐有點正式，如同禮兵隊在葬禮上緩慢前進。墓地總感覺充滿寒意——即使是在夏天，也是那麼潮濕黑暗，樹木形成屏障，遮蔽日光。不過今天不一樣，感覺明亮有序，彷彿剛剛才修整過。

安娜說：「我一直知道你會來這裡。墓地總是收拾得很整潔。」

「你什麼時候來的？」

「通常是週日。就像上教堂，感覺很適合。你呢？」

「平日一大早。」

安娜說：「嗯。老實說，我不太喜歡這裡。這樣說可能很糟糕，可是我不覺得這裡是個讓人平靜的地方。」

我說：「其實我也是。」然後我們安靜往前走。

到了傑克的墓碑處，我們放下花束，靜靜佇立。砂岩是個好選擇，夠硬，能耐風吹雨打。我們看著對方，不確定接下來要做什麼。

安娜說：「要不要離開這裡？抱歉，我只是……」

「好。」

安娜說：「我不喜歡說再見。我甚至不喜歡去想他在這裡。」

我說：「我知道。我們走吧。」我們邁開步伐，這次走得快了許多。

我們去了漢普斯特德一間酒吧，是我搭火車回康瓦爾前常去的地方。

安娜問：「你來這裡沒關係嗎？」

「你是指喝酒的事？」

「對。」

我緊張地笑了幾聲，感覺有點丟臉。「沒關係，不過謝謝你問起。」

我們在吧檯邊等待時，安娜輕聲說：「你跟別人講過這件事嗎？我是說戒酒的事。」

「沒有，我本來想說，但又想我可以自己試試看。是有點難，不過，呃，到目前為止還應付得來。」

安娜露出贊許的笑容。「你真的很了不起，我相信這件事絕對不容易。」

我說：「謝謝。」我發現我不喜歡談我喝酒的事，那讓我感覺自己很脆弱。

我們點了兩份烤肉晚餐和兩杯通寧水，在一個木板裝潢的凹室裡找了座位。

安娜說：「我看到你更常在**希望之地**上留言。」

我說：「對，我做得很開心，如果可以這樣講的話。不過，其實打從他們貼文的那一刻起，就是一件令人難過的事，因為你大概知道，那些人，他們的孩子，大多數可能都沒什麼機會。」

「對啊。」安娜說著，搖搖頭。「就像傑克。那種病來勢洶洶，他根本沒機會贏。」

她把視線移開。一對夫妻帶著一個小孩子進來，坐在我們隔壁的位子上。媽媽忙著幫孩子找來一張兒童座椅，脫下他的外套，把他的玩具和貼紙簿放在他面前。安娜對小男孩微笑，他也笑回來，拿著一隻塑膠小狗伸長了手。

我看著安娜，舉杯說：「敬我們漂亮的兒子。」

安娜說：「敬我們漂亮的兒子。」我們輕輕碰了一下杯子。「敬傑克。」

我們靜靜地坐了一會，聽著週日午餐時間輕快的談笑聲和杯盤輕碰聲。我想伸手過去握住安娜的手，就像在我們以前那間老舊而冰冷的克拉珀姆公寓裡，我總是將她握拳的手包在掌心那樣。可是我沒動，雙手還是垂在身側。

「對不起我以前對你太壞了。」我又說一次：「我只是不知道要怎麼……」

安娜輕笑幾聲，說著：「拜託不要再說對不起了。」她的目光一直沒離開那個小男孩，他正含糊說著話，把媽媽拿給他的湯匙揮開。

我說：「啊，我有樣東西要給你看。」

「真的嗎？真期待。」

我彎腰從袋子裡拿出我的筆電，連上無線網路，開啟「我們的天空」。

「哦，是你的網頁。有新照片了？」

「對，我就是想給你看幾張照片。我想你應該認得。」

「好極了。讓我看看？」

我把筆電推過去給安娜，她開始滑動瀏覽新照片。從我們在漢普斯特德的院子看出去的景色。從傑克的房間窗戶對著太陽拍攝的刺眼照片。斯旺納奇的燈塔，白得那麼耀眼燦爛。再來是希臘，在露臺上拍的全景照；當人肉三腳架的傑克。

「這……我不懂。這些都是你拍的？」

「不是，是傑克拍的，我從他的相機裡下載的。我們送給他當生日禮物的那臺相機。」

「哇，了不起，這些照片真的好漂亮。」安娜說著，把筆電拉近：「去斯旺納奇那一天，天氣真的好好。」

她繼續滑動照片，彷彿在尋找什麼，然後看著我。「不過我以為相機不見了。所以一直在你那裡？」

「對，希望你不介意。」

「不，老天，我一點也不介意。到摩天大樓上面去，從漢普斯特德森林公園拍照，那是你們兩個男生的事。」

「是啊，他好喜歡。我還要給你看一樣東西。」我說：「我編寫這個網頁、上傳全景照時，還寫了一小段話給傑克。」

「一小段話？什麼意思？」

「只是一些回憶，在我想到那個地方時，就會想到的跟傑克有關的事。本來我是把那些話藏在程式裡，不過現在我都設定公開了。你看，滑鼠移到相片上時，那些話就會出現。」我深吸一口氣。「我想，如果他現在就在這裡的話，那些都是我會跟他說的話。」

「啊，羅伯，這真的太好了。」

「不過你看，我真正要給你看的是這裡。我把這個網站做了另一個版本，給你用的。你可以用你的帳號登入，這表示你也可以把你對傑克的回憶加上去。」

「羅伯，謝謝你，這真的太好了，可是你不必這麼做的……」

「我知道我不必這麼做，但我想這麼做。我以最糟糕的方式讓你失望了，我沒有一次想到你，沒有想到這件事對你有什麼影響，你要如何面對。我只想到自己，我真的很抱歉……」

安娜看著一張照片，是傑克拍我們兩個，穿著雨衣在多塞特的一片沙灘上。

我說：「你那天說了一件事，讓我心情很不好。你說你很慚愧自己不會陪傑克玩，你後悔沒有做更多，我懂你的遺憾，真的。可是那不是真的，因為他很崇拜你，真的崇拜你。父子關係是一回事，但母親又不一樣了。他以特別的方式需要你，而他永遠不會以那種方式需要我。

「你記得嗎？有時候，早上他睡晚了，我們在樓下廚房裡，他會過來，還一臉睡意，頭髮豎了起來，他總是先找媽媽，先過來把頭靠在你的大腿上。從來就不是我。他總是先去找你。我一直很喜歡這個畫面。我喜歡看到他那麼明顯黏你的樣子。」

我可以看到安娜的下唇開始顫抖，接著她就哭了。我繞過桌子到對面去，好坐在她旁邊，把她抱在懷裡。她沒抽身，而是雙手環抱住我，把頭埋進我的頸項裡。

我突然有一股急迫的衝動，想要跟她在一起，再一次認識她，探索現在的她，還有在我們初次見面之前的她。因為那就是愛。你難過某人的過去沒有你。不管她是在洗漆罐、在向日葵田裡奔跑，還是坐在桌子前認真算數，你都想跟她在一起。

我們去薩弗克探望她的父母的那個耶誕節，安娜帶我去她的祕密地點。那時我們很無聊，想躲到外面去，所以我們就出去走一走。她說，她小時候想一個人待著時，就會到那裡去。

我們深入他們家周圍的樹林，一直走到一塊林木濃密的地方。那裡看起來似乎無路可走，不過安娜說她知道怎麼穿過去，是她小時候摸索出來的。她先走，我跟在後面，一路彎彎繞繞，手腳並用。走過最後一段還得用爬的路，我們來到一塊大空地，周圍的林木形成天蓬，彷彿這裡是用一臺巨型機器挖出來的。

她說，她會來這裡看書，逃開她的父母。她會帶張毯子來，再帶一些水果和乳酪，在這裡待一整天。這裡很原始，很天然，除了安娜以外沒有人來過。我想——不管是那時，還是現在——我再也不可能比那時更愛她了。我好希望我能看過她小時候的樣子，膝蓋頂在胸口，絲絲月光穿過枝葉形成的天篷灑落。

我把她拉過來，親吻她的頭頂。這個動作不足以表達我的心意，但我不知道我還能說什麼、做什麼。

我把筆電拉過來，說：「你有看過這張嗎？」我想讓她分心，讓她心情好一點。她點選一張比奇角的照片，那天我們去那裡野餐。

「啊，我記得那天。那天天氣太完美了。」她又看了一眼照片，想起什麼來。「羅伯，我實在不知道要說什麼，這些照片真的好亮。天啊，我還記得那個中國盒子，他總是抱著那個盒子睡覺。」

安娜蓋上筆電。「不過對不起，我不能在這裡看，要不然我會哭得亂七八糟。重點是，我都忘了你很會搞這些電腦的東西。」

「誰都需要有個計畫玩玩，是吧？」

「對。所以，你現在在做什麼新東西嗎？」

我緊張地笑了笑，不確定該不該提。

安娜斜眼看我，說：「什麼東西？」

「呃，你不要笑，不過我還在搞我的空拍機。」

安娜對著我笑，彷彿她是老師，正在斥責她寵愛的頑皮孩子。「我想你只是需要更多時間，羅伯，好讓它更完美。已經多久了？快十年？」

她的雙眼發亮，而因為我們對彼此還有一點敏感，她用手肘推了我一下，讓我知道她是在開玩笑。

「去你的。」我也用笑容回應她。「一定會很轟動的。」

「啊，這提醒我了。我有東西要給你。」說著，她打開手提包，在裡面摸索一陣。

「找到了。」她自言自語，然後遞給我一個小隨身碟。「我花了好一段時間才找到，因為我每次都沒辦法看太久。不過我終於把舊照片和傑克的影片看了一遍。這裡面有一樣東西你一定會喜歡。我看了之後，突然明白你那個網站的名字了。」

「什麼意思？」

「你看了就知道。你會喜歡的。裡面還有很多我們去希臘度假時的照片。傑克好喜歡那次的假期，分分秒秒都喜歡。」

我說：「對，他很喜歡。」

傑克，我的孩子，我們的孩子。

回康瓦爾的火車上，我把一杯咖啡放在桌子上，然後打開筆電。我接上安娜給我的隨身碟，發現她用資料匣分類：出生、二〇一〇耶誕節、二〇一二耶誕節、西班牙、布萊頓。

我點開每一個資料匣、每一張照片。傑克的第一次耶誕晚餐，他的米老鼠盤子裡放著一小片一小片他沒吃的東西，他的紙帽子拉到臉上。傑克在球池裡擺出快樂獅子的鬼臉。傑克假裝自己在坐牢，隔著嬰兒床的欄杆對著我笑。

裡面有一段傑克動物園的影片，我忍不住笑得咧開嘴。我看著我們兩個把動物排在他的床上，用羽絨被圍出一塊區域——傑克說，那是猴子的籠子。這時傑克親了我的脖子一下，好溫柔、好有愛，讓我倒抽一口氣。

還剩下兩段影片，我想我應該沒看過。是在傑克確診前一年的夏天拍的，背景是漢普斯特德那間房子。我們跟好友喝著紅酒，興致高昂，小朋友在院子裡橫衝直撞，險象環生。傑克玩瘋了，安娜要我去唸唸他。我去了，可是也許是酒喝多了，我開始搔傑克癢，他笑得歇斯底里，然後我們一起在草地上滾來滾去。

一滴眼淚掉下，然後兩滴、三滴，滴個不停，但我不在乎火車上有誰看到我哭，因為我正看著我們一家三口，幸福滿溢，沒有任何事物沾惹的小世界。那是我們的從前。我們美妙的從前。

我點開第二段影片，時間標記顯示是同一天晚上，客人離開之後，太陽已經快沉下去了。那一天是銀行假日，鄰居也跟我們一樣在烤肉。他們更吵、更年輕，沒有孩子，從吵鬧聲聽來，他們有點醉了。

傑克正對著月亮大叫，抱著小熊和一架玩具飛機在院子裡衝來衝去。隔壁突然一陣爆笑，傑克看著我，搖了搖手指，說：「頑皮，真頑皮。」，還瞇起眼睛，那模樣就像他看到書裡的恐龍露出牙齒，或者出現盤根錯節、長得嚇人的樹時一樣。

傑克跑回露臺，把頭壓在我的膝蓋上，抬起頭看我，問我是誰那麼吵。

我說，是我們的鄰居，他們住在隔壁。接著停頓片刻，安娜在鏡頭外不知道說了什麼，聽不清楚。

傑克用又圓又大的眼睛看著我，問我鄰居是什麼，我說，這間房子是我們的，隔壁那間房子是他們的。

接著他問，那院子呢？院子是誰的？我說，我們的院子是我們的，房子、露臺，還有身邊你看到的每一樣東西都是我們的。

他說，每一樣東西？他把手張得好開好開，好像他抓到一條最大的魚。

我說，對，每一樣東西：樹、牆壁、你房間的窗戶、小鳥住的屋頂。

鏡頭微微晃了一下，因為鏡頭之外的安娜正努力憋住笑。

傑克抬頭看了一下天空，然後看著我。「爸爸，」他指著紅色的夕陽、月亮和幾條飛機雲。

「天空也是我們的嗎？」

尾聲

天空很不穩定，彷彿即將破裂，我知道我很快就必須離開了。不過，此刻岩池餐廳的花園實在很誘人。陽光炙烈，已經好久沒有這麼熱了。

長椅上、桌子邊，到處都是人，隨意分散在樹下。孩子們從開啟的大門跑進跑出，在酒吧工作人員身邊繞圈、閃躲。一袋袋薯片散開放在桌上，供大人小孩享用。

我正利用無線網路忙我的新計畫。有一天，我在《衛報》上看到一篇文章，說一名病重的小男生用相機記錄他人生的最後幾個月。我記得我看到那孩子拍的照片，就想到傑克。那些平凡的事物，對我們來說已經那麼習慣、那麼無動於衷的形狀與顏色，在他們的眼裡充滿了驚奇：筆蓋鮮活的藍色；泰迪熊鼻子的羅紋質感；注射泵浦面板上的數字紅光。

於是我開始了**向日葵**計畫——這名字是安娜提議的——我請科技公司捐贈高級相機給身患絕症的孩子。我們提供免費攝影課程，到家裡、到病房去給孩子們上課，這樣他們就能學到基本的構圖與拍照技巧。

剛開始規模很小，但需求很快就一擁而上。父母、親戚——有時是即將離世的青少年自己——寫電郵來，問我們能不能送他們一臺相機。來信說的都是同一件事：他們想捕捉、記錄他們的世界，這個他們知道自己即將拋下的世界。

他們知道別人是怎麼看他們的：光頭、病懨懨、什麼事都得依靠別人。可是他們並不想給大家留下那樣的回憶。因為即使他們的世界已經縮小到只剩自己的房間或病房，還是有很多生命他們想要捕捉，想要吸收：一群海鷗從窗前飛過；一場桌遊歡樂地擺在他們的病床上；家人陪著他們看著火紅的夕陽把天空照亮。這些才是他們想留下來的東西。這些才是他們要我們永遠記住的東西。

我喝完咖啡，拉上外套拉鍊，離開咖啡館。風越來越大，人開始往屋裡移動，我知道該走了。我把背包掛在肩上，踏上通往懸崖的步道。現在空氣悶得不得了，暴風雨在地平線上作勢發動。遠方的海面上出現幾道閃電，隨著強風吹來，我可以聽到悶悶的雷聲。

到了山頂，我離開步道，走向懸崖邊。遠處傳來斷斷續續的引擎聲，引擎沒發起來。還有不知某處的農田裡，狗兒的瘋狂吠叫聲像傳染病一樣傳開來。

剛開始看來可能只是一陣小雨，下點意思而已，不過接著兩聲轟然巨雷，大雨就傾盆落下了。雨打在我的頭上，狠狠抽痛我的皮膚，雨衣悶熱地黏在身上。

風吹過來，我知道現在正是時候。我放下背包，從裡面挖出派對氣球和一罐氦氣。我選了一顆藍色的，吹飽氣，然後用黑色簽字筆在球表面寫字。

親愛的傑克，天空是我們的。爸媽好愛好愛你。

我往前挪動，盡可能靠近懸崖邊，心想不知道是不是該說幾句禱告詞，不過我只想到傑克一定會很喜歡這裡：傾盆大雨，風像鐮刀一樣刮過長草叢。

惡劣的天氣總是讓他很興奮。想到他在下雨的布萊頓海灘上衝來衝去的畫面，我露出笑容，然後放開氣球。氣球沒飛太遠，就開始往下朝懸崖邊和斜下方的岩石飄去。

接著它停住了——也許是氣流，或是對向吹來的強風——就這麼掛在半空中，有那麼一刻，我以為它會直接墜入海裡。神奇的是它一動也不動，靠著某種我不懂的慣性停在那裡，彷彿有一隻看不見的手握著它。

我朝氣球走去，而就在我開始爬下更陡峭的草地時，它被風吹動了，忽快忽慢，忽上忽下，曲曲折折地飛上天。

我看著氣球飛在灰暗的海上，越飛越遠，一直到成為地平線上的一個黑點。我就這麼看著，直到我確定，它終於飛走了。

謝辭

沒有我的經紀人Juliet Mushens，我不可能寫這本書，更不可能將它出版。是她的建議和持續不懈的編輯功力把我凌亂的草稿變成一本書。自從我們第一次通電話以來，她一直就是最棒的經紀人，我不可能找到比她更善良、更聰慧、更厲害的經紀人。

還要感謝Caskie Mushens經紀公司的Nathalie Hallam在繁瑣的出版細節上提供許多幫助與支援。

我也不能再奢求比Trapeze的Sam Eades和Park Row Books的Liz Stein更優秀的編輯。打從他們第一次看過草稿，就提供了寶貴的修改建議。他們幫助我修潤、擴展並塑造整本書的面貌，我們彼此合作非常愉快。另外非常感謝版權編輯Joanne Gledhill及Cathy Joyce，解決前後不一致的問題，修正我可怕的標點符號，並更換了幾個語意比較含糊的英國慣用語。

如果沒有人對初稿提供精彩的意見和建議，這本書絕對不會有下一步。所以我要深深感謝Kathryn Baecht、Andrew Gardner、Ruth Greenaway、Rob McClean和Nicole Rosenleaf Ritter。也謝謝Jessica Ruston知無不言的批評，真的幫助我把書稿改得更好。感謝Andrew Rosenheim，他在早先的計畫裡給了我機會，讓我相信我想要長久寫下去。

★

感謝所有我在英國和捷克的親朋好友，以及Radio Free Europe和Radio Liberty的同事們，謝謝你們多年來帶給我的歡笑與支持。癌症很可怕，但是你們所有人幫助我度這一關。特別感謝我媽媽口中的「小子們」，尤其是Daniel Easton、Michael Howard、Ben Mellick、Neil Okninski和Glenn Woodhams以及Predz家的所有男生，你們總是在每一次的化療前來陪我喝一杯啤酒，就這麼一週復一週地陪我撐下去。你們把嚇人而可怕的事變成美好的回憶。我永生難忘。

說到癌症，謝謝救我一命的厲害醫師，Paris Tekkis教授及Andrew Gaya醫師，你們是所有醫師的榜樣：熱情、耐心、永遠願意傾聽我驚慌的疑問。同樣衷心感謝London Clinic及Leaders of Oncology優秀的護士及員工。

我也必須感謝COLONTOWN的每一名成員。COLONTOWN是一個大腸直腸癌患者的網路社群，是個充滿愛心與支持的地方，給了我很大的幫助。

感謝我的捷克家人Miroslav Jirák和Iva Jiráková，尤其是在我最艱難的時候幫了我許多，是我兩個兒子最好的外公外婆。沒有他們的支持（還有經常幫忙照顧孩子），我永遠不可能寫出這本書。

謝謝我的姊姊，Ruth，感謝你給我的愛與支持，幫忙解答只占一小部分卻讓我緊張的所有醫學問題！

★

謝謝媽，謝謝你的愛，也謝謝你一直相信我，相信我這個兒子，也相信我這個作者。你總是默默地相信我，這是天底下最棒的禮物。你是全世界最好的媽媽，我很幸運能有你在身邊。

謝謝爸，謝謝你是全世界最好的爸爸，也謝謝你教導我，你什麼都不多說，從來都不放棄。我只希望你也在這裡。

最重要的是，謝謝我的妻子，Markéta，她給了我好多：所有的愛、支持、忍受我的「玩笑」，還有最實質的幫助，給我寫作的時間。我生病時，你總是說，你必須好起來，我知道你會好起來——有你這句話就夠了。沒有你，我不可能辦到這一切。

還有我的兩個兒子，Tommy和Danny。你們是我的世界，我的一切，但是請不要再打我的蛋蛋了。

藍小說 289

如果天空知道

作　者—路克・艾諾特
譯　者—鄭淑芬
編　輯—張瑋庭
企劃經理—何靜婷
封面設計—三人制創
內頁排版—極翔企業有限公司
副總編輯—嘉世強
董 事 長—趙政岷
出 版 者—時報文化出版企業股份有限公司
10803台北市和平西路三段二四〇號三樓
發行專線—（〇二）二三〇六—六八四二
讀者服務專線—〇八〇〇—二三一—七〇五
（〇二）二三〇四—七一〇三
讀者服務傳真—（〇二）二三〇四—六八五八
郵撥—一九三四四七二四時報文化出版公司
信箱—台北郵政七九～九九信箱
時報悅讀網—http://www.readingtimes.com.tw
電子郵件信箱—liter@readingtimes.com.tw
法律顧問—理律法律事務所　陳長文律師、李念祖律師
印　刷—勁達印刷有限公司
初版一刷—二〇一九年八月十六日
定　價—新臺幣三八〇元
（缺頁或破損的書，請寄回更換）

時報文化出版公司成立於一九七五年，
並於一九九九年股票上櫃公開發行，於二〇〇八年脫離中時集團非屬旺中，
以「尊重智慧與創意的文化事業」為信念。

如果天空知道/路克・艾諾特（Luke Allnutt）著；鄭淑芬譯 .-- 初版
.-- 臺北市：時報文化, 2019.8
面；　公分 .--（藍小說；289）
譯自：We Own the Sky
ISBN 978-957-13-7870-1

873.57　　108010666

ISBN 978-957-13-7870-1
Printed in Taiwan